真説
巖流島
浅野史拡

真説 巌流島◆目次

俺は、巌流

夢だ。

これは夢、現《うつつ》ではない。

そう俺が思うのは、奴の眼《まなこ》に映り込んでいる俺が、もう随分と懐かしい、若かった頃の俺だからだ。髪も違う。奴の眼に、俺の長い髪が弧を描くのが映っている。俺はもう、随分と前に月代《さかやき》にしているのに。

身体が軽い。思うままに動く。まるで三十路《みそじ》の前まで若返ったような感覚だ。

奴の太刀が閃光《せんこう》を放つ。俺は受ける。若返ったこの身体なら、押し合っても勝てるはずだ。

奴の腕の肉が隆起する。俺のもそうだ。

俺は奴の太刀を押し返した。奴は仰《の》け反《ぞ》りながら数歩下がり、構え直して俺を睨んでくる。野生児のような男だ。髪は手入れせず、髭も好きに伸ばしている。目付きは獣のようだ。背も高い。六尺弱もある。まあ俺は、六尺強あるんだが。

「いくぞおっ、巌流っ」

と奴が俺の名を叫ぶ。

これは夢だ。きっと、そうだ。俺はそう、若い頃の肉体で奴と仕合いたかったのだ。だからきっと、こんな夢を見ている。

夢ならば、覚めぬうちに、決着をつけねば。

俺は奴を睨む。構える。そして奴の名を叫ぶ。

「こいっ、武蔵」

覚めぬうちに、奴を斬りたい。

俺たちは仕合っている。今、夢の中で。俺も奴も、最も充実した肉体で、思いの限り戦えている。だから夢だ。これは夢だ。

俺たちは本当は、何処《いずこ》で仕合ったんだか。その時俺は、そして奴は、どんなだったか。思い出したいような、忘れていたいような、妙な気配が胸の中をくすぐっている。

まあいい、せっかくの夢だ。今は奴との勝負を楽しもう。

現《うつつ》のことは、後でよい。

俺は奴と斬り合う。俺の技も、奴の技も、生涯で最も研ぎ澄まされた切れ味を見せる。こんなに楽しい仕合はない。

俺の技を、奴が受け止めた。鍔《つば》迫《ぜ》り合いをしながら、俺たちは睨み合う。

奴がまた、俺の名を叫ぶ。

「どうしたっ、こんなものかっ、小次郎っ」

小次郎、だと。

はて、それは俺か。俺のことなのか。

「武蔵っ、俺の名を忘れたかっ。俺は巌流《がんりゅう》じゃっ」

「違う。お前は小次郎っ、佐々木小次郎じゃっ」

「誰じゃ、そいつは。俺は」

俺は、俺は、はて。

俺は巌流のはずじゃが、違うのか。

この夢は、俺の夢ではなかったのか。


俺は、巌流。武芸者じゃ。武芸者なんぞのことは、まあ誰も気にしたりはせんだろうが、しかし俺は、確かに巌流のはずじゃ。

現《うつつ》の俺は、いったいどんなだったかのう。何やらもう、昔のこと過ぎて、自分でもよくわからなくなってきた。

確か俺が剣術を始めたのは、そう、越前国《えちぜんのくに》じゃ。そこから俺は、都へいき、最後は豊前《ぶぜん》にいたはずじゃ。

待ってくれ、俺がどんなだったか、今、思い出す。

俺はきっとそう、多分、こんなだったんじゃないかな。

第一章　武芸者

雲の上は晴れている。晴れも雨も、雪も、すべて雲の下のことである。地表から、人は空を見上げる。雲も空も、人には同じ高さに見える。陽射しも、雨も、雪も、人には空からやってくるように見える。どれを好むかは、人それぞれであろう。それら人が、好もうと好まざると、晴れる日は晴れるし、雨の日は降る。雪も、そうである。誰の思いとも関わりなく、降るなら降るし、降らぬなら降らぬ。

雪が、降っている。空気は、皮膚を裂くように冷たい。外を歩かねばならぬ者たちは、その空気を吸い、白く濁して吐き出している。

雪は落ちる。落ちた先で積もるのか、または溶けるのか、知らぬまま落ちる。その一片一片がどういう思いで落ちてきているのか、人は知らない。稀に、雪に自身を重ねる者がいる。または親しい誰かを、雪に重ねて見る者がいる。だがそれは、人がそうしているだけに過ぎない。雪のことは、人には知りようがない。

室町時代は気温が低い。鎌倉時代よりは温かいが、江戸時代よりは寒い。

その中にあっても、越前は特に寒さの厳しい国だった。

一年の大半、雪が降った。春も夏もある。だが雪が完全に溶けて消えるのはわずかな期間であり、それ以外は雪だった。降っては積もり、たまの晴れ間にいくらか溶け、溶け残った上にまた雪が降った。陽《ひ》の加減で、光り輝く都に見えることも、陰鬱な田舎に見えることもあった。

越前一乗谷《いちじょうだに》から南に四半里ほどいくと、浄教寺という真宗の寺がある。その一帯を浄教寺村と言い、この村で採れる砥石《といし》は質が良かった。後に江戸時代になると、全国的に有名な砥石の産地となるが、室町時代にも越前国内においては、浄教寺の砥石は刀剣を扱う者に重宝されていた。

富田勢源《とだせいげん》も、この砥石で刀を研《と》いだ。小太刀も大太刀も、槍も薙刀《なぎなた》も研いだ。

越前朝倉氏四代目孝景《たかかげ》は名君である。衰退した室町幕府を守るため各国に軍を派遣し、連戦連勝する一方で、秩序の維持に目途が立つと、どれほど優勢であっても和睦をし、自らの版図《はんと》を拡大しようとはしなかった。そして何より、乱世にあって、越前国内への外敵の侵入を一度も許さなかった。

一年の大半を通じて降り続ける雪の中に、平和で豊かな国を孝景は築いた。

富田氏は朝倉家中である。勢源は孝景に仕え、各国を転戦して武名を上げたが、眼を患い、隠居を余儀なくされた。以来、弟に家督を譲り、本人は武将として戦場に立つことはなく、平和な越前国内で剣術を指南して生きている。三年前に孝景が死に、若年の義景《よしかげ》が朝倉家を継ぐと、政治的関心を俄《にわか》に失い、半ば世捨て人のような空気を纏《まと》うようになったが、その剣術は些《いささ》かも衰えず、むしろ肉体の衰えを補うかのように洗練されていった。

勢源の剣術は小太刀である。中条流といい、屋内戦、特に殿中《でんちゅう》での戦いを想定しており、正装で戦うことを前提にしていた。正装で殿中にいる場合の剣術、つまり脇差し一本で襲撃者から主君と己を守る

剣術である。

速さ、が求められた。

勢源の弟子たちは入門後三年、ひたすらに木刀を振り込まされる。

身体から湯気が立ち、舞い落ちる雪が肩に届く前に溶けて消えるのが常だった。門弟たちの粗末な衣服は雪ではなく、彼らの発する湯気で濡れ、稽古後は丹念に絞らねばならない。草鞋《わらじ》もすぐに駄目になった。踏まれて溶けた泥混《どろま》じりの雪を、さらに踏み込んで木刀を振る。五日も同じ草鞋を履いていては、振り込みが足りていないのではないかと自身の怠惰を疑うほどであった。これが毎日続く。

富田の屋敷の庭で、溶けた雪を踏みながら、一心不乱に振り続けると、太刀行きの速度が、剣撃の重さが、変わった。三年耐えた者は自分が入門前とは別の生き物、すなわち武芸者になったような興奮を覚えたが、ここから先がより過酷だった。才能の世界である。持たざる者は、持つ者に圧倒されるだけであった。稽古中に木刀で脳天を叩かれて死ぬ者もいれば、独立して自分の流派を打ち立てる者もいた。

才能の有無にかかわらず、弟子たちは皆、勢源から同じ戒めを受ける。

「所詮、雑兵《ぞうひょう》の業《わざ》だ」

と勢源は言うのだ。口癖のようであった。

この時代の武芸として、勢源の流派も多様な得物《えもの》を扱う。小太刀だけでなく、大太刀も槍も薙刀も、棒も、徒手空拳《としゅくうけん》の技もあった。だが中心は小太刀であり、殿中剣術である。烏帽子《えぼし》を被る機会のある高い身分の者を想定した流派だった。開祖は中条長秀《ながひで》という。室町幕府評定衆で、三代将軍足利義満の剣術指南を務めた人物である。室町幕府の全盛期に、将軍の身辺から発生した流派であるが、勢源は雑兵

の業《わざ》だと自嘲《じちょう》しているようだった。

戦国乱世である。一流の武人とは、自ら得物を振り回すのではなく、指揮官として軍勢を率い、その指揮能力で敵勢を討ち破る者のことを言った。得物の届く範囲で命のやり取りをするのは、足軽か、せいぜい徒士《かち》であり、これを指して勢源は雑兵と言うのである。

千の将兵を束ねて朝倉軍の一角を担っていた富田家当主が、眼を患ったために家督を譲って剣術指南をして生きることになったのであり、勢源の胸中には常に暗い霧が立ち籠めていただろう。特に孝景の時代、朝倉家は絶頂期を迎えていた。幕府の求めに応じて数ヵ国に軍を派遣し、私利私欲ではなく天下の治安を守るために戦った。孝景が派兵した国は丹後、若狭、近江、美濃、加賀そして京である。室町幕府が京の治安維持すらままならなくなった際には、朝倉軍がこれに代わり秩序の守護者となった。八面六臂《はちめんろっぴ》、という言葉で足りるかどうか、ともかく他家に類を見ない献身的な働きを孝景は示した。

だが、衰退しきっていた幕府は孝景に恩賞を与えることができず、名誉だけを下賜《かし》し、朝倉家は室町幕府相伴衆《しょうばんしゅう》に加えられている。幕府が盤石《ばんじゃく》であれば、与えられることのない名誉だった。本来これに名を連ねるのは細川・畠山・斯波《しば》・一色《いっしき》・山名・京極であり、管領《かんれい》に次ぐ名門にのみ許されるものだった。幕府は弱り、原則論ばかりを唱えてはいられない。他に相伴衆となっているのは、例えば北条氏康《うじやす》であり、武田信虎《のぶとら》であり、毛利元就《もとなり》であり、大友宗麟《そうりん》である。相伴衆は朝廷の位階で言えば、従四位下《じゅしいげ》から従五位下辺りの者でなければ与えられず、その家格は公卿に次ぐ高いものである。室町将軍足利義輝《よしてる》（この頃は義藤《よしふじ》といったが）が従四位下であるから、位階だけで言えば、ほぼそれと同格の家柄と言える。毛利元就だけは従四位上であり、位階において将軍義輝を凌駕《りょうが》した。こうした別格の大名の一つが朝倉

であり、実績と能力がありながら病のためにその帷幄《いあく》を去らねばならなかった勢源の無念は尋常でなかっただろう。

武芸者として名声を得ても、彼の胸の霧は決して晴れはしなかった。

他流仕合を禁ずる、というのも勢源の戒《いまし》めである。戦《いくさ》で武功を立てながら出世していくのが戦国武人の正道である以上、武芸者になるというのは邪道であった。生まれが卑しいか、素行に問題があるか、あるいは勢源のように不運があったか、いずれにせよ歴《れき》とした家臣団に加われない者が大半であり、そうした者が名を上げ、禄《ろく》を食《は》むには他流仕合に勝ち続けるしかないのだが、勢源はこれを禁じた。弟子たちが武芸者として食っていくためには、勢源から独立し、自分の流派を立てるしかない。勢源の弟子たちが中条流ではなく独自の流派を打ち立てていくのにはこうした事情があった。

天文二十（一五五二）年、勢源は弟子の中で特に筋のいい一人を呼び、屋敷の一室で語り合った。

「お前、どれが一番嫌だ」

と勢源が尋ねると、

「薙刀《なぎなた》使いが苦手でござりまする」

と若い弟子は答えた。この時代の薙刀は、上から振り下ろすよりも、地を這うような低さから跳ね上げるようにして操るのが一般的だった。油断していると、死角から急に現れた刃に致命傷をもらいかねない。かといって頸ばかり庇《かば》おうとすると、そのまま地を薙《な》いで足を持っていかれる。低い地点が起点となるために動きを察知するのが難しいのだが、そればかりに意識を向けると他が留守になるという、厄介な得物《えもの》だった。勢源は小太刀で名を得る剣豪だが、薙刀も巧みに操った。

この弟子は、太刀の扱いについては師に迫る域に到達しつつあったが、薙刀に関してはからきしだった。自分で扱うことも、薙刀使いを相手にすることも得意ではなかった。それだけがこの弟子の弱点であり、他にはこれと言った欠点のない若者だった。

「薙刀だとわかっていても、あしらうのが難しいのだから、太刀で同じことができれば、相手は嫌がるだろうなあ」

勢源が言うと、途端に弟子の眼の色が変わった。

叩けば響くと思って教えてやったのだが、こうも呑み込みが早いものかと、内心、勢源は弟子の才覚に舌を巻いた。

「年が明けたら見てやろう。励むといい」

この日から、この弟子は他の門弟との稽古を終えた後、一人で太刀の扱いに磨きをかけるようになる。

相手の察知しにくい場所を起点にし、一撃で致命傷を与える技を編み出そうとした。一つは師の最も得意とした小太刀の技で、顔を突き合わせるほど肉迫した後、腰の高さで抜きながら斬るものである。もう一つは太刀を振り上げる技で、切っ先を地に触れるほど下げた構えから、一気に振り上げ、良ければ頸を、悪くても脇を斬る技である。

他の弟子に見つからぬよう、ひっそりと鍛錬した。富田の屋敷ではなく、渓流を深く進み、滝を望む巌《いわお》に立って太刀を振り上げた。もともと筋はいい。すぐに技と呼べる段階まで到達したが、磨いているうちに欲が出る。

太刀がもっと長ければ、より捌《さば》きにくい必殺の一撃になりはすまいか。

この弟子は背が高い。門下一同並んで木刀を振っていると、頭だけでなく首までが他の門弟の頭上に出た。身の丈が六尺を少し越える。この時代、成人男性の平均は五尺三寸程度である。六尺を越えるのは、異常な長軀《ちょうく》であった。そのような身体であるから、手足も人より長い。そしてしなやかで強い身体だった。駆けても、跳んでも、常人離れしていた。大きく、強く、速い。長い得物を扱う自信はある。

だがこの弟子は太刀と小太刀しか持っていなかった。大太刀も槍も師から借りて稽古をし、稽古が終われば返さねばならない。

もし、と思う。

もし年が明けて武芸を見てもらい、独立を許されたら、はなむけに大太刀をもらえないだろうか。

ただの独立では駄目になった。師勢源が思わず何かくれてやりたくなるような、そのような独立でなければならない。

弟子は懸命に技を磨いた。

磨く過程で、薙刀使いの間合いの取り方、呼吸の仕方が摑めるようになり、唯一の苦手を克服するに至った。

年が明け、勢源に技を見てもらう頃には、この弟子は門下で別格の達人になっていた。他の門弟は彼の相手にならず、富田の屋敷の庭には、彼の同門たちが木刀で打ちのめされて累々《るいるい》ともだえ転がった。

さらには勢源の実弟までが敗れた。

俺の手元に置いておくのは勿体《もったい》ないな、と思い、勢源は弟子に独り立ちするよう告げる。

「ただし、忘れるな」

と一つだけ念を押してやる。

「所詮こんなものは雑兵の業だ。刃の届くところにいる相手を何人斬ったとて、国を切り取ることなどできぬ。野辺を這いずり回り、斬ったり斬られたりしながら生きて、いずれ死ぬための業《わざ》だ。俺もお前も、そんな業を磨くだけの命だ」

「心得まして、ござりまする」

勢源は無言で頷いた。

弟子は頭を下げたまま、師の次の言葉を待ったが、それがなかなか聞こえない。駄目か、と諦め、背を向けて歩き出した。すると、おい、と呼び止められる。足を止めて振り返ったが、勢源は手ぶらだった。

「お前、独り立ちする以上、いつまでも小童《こわっぱ》のような名ではいかん。何と名乗って生きていく」

「では、巌流と名乗りまする」

巌と流れを合わせて自身の名前にした。

技を磨いた渓流の巌から取ったのか、剛と柔の二つを兼ね備えたいと考えたのか、あるいはその両方か、とにかく、悪くないと勢源は思った。剛の巌、柔の流、二つ合わさると、いかにも卓越した武芸者のような響きがする。名乗る度に研鑽《けんさん》に励んだ渓流の巌を思い出せば、驕《おご》って堕落することもないだろう、とも思った。

無言で頷き、他の門弟に命じて大太刀を持ってこさせる。

「巌流、お前のあの技、長い得物の方が活きる。今日からお前の物だ、持っていけ」

巌流は地に膝をつき、師の大太刀を頭上で押し戴いた。

越前を去る。奇跡的な平和を保っていた生国《しょうごく》を出て、一人の武芸者として乱世に踏み出した。巌流などと老人のような名を名乗っているが、十八歳の若者である。長身で無類の壮健、しなやかで力の強い体だが、まだ顔にはわずかに幼さが残っていた。

都にいってみたいな、と若者らしい思い付きをし、深く考えもせず西に向かった。天文二十一（一五五二）年のことである。この年、上杉憲政《のりまさ》が越後の長尾景虎《かげとら》を頼り、豊後《ぶんご》大友氏や山口の大内氏の下にはイエズス会の宣教師たちが訪れていた。尾張では織田信秀が死に、息子の信長が動き始めたばかりである。こういう年に、巌流は自分の道を歩き始めた。


中山道は都と東国を結ぶ陸路であり、人の往来も多かったが、治安は決して良くはない。金品を携行する商人は自衛の必要があり、自ら武装する者も多く、武士団を雇っている商家すらあった。

巌流は銭こそ持っていないが、武具を持っていた。太刀を腰に佩《は》き、脇差しもある。師から授けられた大太刀を背中に背負っていた。長すぎたために佩くことができず、背負ったのであるが、彼が十人並みの上背だったならば、背負っても引き摺ることになっただろう。それほど長い。刀身が四尺弱もあった。一般に太刀と呼称されるものの、ほぼ倍の長さである。柄《つか》も入れれば四尺二、三寸であり、この頃の女性の身長に匹敵した。大太刀の中でも、特別に長い。また巌流が自力で手に入れた腰の二本とは、見るからに造りの違う逸品だった。この時代、武具は自弁である。だが足軽風情《ふぜい》が自分用に誂《あつら》えることなどできない。ならば奪うしかないのだが、それは何も戦場に限ったことではなかった。

街道で堂々と殺して奪うことも、そう珍しくはない。

一人で歩いている巌流は、商人と擦れ違う度、その護衛についている武士のような山賊のような、むくつけき輩《やから》の視線で舐《な》め回され、その都度、斬り合いになるのではないかと警戒せねばならなかった。連中が太刀を奪いたがっているように、巌流には感じられるのである。

お互い様だった。商人から見れば、巌流こそ怪しかっただろう。巌流の着物は粗末だった。色落ちし、破れ、ほつれ、擦り切れていた。顔も土で薄汚れ、腰まで届く髪は何の手入れもしないまま縄で一つにまとめてある。束《たば》ね損《そこ》ねた髪が風で揺れる合間から、鋭い眼が見え隠れした。腰の鞘《さや》は二本とも塗りが剝《は》げ、刀の柄も薄汚れている。だが背中の大太刀はどうか。これだけは、素人が見てもわかる逸品である。擦れ違う者たちは、殺して奪った物に違いないと思っただろう。

幸い、巌流は襲われることなく歩き続けていたが、草津に差し掛かった時、ついに略奪の現場を目の当たりにした。

白昼堂々であり、様子がよく見える。

襲っているのは近隣の土豪か山賊か、あまり品のいい連中ではないが、襲われているのはどうも何処《いずこ》かの歴とした家中のようで、身なりがいい。双方ともに十五人内外で、家中の方には女もいるようだった。

どうなるか。

という興味が先に立った。越前に生まれ育った巌流は、こうした状況に接したことがない。孝景の治世、越前は平和だった。その平和に憧れてわざわざ京から貴人や文化人が訪れるほどで、そのために越

前には京風の文化が育まれてすらいた。孝景の領地は辻《つじ》も杣《そま》も畦《あぜ》も、人の血を吸っていない。略奪行為などは、風聞でしか知らなかった。それが今、目の前で起きようとしている。

どうなるか、と巌流は見詰めている。

一対一の仕合ではなく、乱戦になるはずだが、その中で剣術がどう活きるのか、それを見たかった。

馬から下ろした荷駄《にだ》を中心に円形の陣を構える何処《どこ》ぞの家中を、山賊らしき一団が包囲しており、そこから少し離れた場所に、巌流はぽつんと立っている。馬が逃げぬよう手綱を握っている馬丁《ばてい》は怯《おび》えた様子で右に左に忙《せわ》しなく首を回しているが、太刀を構える家中らは落ち着き払って静止していた。そこに向けて、じりじりと山賊たちが間合いを詰める。

始まった。

怒号や雄叫びが上がり、刃がぶつかり合う音が幾重にも響いた。

どうなる、どうなる。

巌流が胸を高く鳴らして見ていると、ほどなく山賊の包囲に穴が空き、そこからみるみる破られていった。つまり、次々と斬られていく。武士の方に、一人手練《てだ》れがいた。斬っているのはほとんどこの一人であり、他は刀を打ち付け合って勝敗を決することができないでいる。一人だけ格が違っていた。

女が荷駄によじ登り、別格の一人に「後ろだ、右だ」と敵の位置を伝え始めたが、指図されている当人はまったくそれを必要としていない。背中に眼があるような正確さで背後の敵にも対処している。

あの一人だけが剣術を知っている。もっと近くで見たい、もっと近くで。

巌流は駆けながら腰の太刀を抜く。山賊風の男を二人ばかり斬って剣術使いの側にいき、その背中を

守るように自身の背中を押し当てた。二人の背に大太刀の鞘が挟まれる。

「尋常ならざる事態とお見受け致した。お味方致す」

「忝《かたじけな》い」

二人は次々と斬った。これは敵《かな》わぬという判断をする余裕はなかっただろう。残った一人が悲鳴を上げながら逃げていったが、その様子は食われることから逃れようとする獣のようであった。

荷駄の上にいる女、と言うよりは娘であるが、それが逃げる背中に向かって叫ぶ。

「見たかっ、これが美濃一の武士《もののふ》、明智の十兵衛様だっ」

それを聞いて、巌流はこの一団が美濃斎藤家の家中だとわかった。美濃と越前は良好な関係にある。朝倉家中にいた師の勢源であれば、今の言葉で剣術使いの正体を知ったかもしれないが、他家の家中に暗い巌流には、「明智の十兵衛様」が誰なのか、そこまではわからなかった。興味もない。ただ、その抽《ぬき》んでた剣術には強く惹《ひ》かれた。

「助太刀いただき、忝うございまする。主命にて運ぶ品なればここから差し上げることはできませぬが、せめてこれだけでも」

と、明智の十兵衛様は自分のものと思われる銭を巌流に差し出している。

「要りませぬ。その代わり、その剣術、どなたの下で学ばれたのか、教えていただきたい」

十兵衛は困ったように笑って、首を横に振った。

「それがしのような不出来な弟子がいるとあっては、師の名前に疵が付きますれば、どうかお許しいただきたい」

そう言って再び銭を差し出すのが謙遜なのか別のものなのか、巌流は気にしていない。とにかくこれほどの弟子を輩出する武芸者がいるのであれば、只者ではないだろうという思いが、彼を興奮させていた。この巌流の様子こそ、十兵衛を警戒させている。

ただの牢人ではない。武芸者であろう。であれば、弟子入りを願いにいくか、あるいは仕合を申し込みにいくか、どちらにせよ師を煩わせる。

十兵衛は穏やかな微笑《ほほえ》みの下で激しく警戒していた。

「ではせめて、流派だけでも」

と巌流は食い下がる。十兵衛は首を横に振るだけだったが、荷駄の上から声がした。

「鹿島新当流《かしましんとうりゅう》、免許皆伝だっ、恐れ入ったかっ」

十兵衛は眉間に縦皺を刻み、声の主に顔を向ける。

「ヒロっ、降りなさい。親方様の品だぞ」

「道三様《どうさん》ならこれくらいで」

「降りねば、実家に返す」

「もう」

娘は荷駄から飛び降りて、十兵衛の袖を握って乱暴に振り回した。

お恥ずかしいところを、と十兵衛が一礼している間も、娘は袖を離さず前後に振っている。

巌流は目の前にあるその光景を見ていない。

鹿島新当流、塚原卜伝《ぼくでん》か。

と考えていた。その免許皆伝であれば、仕合ってみたいと思う。勝てば名が上がる。免許皆伝の弟子を倒したと喧伝《けんでん》すれば、塚原卜伝とも仕合えるかもしれない。だが、美濃斎藤家の家臣が自分のような武芸者を相手にしてくれるはずがない。十兵衛にすれば、勝っても何にもならないのである。名を上げなければ野垂れ死ぬしかない武芸者同士であるから、命を懸けた仕合が成立した。

「それがしは巌流と申す武芸者にござりまする」

慇懃《いんぎん》に挨拶をし、十兵衛の剣術を讃え、都を目指す途中なれば、と言って別れた。

都は巌流にとって刺激的であった。情報の集散地であるために、越前にいた頃には知らなかったことを知るようになった。

まずは武芸者のことである。

どうやら俺のような者のことを、兵法者《ひょうほうしゃ》、とも言うらしい。

巌流は仕合う相手を探しているうちにこれを知った。

兵法者という呼び方は、本来は中条流にも伝わっていたはずなのだが、巌流は知らなかった。勢源が教えなかった。この頃、兵法者とは、単純に武芸者という意味で使われることもあったが、明確に違う場合もある。例えば、兵法者は築城の際の縄張りをする。戦《いくさ》に際して陣立てを検討し、時に開戦や撤退を主君に意見具申する。彼らは大抵の場合、修行の段階で見聞を広めるために数ヵ国を移動し、その過程で嫌でも武芸の腕を磨くことになるのだが、これは言ってしまえば副産物であり、前者の能力こそが彼らの真価を決した。朝倉家中にいた勢源にすれば、兵法者というのは参謀や幕僚、またはその補佐を

務める能力を持った人材のことであり、剣術が達者なだけでそう名乗るのはおこがましいにもほどがあると考えたのだろう。

俺は武芸者だな。

と巌流も思っている。所詮は雑兵の業だ、という師の言葉は、彼の血肉の一部になっていた。

だがしかし、と巌流は思う。武芸者という呼称を嫌い、兵法者だと言い張る者もいるらしいことを知ったのは良かった。仕合う相手を探す際、何かの役に立つかもしれない。

もう一つ、彼は武芸者として歩んでいくために、見てくれを工夫しなければならないことを知った。

武芸者は名を上げなければならない。そのためには人の噂にならねばならず、奇抜な出で立ちの者が大半であった。仏僧や神主の格好、女装、稚児のなりなどはまだ大人しい方で、天狗に化けたり、剃《そ》った頭に簪《かんざし》を突き刺して歩く度にチリンチリンと音を鳴らしている者など、珍妙な連中が揃っていた。見た目で常識の外に出た後は、奇行で噂になろうとする。飛び跳ねる、飛び降りる、飛び込むから始まり、水車にしがみついて何回も水を潜っている者、橋の欄干に噛み付いて宙ぶらりんになっている者など、越前では見聞きしない手合いばかりである。誰かが名刹《めいさつ》の門前で小便をして僧兵に追い回されると、翌日には別の者が同じ場所で大に踏み切るという始末で、こうした噂を耳にする度に、自分はとんでもない道に踏み入ってしまったのだと憂鬱になった。

俺にできるか、と悩んだ。

師は富田勢源である。眼を患い、家督を譲るまで、勢源は朝倉家中、千の将兵を率いる富田家当主だった。本人も礼節をよく弁《わきま》えた人物であったし、門弟にも行儀の良さを求めた。門下において顔の美醜

や着物の色柄が話題に上ることはなく、まして奇行に走る者などはただの一人とてない。門弟は皆、立ち振る舞いに関しては、そのまま富田家中の末席に加えられてもいいように厳しく躾《しつ》けられていた。巌流も例外ではない。剣術しかできない彼には学がない。知識がなく、世間を知らない。この青年の唯一の教養は、師勢源から叩き込まれた礼節である。礼儀正しくあることが、巌流にとっては唯一、教養を発揮する手段であった。礼儀を知っているという、この一点でのみ、巌流は彼自身が犬畜生ではないと実感できている。

それが今、枷《かせ》になろうとしているのを巌流は感じている。日々売名行為に励まねばならぬ武芸者は、自己顕示欲を煮染めたような性格の者が大半だった。その中で駆け出しの自分が目立つためには、人格を作り変えるところから始めなければならないと考えるようになっていた。

よさそうな場所があった。

名を上げようと京にやってきている武芸者たちが出入りしている安酒場である。巌流は店には入らず、少し離れた道の角から数日観察した。同業者たちは日中奇行に励み、陽が落ちるとここで呑んで自慢話をし、喧嘩をし、そして散り散りに帰っていく。

店は女が一人で営んでいた。老婆ではないが娘でもない。背は低く体も細いが、気の強さ、きかなさが表情と仕草にしっかりと出ている女で、堪忍袋の緒が切れると自分の倍の背丈をした武芸者に怒鳴りながら包丁を振り回す女傑である。店は女のものである。客同士で喧嘩をしても、女主人に対しては悪態をついてはならぬという不文律があるようだった。

日中、巌流はこの店を訪ねた。店と言っても、荒《あば》ら家《や》である。越前であれば、牛馬でもこれよりはマ

シな小屋に入っていた。

「御免」

と一礼して入ると、女主人がしゃがみ込んで、一人で何か捏《こ》ねている。表情は険しい。料理を楽しむ女人の愛らしい様子などはなく、代わりに、この世のすべてを嫌悪しているかのような、つまらなそうな雰囲気を纏《まと》っている。

「陽が落ちたらおいで」

巌流に視線をやることなく、女は言った。

「呑みにきたのではござらぬ。女将《おかみ》、武芸者をよく見ていよう。それがしに武芸者の出で立ち、振る舞いを指南してもらいたい」

女が顔を上げた。目つきが悪い。巌流の眼は鋭かったが、それともまた違う。鋭いのではなく、目つきが悪いのである。唇の片方の端を持ち上げて訝《いぶか》しげな表情をしている。目つきが、と言うに止どまらず、人相が悪い。巌流は姿勢良く立っていた。

「何だい、あんた」

「それがしは富田勢源の門弟、巌流と申す武芸者でござる。越前から参った。武芸には多少覚えがあるつもりで国を出たのだが、どうやらそれ以前のところがなっていないと思い知った次第。どうか指南をお願いしたい」

女は目を閉じ、額に手を当てて長い息を吐いた。疲労感がこびり付いている。

こいつはまた、輪をかけて変なのがやってきた。

女は地面を踏みつけるように立ち上がり、巌流の目の前までどかどかとやってきた。猪のように、顔を巌流の腹に突きつける。すると巌流は一歩下がる。女が前に出て、今度はその胸が巌流の腰に当たる。すると巌流はもう一歩下がる。

すぐに表に出てしまった。

「何だいあんた、図体だけでかくて逃げ腰じゃないか」

「今日死ぬかも知れぬ武芸者、しかも修行中の身なれば、女人に触れることは慎まねばならぬ」

女はあんぐりと口を開け、自分の倍も背のありそうな巌流の顔を見上げた。

「あんた、あたしを女だと思ってんのかい」

「女性《にょしょう》ではござらぬのか」

巌流は長身に似合わぬあどけない口振りで言い、首を少し傾《かし》げている。女は再び長い息を吐き、睨み付けるような顔で見上げた後、

「でかいんだよっ、座んなっ」

と怒鳴った。

巌流は背中の大太刀を下ろし、腰の太刀を置き、名門の家中のような洗練された身のこなしで地べたに座った。胡座《あぐら》を組んでいる両膝の外に、拳をついている。一度伏し、顔を上げて女を見た。

女は腕組みをしながら巌流の顔を見て、困ったように唸《うな》った。

薄汚いが、もとの顔立ちは整っている。面差《おもざ》しに下品さがない。眼は鋭く、強い意志が宿っているように輝いていた。夜ごと呑みにくる連中とは、別種の人間にしか見えない。これを武芸者らしくするの

は難しいと思った。

何度か唸った後、思い付いて手を叩く。

「あんた、そのまま磨《みが》いたらいいよ」

「そのままとは」

「その涼やかなままさ。顔もいいし、身のこなしも武芸者らしくない。髪がちょっと長いねえ、櫛をかけなよ。年頃の娘みたいにきれいな髪にしな。それでじゅうぶん、噂になる」

「それがしの聞いた武芸者とは違うように思うのだが」

「だからいいのさ、武芸者に見えぬ武芸者、あんたはそうしな」

「御指南、忝《かたじけな》い」

巌流がいなくなると、女は店の準備に戻った。正直、巌流がいなくなってくれさえすればよかった彼女は思い付いたことをそのまま話しただけだった。が、夕刻、立派な緋色《ひいろ》の小袖《こそで》に灰色の袴《はかま》を履《は》いた巌流が再びやってきて、どうだろうか、と採点を頼んできた。

溜息を吐き、諦めて、まじまじと見てやる。

腰まである髪に丁寧に櫛をかけ、後ろで一つに束ねている。縄をやめ、紅白の美しい紐で束ねていた。背が低ければ、後ろからは娘に見えるかもしれない。小袖も袴もそれなりにいい物を選んでいる。草鞋も厚手の物に新調していた。腰の鞘《さや》だけは塗り直しておらず、立ち姿の中で目立ってしまっているが、拘《こだわ》りがあってそうしているように見えなくもない。

顔も洗ってきた。本人は意識したことがないが、顔立ちがいい。女人のような美しい顔に剣士の鋭い

眼をつけると、巌流の顔になる。表情の加減でふっと幼さが覗くのがまた、魅惑的であった。

「悪くないねえ、だけどこれ、あんたどうしたのさ。銭があるようには見えなかったけど」

「川で髪を洗っていたところ、仕合を申し込まれたゆえ、その者の太刀を売って揃え申した」

「勝ったのかい」

「勝ち申した」

何でもないように答える巌流は、やはり武芸者らしからぬ雰囲気を持っている。

この日、巌流は店の隅に座って同業者を待った。

陽が落ち、怒鳴るような声を発しながら最初の武芸者がやってくる。彼は巌流を睨み付けた。巌流の容姿は目立つ。六尺を越す長身で、腰まで届く黒髪は娘のもののように艶《つや》やかに輝いている。一度目にすれば記憶に残るはずであり、記憶にない以上、ここ数日のうちに都にやってきた新参であることは間違いなかった。店に入ってきた武芸者は本能的に、または心身の反射として、新参を睨み付けて威嚇し始めたのである。

座ったまま、巌流は視線だけを動かして相手の顔を見た。眼が鋭いため、睨み返した印象になる。途端、武芸者は激昂《げっこう》した。巌流を罵倒し始める。これが武芸者の平均的な態度であり、歴《れき》とした家中に身を置く武士からすると、ならば付き合いたくないものであった。こうした連中と命のやり取りをする道に巌流は踏み出している。

罵倒は長かった。顎が外れてもおかしくないほど口を大きく開け閉めし、唾を飛ばしながら吠え続ける。唇の両端に泡が溜まっていったが、本人は気にしていない。巌流も見ていない。それどころか、相

手の言葉を聞き取ってすらいなかった。散々罵られた後、相手が怒鳴り疲れて一息したのを見て、

「仕合うか」

と短く言う。

武芸者は抜いた。すると、巌流は俊敏になる。倒れ込むように低く伏し、男の目の前で立ち上がった。この間、瞬《まばた》き一つである。

消えた相手が眼前にそびえ立った、と思えただろうか。

武芸者は死んでいる。巌流の脇差しが、一瞬だけ鞘《さや》から放たれていた。その一瞬で武芸者の命を絶ち、すぐに鞘に戻っている。小柄《こづか》を握ったのすら、視認《しにん》させなかった。

店の女将《おかみ》は何が起きたかわかっていない。相手が喋らなくなったなと思っている。

巌流は立ったままの死人を蹴った。一撃で店の外まで蹴り出してしまう。ぎゃあっ、と驚く女をよそに、再び隅の席に座った。そう経たずに次の武芸者が入ってきて、同じことが起こる。表の死体が二つになった。巌流はまた隅に戻る。

これは、よい狩り場を得た。

そう思ったのだが、三人目を蹴り出したところで女将に怒鳴りつけられる。

「うちの客をっ、根絶やしにするつもりかいっ」

商売にならない、と言われれば、確かにそうであった。巌流は店を出て、三つの死体から刀を奪い、京にきてから勝手に寝床にしている廃寺に引き上げた。

三年経った。元号は天文から弘治に変わっている。

巌流は二十一歳になった。まだ都にいる。多少、名が売れた。彼の名は、畿内《きない》の武芸者の間では、まま耳にする名前になっている。寝床にしている廃寺には、時折武芸者がやってきて、巌流を名指しして仕合を申し込んだ。巌流は悉《ことごと》く受け、必ず勝った。武芸者として三年生きてみたが、まだ仕合で背中の大太刀を抜いたことがない。抜く必要を感じるような相手が見つからないでいた。

巌流という兵法者が京にいるらしい、という風聞が畿内の市井《しせい》に流れ始めると、都と人の行き来がある越前にはすぐに伝わった。勢源《せいげん》とその弟子たちも耳にすることとなる。噂であるから、聞く度に詳細は変化した。大男であるとか、女であるとか。小太刀使いだとか、大太刀使いだとか、常に廃寺にいるとか、飲み屋に入り浸っているとか、要領を得ない。ただ、一つだけ一貫していた。

疾風《はやて》の剣術だ、という点である。これだけは、どの風聞にも一致を見出せた。並の武芸者では抜き手を見ることとすら適《かな》わぬ、神速《しんそく》の剣士として噂になっている。

身軀長大《しんくちょうだい》。剛力《ごうりき》にして俊敏。さらには筋までいい。その剣は越前にいた頃から門下で抽《ぬき》んでていた。

巌流不敗の噂は、勢源の門下を安堵させる。

奴が通用しなければ、俺たちはどうなる。

という不安が霧散し、別の形にまとまり直した。

俺たちは、奴と木刀を打ち付け合ったのだ。

この安堵が弛《ゆる》みになると、師の怒りを買った。門弟たちはより厳しく鍛えられ、締め直される。以前から、

「ひとの名は、ひとの名だ」

と勢源は教えていた。門弟が勢源の門下であることを誇ろうとするのを戒めたものだが、今は巌流と同門であることに自信を持つことを戒めようとしている。が、風聞は止まない。

疾風《はやて》の剣術、疾風の剣術と耳に入る機会が増えると、どうしても気になり、気が散り、気が弛んだ。それが剣に出た。弟子も自らを律しようとしている。剣への影響はわずかであり、大半の者には見えない。だが勢源には見えた。師に見抜かれていると感じながら、弟子たちは太刀筋を取り戻せずにもがく。邪念を振り払おうと無理に振り込み、下手になる者もいた。

巌流の風聞は病となって、富田《とだ》門下を蝕《むしば》みつつある。

勢源は雷雨の晩を待って門人を招集した。門下一同、激雨打ち付ける庭に平伏し、雷鳴が轟《とどろ》いても微動だにしない。

勢源は雨を厭《いと》わず庭に立ち、門弟どもをゆっくりと見渡した。どちらかと言えば小柄な人物で、歳も重ねていたが、患ってなお眼光鋭く、彼を勢源と知らぬ者が見ても畏怖《いふ》せずにはいられないような迫力がある。

「疾風」

と師が発すると、門弟らは一つも聞き洩らすまいと耳に意識を集中した。

「疾風に勁草《けいそう》を知る」

勢源が発した言葉の意味を、門弟らは知らない。それは勢源も理解しており、何を言いたいのか説明してやる。

「艱難辛苦《かんなんしんく》を得て初めて人となる。勢源の弟子、巌流の同門などと言っているうちは人ではない。俺の下を去り、自ら剣林《けんりん》に身を投げ、己の名、己の命を懸けて仕合うようになって、ようやくお前たちは人となるのだ。一度も己を懸けぬまま、一端《いっぱし》の武芸者になったような思い上がりを抱く者は俺の門下には要らぬ。以後、疾風《はやて》と聞けば今の言葉を思い出し、柔弱に堕する心身を戒めよ」

ははっ、と門弟の返事が響くと、勢源は屋敷に入った。湯を浴《あ》み、床に就く。

雨は激しく、雷鳴も止まない。その音に混ざり、木刀を振り込む音が聞こえ始めた。それが当然であるかのように、勢源は眉一つ動かさずに眠る。

庭では門人らが無言で木刀を振り込んでいた。この中に後に東軍流《とうぐんりゅう》を開く川崎鑰之助《かぎのすけ》がおり、鐘捲《かねまき》流《りゅう》を開く鐘捲自斎《じざい》がいる。山崎景邦《かげくに》は歴とした朝倉家中《かちゅう》だったが、他の門人と肩を並べて懸命に木刀を振った。景邦の子は後に富田《とだ》家に婿入りし、富田家と中条流を継ぐ。富田重政《しげまさ》という。富田家は、織田信長によって朝倉家が滅んだ後は前田利家に仕えた。重政は利家の死後も前田家中で一万石を越える中心的家臣であり続け、利長の下で関ヶ原を、さらには利常の下で大坂の陣を戦った。大坂の陣では老兵でありながら自ら十九の首を上げ、中条流の名声を響かせている。官職は越後守。中条流の剣豪、名人越後とはこの重政である。鐘捲自斎の門下からは一刀流の開祖となる伊藤一刀斎《いっとうさい》が輩出され、一刀斎の門下からは徳川将軍家剣術指南役となる小野忠明《ただあき》が出る。

富田の庭で振り込まれる木刀の唸りは、これら剣術諸派興隆の胎動である。勢源以後、中条流は富田流とも呼ばれるようになったが、そう呼ばれるに値するものが確かにあった。勢源は類い稀な剣豪である。同時に、他に類を見ない師でもあった。中近世移行期の剣壇に、これだけの剣士を輩出した武芸者

は、他にいない。

翌朝、勢源は廊下に出て晴れ渡った空を見上げた。視線を下ろして庭に向けると誰もいない。いた跡もない。そのように見えるが、勢源の視界には常に白く靄《もや》がかかっている。

「お早うございまする」

詰めていた富田の家臣が跪《ひざまず》いて挨拶をしてきた。

「庭を見てくれ」

と勢源は言う。

はっ、と家臣は立ち上がり、普段門弟が稽古に励んでいる庭を見渡した。

「俺には乱れているように見えぬが、どうだ」

「はっ、しっかりと掃き清められておりまする。昨晩の雨が嘘のように、まっさらな御庭にございまする」

「ならばよい」

と言って、勢源は門弟がやってくるのに備え、身支度を始めた。彼の門人たちは、昨晩の素振りはなかったこととして、今日も鍛えられるだろう。

紀伊にいってみるか。

と、巌流は考えていた。廃寺の石段に座り、ぼんやりと空を眺めている。曇っていた。ふと、雲の切れ間から陽が注ぐ。その光の帯を上空へと辿っていき、陽の射し口に目を凝《こ》らした。そこに、いったこ

とのない紀伊の様子が見えはすまいかと、そんなことを考えながら、巌流は思案している。普段は鋭利な彼の眼が、今は物憂げな瞳になっていた。慕う相手を思う時の、生娘《きむすめ》のような表情をしながら、大太刀の鞘《さや》を抱えて空を見上げている。風が吹くと、長い髪が揺れた。容《かんばせ》は麗《うるわ》しい。その外見で、血生臭《ちなまぐさ》いことを考えていた。

紀伊に、手練《てだ》れがいるらしい。それと仕合いたいのである。より正確に言えば勝ちたいのであり、つまりは斬りたいのである。問題は、その手練れの情報がひどく曖昧なことだった。

紀伊入道 某《なにがし》という猛者《もさ》がいると耳にしただけで、実在の人物かどうかわからない。が、ここを訪ねてくる武芸者を相手にしているだけではどうにもならないと考えるようになっていた。

疾風《はやて》の剣術の使い手、という噂は、曲芸師《くるわざし》、という印象を帯びている。やる前から軽んじて掛かってくるような阿呆が跡を絶たなかった。

実際には、巌流の剣は速いだけでなく、重い。さらには身体が大きいため、体重移動や捻《ひね》って溜《た》める基本の動作が一々技《わざ》と呼べるような剣撃を生む。並の武芸者が捨て身で放つ乾坤一擲《けんこんいってき》の一撃を、巌流は通常の動作から連撃できた。手足が長く、敵の太刀が届かぬ所から斬り掛かれたし、万一懐に飛び込まれれば、中条流の小太刀が雷光を放った。

京で巌流が仕合ってみたいと思える相手は、手の届くところにはいない。手の届かぬところにはいる。

吉岡剣術指南所。

俗称、吉岡道場であり、室町将軍の剣術指南を担ってきた格式ある組織である。その指南を受けた将軍足利義輝《よしてる》は、自ら太刀を振るって政敵三好・松永の兵を斬り伏せること幾度、剣豪将軍と呼ばれ、そ

の剣は達人の域と名高い。

三年前、駆け出しの巌流は指南所を訪ね、入門ではなく、仕合ってもらうことはできぬかと門番に頼み込んだが、文字通りの門前払いにされた。

富田勢源の門弟にござりまする。子細すべてそちらの定める仕合で構いませぬ。五対一でも構いませぬ。

食い下がったが、そもそも武芸者だの兵法者だのを相手にせぬ、と言われ、追い返された。巌流には気の毒であるが、致し方のないことであった。吉岡道場は足利将軍家の剣術指南を務める。室町兵法所《ひょうほうどころ》とも呼ばれ、これは政所《まんどころ》や侍所《さむらいどころ》に引き付けた呼び方で、つまりは半ば幕府の一機関のように目されていた。稽古としての他流仕合であっても幕府への届け出を要し、将軍義輝が望んで塚原卜伝《ぼくでん》を招いた際も、万事に渡って幕臣が公務として対処している。卜伝の滞在中、義輝とともに剣術を習うことを許されたのは細川藤孝《ふじたか》（後の幽斎《ゆうさい》）であり、家格で言えば、富田勢源どころか、朝倉義景をも凌《しの》ぐ。そういう身分の者でなければ、敷居を跨《また》ぐことができなかったのであり、巌流などは、本来近付いてすらならない場所だった。無知だったからこそ、仕合を頼みにいけたのである。知った後は、諦めるより他ない。例えば、名を上げれば仕合ってもらえるかもしれない、などという妄想は、塵《ちり》ほども湧いてこない。当時の巌流は、ただただ無知であった。そもそも、将軍の剣術指南をしている者が野良仕合《のらじあい》で敗れた場合、将軍権威に疵《きず》が付くと幕府が考えないはずはなく、そうしたことに少しでも想像が及べば、入門ならまだしも、仕合など不可能だと気が付いたはずである。無知すぎた巌流にはそれだけの想像力も働いていなかった。あの時の門番は、打首《うちくび》の志願者がきたと思ったかもしれない。

そのようなことがあってから三年経っている。このまま都にいても、と思い、腰を上げた。

「紀伊入道某とは、真《まこと》におる男だろうか」

巌流が尋ねると、眉間に縦皺を刻んだ不機嫌そうな顔が振り返った。武芸者が出入りしている飲み屋の女将《おかみ》である。巌流は時々この店に出入りして、情報を集めていた。

厨房、と言うほどのものではないが、その中で女将は何かを摺《す》っている。巌流はそこを覗き込める席に座り、話し掛けていた。

「陽が昇ってるだろ、支度中なんだよ」

「聞いたことはござらぬか、女将」

「聞けよ、あたしの話をよお」

巌流は懐に手を入れ、取り出したものを差し出す。女将が手を出すと、その手のひらに静かに置いた。

持たされたものを見て、首を傾《かし》げた後、女将は巌流を見る。

「何だい、これ」

「スミレがきれいに咲いておったので、手折《たお》って参った」

「銭じゃねえのかよっ。どうすんだい、これ。煮て食うのかい」

こいつと話すと疲れる、と思いながら、女将は支度の手を止めて巌流の隣に座った。

三年経って、目付きがより険しくなっている。巌流は三年分、男の顔になった。剣術も達者である。

が、知識はよくて人並み、世間知らずな面がまだ残っていた。この店を訪れては、女将を怒鳴らせ、疲れさせ、諦めさせた三年である。

「いいかい、紀伊国ってのは一向宗《いっこうしゅう》の連中がごちゃっといるとこで、入道なんて名乗ってる奴はそこら中にいるだろうさ。紀伊入道 某《なにがし》って言われても、その某がわからなきゃ何とも言えないよ」

「一向宗の入道だとして、強いだろうか」

「知らないよ。でも僧兵ならそれなりかもね。薙刀《なぎなた》の達者なら、武芸者の中でも通用するんだろ」

薙刀か、と巌流は思った。越前を出てから仕合った中に、薙刀使いはいなかった。

よし、と決める。

「紀伊国へいって参る」

「いや、勝手にいけよ、あたしに言わずにさ」

京から河内《かわち》へ、河内から紀伊へと南に向かって歩いていく。紀伊にはこれと言った大名がいない。国《こく》人《じん》勢力が強く、それらの集合体として国があった。一向宗がいる、という言い方をすれば、この頃は日本のどこにでも一向宗がいたのだが、その中でも紀伊には雑賀衆《さいかしゅう》がいた。金をもらって戦《いくさ》に加わる傭兵集団であり、戦闘技術が高い。応仁の乱の頃から活動しており、下手な国人領主よりも戦慣れしていた。この頃、既に鉄炮を持っている。信長はまだ鉄炮を知らない。それどころか尾張を掌握できてもいない。彼が桶狭間で今川義元を討つのはこの六年後である。雑賀衆の鉄炮受容は極めて早かった。早かったのだが、二十数年後、彼らは鈴木（雑賀）孫市の指揮の下、信長に抗《あらが》い、弾薬が尽きるまで鉄炮を撃ち続け、遂に屈服する。それでも雑賀衆自体は残存し、一部は雑賀を出て、信長軍に包囲された石山本願寺に合流して抗戦を続けたが、ここでも敗れ、続く秀吉との戦いで完全に壊滅した。まあ、随分後

のことであり、この頃の紀伊には関わらない。ただ、巌流は道中、雑賀衆の噂を何度も聞くことになる。戦を生業《なりわい》にする血の気の多い連中であり、彼らが屯《たむろ》して住んでいるのが雑賀という土地だと知った。行き先が決まった。

巌流の頭に鉄炮はない。彼の頭の中では、薙刀を巧みに操る僧兵が躍動していた。

根来《ねごろ》を抜け、鷺森《さぎのもり》を抜け、雑賀《さいか》に着く。

「存外、のどかな所だな」

と呟いて、一帯を見渡した。

何と言うことはない、鄙《ひな》びた惣村《そうそん》に見える。瀬戸内海を挟んで向こう岸が阿波国だが、潮の香がするばかりで見えはしない。巌流が抱いた雑賀の印象は、海を望むのどかな惣村、というものである。ここまでの道中の方が、まだ物騒な気配だった。

雑賀衆は他所で戦をしているのだろうか、などと思いつつ、取り敢えず人に訊いてみようと考え、人家の集まっている場所を目指した。近い順に訪ねることにし、最初の人家に向かう。ある程度近付くと、中から気配が感じられた。

人はいるな、女子供だろうか。

と考えながらいよいよ近付いていく。彼は雑賀衆を、富田門下のような集団だと思っていた。富田門下のような、とは、年に一度の休みもなく、ただ鍛錬をしている、という意味である。鍛錬をしていないならば雑賀衆の戦闘要員ではないはずであり、女か子供だろうと考えたのである。

人家の前まで辿り着いた。入り口には、戸の代わりに筵《むしろ》が吊り下げられている。その筵に向かい、浅

く頭を下げた。

「巌流と申す武芸者にござる。この辺りに紀伊入道殿という達人がおられると聞いて参った。御目にかかるすべを御存知なら教えていただけまいか」

返事はない。筵の奥に人の気配はある。巌流は言い終えたままの姿勢でじっと待った。が、それでも返事はない。

確かに人がいるはずなのだが。

と思いながら、さらに待った。中の気配はゆっくりと動いており、自らを隠すつもりがない。警戒しているふうでもなければ、誘おうというのでもない。自然だった。武芸者など訪ねてこなかったかのように自然にしているのである。これっきしの馬鹿か、そうでなければよほど肝《きも》の据《す》わった人物だろう。

これは、いきなり引き当てたか。

と巌流は一度瞼を閉じ、ゆっくりと開く。眼が、刀身のような光を持った。

俺では不足だと言わんばかりの態度だが、果たして。

右手を腰の柄《つか》に被せながら、左手を筵にかける。気配に変化はない。筵を払おうとした瞬間、

「何か御用ですか」

後ろから声がして、巌流は筵を離した。途端、長身を倒して低く跳ね、声の主の背後を取る。両足を開いて腰を低くし、右手で脇差しの小柄を握った。

「あら、え、あら」

巌流の目の前には、左右に首を振りながらおろおろとする村娘の背中がある。もとは白かったであろ

う小袖を着た、髪の長い娘だった。首の後ろで束ねた髪が背中の中程まで伸びており、それが左右に振られている。

小柄を放し、姿勢を正した。

「巌流と申す武芸者にござる」

と、筵に話したことをもう一度話し始める。村娘は振り返り、物《もの》の怪《け》でも見るような目で長身の巌流を見上げた。娘は美人になりそうである。瞳が大きく、顔立ちに愛嬌がある。まだ娘に過ぎぬが、目尻に女の気配が覗いていた。娘から女へ変わりつつある歳だろう。顔も手足も汚れていない。村娘にしては身綺麗であった。始めは警戒していたが、巌流の礼儀正しさに安心したのか、

「ここでは失礼になりますね」

と言って、中に入れてくれた。

「御免」

一礼して入ると、やはり人がいる。

「妹です。耳が聞こえません。どうかお気を悪くなさらないで下さい」

村娘は妹の頭に手を添えて一礼させた。巌流は筵をくぐったばかりの所、ただの土の上に座り、深く頭を下げる。

「御無礼を仕《つかまつ》った。お赦しいただきたい」

変わった人だ、と思っただろう。姉はくすくすと笑い出し、謝り、また笑い、家の角にある板敷きの場所に巌流を上げてくれた。その様子と巌流とを見比べながら、妹は姉の袖を握っていた。妹は黄色の

小袖である。髪は顎の辺りまで伸びており、姉と同じく瞳が大きい。やはり姉に似て愛嬌のある顔立ちだが、心があるのかないのか判然としない表情でぼうっとしている。

姉は「サン」という名で十五歳。妹は十歳で「ハル」といった。どういう字を書くのか巌流にはわからない。二人の父親は鉄炮を使うらしく、その稽古中、ハルの耳は聞こえなくなったようである。

「遠くを撃つ鍛錬だったそうです」

サンが話してくれたが、鉄炮がよくわからない巌流には何のことだかさっぱりである。

姉妹の父は長距離射撃の技術を会得しようとしていた。ぎりぎりいっぱいまで火薬を込めて撃ち出す技術で、弾の威力は増し、遠くへ届くが、銃身が破裂する危険と紙一重であり、雑賀衆の中でも名人芸とされるものだった。その訓練中、父の鉄炮が破裂し、近くで遊んでいたハルが巻き込まれたらしい。二人とも命は留めたが、父は右目を、ハルは音を失ってしまった。これでも運がいい方で、銃身が破裂した場合、撃ち手は死ぬことが多かった。母親は何年も前に亡くしている。そういう身の上を、サンは話してくれた。

「お父上ならば、紀伊入道殿を御存知だろうか」

と尋ねると、サンは首を傾《かし》げて、ハルの頭を撫でた。聞き覚えはないようである。

「お父上はどちらへ」

村に残っていた他の大人と山へいったという。

「なんでも根来《ねごろ》を出された人たちが……」

この辺りの山に居着いてしまい、雑賀は迷惑していると大人たちが話していた、とサンは言った。

根来なら途中に通ったな、と巌流は思い出す。

根来には根来衆がいて、これは根来寺の僧兵が核となっている。根来寺は十二世紀に高野山に創建され、金剛峯寺《こんごうぶじ》との対立から十三世紀に根来に移った寺院で、以来、金剛峯寺と衝突を繰り返し、その中で武装強化に励み、この頃、雑賀衆と同様、鉄炮を持っている。雑賀衆の活動は応仁の乱の辺りから確認されるが、根来衆は鎌倉時代から抗争に明け暮れており、やはり戦闘技術が高い。巌流は根来から西に向かいつつ南下して雑賀に着いたが、逆に東に向かえば高野山があった。そちらへ進んでいれば、根来寺と金剛峯寺、真言宗の僧兵同士が薙刀で殺生し合う場面に出会《でくわ》したかもしれない。その根来衆から追放された小集団が雑賀の山に潜伏しているという話である。

根来衆と雑賀衆は、後に織田信長という仏教界全体の敵が現れた時には手を結んだが、本来宗派が違い、何よりも行動原理が違う。

根来衆は真言宗で、金剛峯寺の僧兵を敵とする。

雑賀衆は一向宗で、戦は生業《なりわい》であり、宿業《しゅくごう》めいた敵はいない。敵も味方も金次第である。さらには、雑賀衆に限ったことではないが、一向宗には教団外部と折り合いを付けるのが下手、と言うよりは折り合いを付ける気がない門徒が多かった。他派に対しては宗論をふっかけ、政治権力に対しては納税を拒む。自分たちは仏法に守られているのだから王法の世話にはならぬ、世話にならぬのだから税は払わぬ、という理屈である。無論、屁理屈である。村の決め事を守らぬくせに、村の祭祀については一向宗に仕切らせろと喚《わめ》き散《ち》らし、意見が通らなければ文字通り、暴れた。とにかく、揉《も》め事《ごと》を起こさずにはいられない連中である。他派の門徒や役人、近隣住人などと揉めてはならぬとわざわざ教団内で命令が出る

ほどで、この頃、一般門徒の行儀の悪さでは他の追随を許さぬ一派だった。であるから、一向宗と聞けば眉《まゆ》を顰《ひそ》めるのが、当時の自然な反応である。こんな連中の近くになぜ、根来から追放された一団がやってきたのか。一つには、高野山のある東にはいけなかったため西にきたのだろう。もう一つは鉄炮である。

鉄炮の構造、扱い方、戦術的意味、これらを知っている数少ない他者が雑賀衆だった。

雑賀の者たちなら鉄炮を知る者の価値を理解してくれる、と思ったのだろうが、これは、一向宗を甘く見ている。後に信長軍と戦った時ですら、戦況が悪化すれば結束は乱れ、結んだ手は簡単に離れた。組んでも勝てぬのなら、組みたくないというふうに、他者を嫌悪し、さらには見下し、それを実際の行動に反映させるのが彼ら一向宗である。

こうしたことを、巌流はよく知らない。「一向の奴らが」という言葉は耳にする機会があったが、一向宗の教義がどういうもので他派とどう違うのかは知らなかった。雑賀衆や根来衆がどういう集団なのか、これも噂に聞いた以上には知らなかった。

武芸者と仏教は相性が悪いかもしれない。武芸者は極楽往生するために現世を生きない。現世で名を上げ、禄《ろく》を食《は》むために生きる。彼らの生きる世界は相対的な勝敗が絶対的な価値を持っており、しかもほとんどの場合、勝敗とは生死と同義であった。互いに殺生《せっしょう》し合う生き方、殺されずに殺すための技術を磨く人生である。彼らの望みは現世利益《げんぜりやく》と言えばそうだが、それは念仏を唱えたり問答したりして得るものではなく、死に物狂いで他者を斬り倒し続けた果てに摑み取るもので、自己の精神世界で獲得したり、ましてや神仏がくれてよこすようなものではなかった。武芸を磨いた者同士が仕合い続ける人生

には、眼前の他者にどうやって勝つかという生々しい問題が次々と持ち上がるのであり、勝ち続けるためにはある種の合理主義にならざるを得ず、そのような彼らの実際の人生に神仏を尊崇する余裕はない。信仰上の問題とは別に、その地域社会で円滑に生きていくために門徒とならねばならぬ場合もあるだろうが、根無し草の武芸者には、こちらの理由もなかった。

神や仏の庇護を受けられぬ武芸者たちであるが、強《し》いて挙げれば禅が彼らと合うだろうか。

仏に会えば仏を殺し、祖に会えば祖を殺し、羅漢《らかん》に会えば羅漢を殺し、父母に会えば父母を殺し、親族に会えば親族を殺し、そうして始めて解脱《げだつ》できるのだ、という臨済の教えは、この頃の武芸者、またはより広く武人全般に求められた合理主義と、同居し得るかもしれない。俗世の価値観を克服せよ、そのために本来、人が執着し大事にしたくなるものを自らの手で破壊しろと説いており、自己を極端に機能化させるために、身辺を単純明快にしておく必要のあった戦国武人とは、相通ずる部分があったかもしれない。

巌流の思想は単純である。

武芸者として生きるためには名を上げねばならず、そのためには強者との仕合に勝ち続ける必要があり、勝ち続けるために鍛錬をする。これだけであり、思想というほどのものではないが、これだけにしている点が思想といえば思想だろう。

今は鍛えた武芸で紀伊入道某を倒すため、雑賀を訪ねている。

だがどうも、間が悪かったらしい。大人は山で、里には女子供が残っているだけである。

「これは大変な時に訪ねてしまった。大したことはできぬが、紀伊入道殿を探してしばらくはこの辺

りにいるつもりなれば、見かけた時には気安く頼って下され」

「うちでよろしければ今晩」

とサンは言ってくれたが、巌流は小さく首を振る。

「ご当主にご挨拶もせぬまま、それはできませぬ」

頭を下げて姉妹の家を出た。サンは妹を連れて外まで見送りに出る。巌流は改めて頭を下げ、去ろうとした。

姉妹に背を向けて次にどうするか考えようとすると、自分がきた道を男の集団がこちらへ歩いてくるのが見えた。

「お父上たちが戻られたか」

そう言って振り返ると、サンの顔が強《こわ》ばっている。

「あれは」

根来衆だ、と彼女は言った。

根来で罪を犯した者を雑賀が匿《かくま》っているのではないか、と根来の男は言った。背は巌流よりも少し低く、肩幅は巌流よりもだいぶある。巨漢と言っていい。

里に残っていた雑賀の女たちが次々と表に出てきて睨み合うような格好になる。勇ましくも槍や薙刀を握っている女も幾人かいた。

根来の巨漢は雑賀の女たちを罵倒するような口振りで、罪人を捕まえて引き渡せと言う。

「できぬのなら、当方で一軒一軒改めさせてもらう」

「ふざけんじゃないよっ、山伏崩れがっ、根来に帰んなっ」

「そうだっ、根来に帰れ、ここはあたしらの里だよ」

この間にも、離れた家々から続々と集まってきており、雑賀の女は増えていく。根来の僧兵は十人だけだが、どれも体格がよかった。数では劣っても、いざ始まれば一方的に勝つだろう。

雑賀の女たちの後方、少し離れた位置に老婆たちがおり、子供らを抱いたり、手を繋いだりしていた。姉妹もそこにいたが、飛び交う怒号から不穏な空気が漏れ始めると、サンはハルを老婆に頼み、女の一団に加わった。中年の女から薙刀を受け取り、前に出ていこうとしている。

ハルは口をきつく結んで、姉の背中を見ていた。その隣にいた巌流はハルの頭を撫でると、すっと歩いていく。

御免、御免、と言いながら女を掻き分け、サンの肩をそっと叩き、

「皆に下がるようお伝え下され。サン殿も前に出てはならぬ」

そう言って微笑《ほほえ》んだ。サンは力の宿った目をしていたが、無言で二度頷《うなず》くと、周囲に下がるよう告げた。

巌流が先頭に出る。

緋色の小袖に灰の袴。身の丈六尺強の長身である。束ねられた黒髪は腰まであり、それが大太刀の鞘を撫でていた。美しい顔だが、眼は鋭い。

「何じゃっ、貴様は」

と僧兵は怒鳴る。気圧《けお》されるのを押し戻そうとしているような怒鳴り方だった。

一方の巌流は、冷静な話しぶりである。ただし、その長軀はもう、斬り合うことを望んで、今にも躍動しそうな気配を発していた。その落差が、不気味な威圧感になっている。

「巌流と申す。仕合う相手を探しておった。どうせなら女子供ではなく、それがしとやろう」

「貴様の相手などしておる暇はない」

「女人に怒鳴り散らす暇はあるようだが」

「何だと」

「根来の僧兵は精強揃いとの噂だったが、何だ、男とは仕合わぬのか」

「貴様っ」

僧兵が薙刀を構えた。巌流は腰の太刀に右手を添える。眼が、変わった。元から鋭い眼だが、眼底に刀身の鈍《にぶ》い輝きが宿る。その眼に睨《にら》まれて、僧兵は恐怖した。その顔のまま頭が胴から離れた。間合いに飛び込み、抜刀しながら斬ったのだが、斬られた本人にも、他の僧兵たちにも太刀筋が見えない。居合術、あるいは抜刀術と呼ばれる剣術がそれ自体を本体として整備されるのはこの少し後、戦国末に出た神明夢想流《しんめいむそうりゅう》の林崎重信《しげのぶ》によってだが、それ以前より、他の剣術に付属する形では多くの流派に似た技があった。神速《しんそく》を貴ぶ中条流にもあり、巌流も使う。偶然にも後の林崎重信は長柄《ながえ》の刀の使い手である。必殺の一撃を編み出す工夫だったと思われる。重信が座した姿勢を起点とする抜刀の一撃、すなわち静から動へ転じる瞬間の一撃を磨き上げたのに対し、巌流は体捌《たいさば》きを含めた全体の速さの中に組み込んでいた。動の中からさらなる動を生み出すもので、稽古だけではどうにもならない。巌流の常人離れ

した肉体でなければ駆使できぬ技だった。獣のような俊敏さで駆け寄り、抜き手も見せぬ一撃を放つ。槍の間合いの外からでも、瞬時に斬り掛かれた。薙刀の間合いならば、巌流の太刀は容易に相手の命に届く。

人並み外れた長身がこの速さで動くのを、根来の僧兵たちは見たことがない。

仲間の頭が転がるのを見ながら、わずかに沈黙したが、

「巌流、そうじゃっ、疾風《はやて》じゃ」

僧兵の一人が言うと、残り九人が一斉に薙刀を構えた。

巌流は太刀である。師より授かった大太刀はまだ背中の鞘で眠っている。根来の僧兵が起こすかどうか。

瞬《またた》く間《ま》に二人斬った。最初と合わせて三人になる。

振り上げようとする薙刀を踏みつけ、太刀を薙《な》ぐ。これで四人。

頭上で薙刀を回している男に振り下ろすと、薙刀が二つに断たれた。これで五人。

振り上げ始めた薙刀の脇に飛び込み、太刀を振り上げる。越前の渓流で磨いた技である。後から始動したが、先を取った。六人。

左に跳《は》ねる。跳躍は這うように低く、距離は長く、恐ろしく速い。低く構えて止まった溜《ため》で、右に薙ぐ。僧兵の左端にいた男が死んだ。そのまま再度跳ね、今度は右端の男を斬る。これで八人。

残った二人のうち、一人は薙刀、もう一人は鉄炮を構えていた。

あれか。

巌流は目の端で鉄炮を睨む。彼が動く度に銃口がついてきた。

突きか。

と巌流は直感した。鉄炮の一撃は振り下ろしたり薙いだりはしない。確かに突きと言えば突きだろう。巌流は剣術に置き換えて瞬間的に鉄炮を理解した。この天分が仇《あだ》となる。剣術では敵の太刀を大きく避けるのは下手《へた》のすることである。心得のある剣士ならば掠《かす》る程度に避けながら反撃した。その際、敵の突きを太刀で受けつつ軌道を逸《そ》らし、逸らした後に斬り掛かる。一つの動作の前半分が防御であり、後半が攻撃となる。達人は、防御の段階では敵に突きが防がれたことを感づかせない。仕留めたと誤認した敵を仕留め返すのである。巌流はほとんど本能的に、鉄炮を相手にこれをやった。銃口の向きから突いてくる箇所を判断し、撃ち放たれた弾を太刀で逸らそうとした。

発射音とほぼ同時に、刀身の砕ける音がする。彼の安刀《やすがたな》は銃弾に耐えられず、弾丸は左の脇腹に食い込んだ。太刀を砕いて威力が削がれ、弾は脇腹に留まる。

巌流は思わず片膝をついた。が、撃った僧兵の方が驚いている。仕合うような近距離で撃った鉄炮を、刀で受けたのである。鉄炮を見、もう一度巌流を見た時、彼の額に小太刀が突き刺さった。片膝をついたまま巌流が投げていた。最後の一人が薙刀を振りかぶる。巌流は転がりながら死んだ僧兵の薙刀を拾い、まず足首を薙ぎ、次いで倒れた相手の喉に振り下ろした。

十人すべて斬った。

歯を食いしばりながら立ち上がり、僧兵たちを見渡す。残さず仕留めたのを確かめると、脇腹を押さえながら再び膝をついた。

強い突きだ、次からは避けねばならんな。

小太刀を回収しようと、膝を摺《す》りながら鉄炮撃ちの死体へと向かう。その巌流の身体を抱きかかえて、サンは肩を貸そうとした。

「巌流様、摑まって下さい」

「それには及ばぬ。サン殿はハル殿の側へ」

「手当てをしないと。誰か、手を貸して」


巌流は姉妹の家に寝かされた。脇腹から弾を取り出してもらい、傷の手当てを受ける。すべてサンがやった。横になっている間、顔から吹いた汗を拭ったのもサンである。少しすると中年の女が小太刀を届けてくれた。身体を起こして礼を言おうとする巌流を止め、サンが受け取った。よく仕込まれた武家の娘のようにてきぱきと動く。家ごとにこういう女がいなければ、惣村《そうそん》ぐるみの傭兵稼業《ようへいかぎょう》などはできないのかもしれない。

ハルは無言でいる。姉を目で追い、時々巌流の顔を覗き込んだ。そうかと思うとぼうっと虚空を眺めるように視線を漂わせている。不思議な感じのする子だ、と巌流は思った。

寝ていると、遠くで音がした。小刻みに続いた。

鉄炮だな、と思い、目を開ける。

彼のすぐ側に正座していたサンが、音のした方に顔を向けている。十五の娘に似つかわしくない、凜《りん》とした表情をしていた。

鉄炮は山から鳴った。彼女の父親たちが、根来の小集団と撃ち合ったのかもしれない。その結果どうなったのか、今ここではわからない。

陽が落ちても大人たちは帰ってこなかった。

「よくあることです」

サンは笑って粥《かゆ》を出してくれる。ほとんど汁のような稗《ひえ》の粥だったが、巌流は丁寧に礼を言って食べた。

食べると寝た。鉄炮の夢を見た。鉄炮撃ちと仕合う夢である。何度か仕合い、すべて勝った。太刀で勝った。彼自身が鉄砲を撃つ夢は見ない。朝になり、昼になり、また夜がきた。大人たちは帰ってこない。

そのまま数日、巌流は姉妹の家で寝ていた。父の帰らぬ家をサンは守っている。雑賀の家々では珍しくないことだったろう。

「こら、それはなりません」

昼間、サンの声がして目を開けると、ハルが巌流の小太刀を抱えていた。鞘《さや》のままであるが、その鞘がひび割れているかもしれない。聞こえはしないが、姉の言いたいことは理解できるらしく、惜《お》しそうに小太刀を見詰めていた。

「ハル殿、それは危ない。安物の上、傷《いた》みも酷《ひど》い。これで遊ぶとよい」

髪を束ねている紐を解いて差し出してやった。都で買った、赤と白の紐である。雑賀では珍しかった。

ハルはゆっくりと手を伸ばし、紐を受け取る。しばらく眺めていたが、急に笑顔になり、振ったり引

っ張ったりし始めた。

「申しわけございません」

サンは指を付いて謝り、巌流の枕元、と言っても枕はないのだが、そこへ小太刀を返す。

多少、癒《い》えてきたか。

巌流は脇腹をさすり、浅く息を吐く。

紀伊入道 某《なにがし》と仕合うためにここまできていた。姉妹を眺めるためではない。

さらに数日すると、巌流は歩き回るようになった。痛みは残っているが、鍛錬を再開した。陽が傾くと姉妹の家に戻り、サンが家のことをしている間、ハルを見ていた。彼が雑賀にきて半月になろうとしている。巌流の髪を束ねていた紐はすっかりハルのものになってしまい、彼女の髪を飾っている。砕けた太刀の鞘から帯取《おびとり》を解き、巌流は長髪を束ねていた。あの太刀はもう直らないだろう。鞘も役目を終えたことになる。帯取だけが別の役目をもらって巌流の下に残った。

「兵法者とは、どのようなものなのでしょう」

白湯《さゆ》を椀に注ぎながらサンが尋ねた。彼女は椀を、巌流はハルの頭を、それぞれ見ている。ハルは巌流の膝に座って虚空を眺めていた。

「それがしも含めて、どうというほどの者ではござらぬ。武芸を磨いて競いながら、指南役の口に与《あずか》れまいかと放浪するだけの者どもにござろう」

「兵法者として生きるとは、どのように生きることなのでございましょうか」

「ふむ。まず何処《いずこ》にも根付かず、誰とも深くは交わらず、鍛錬に励み、仕合う機会があれば仕合い、仕合った以上は勝つ。勝って名を上げる。さらに強い者と仕合い、また勝って名を上げる。そのように生きることになろうか」

「敗れれば、どうなるのでしょう」

「死ぬだろう。生きることはそこで終《しま》いじゃ」

「名を上げた後、他の生き方をしたくなったら、それでも、仕合わねばならないのでしょうか」

サンは巌流の膝元に椀を置いた。椀の隣に欠けた皿も置いた。菜っ葉の切れ端を揉《も》んだものが少し乗っている。巌流は菜っ葉を口に入れた。海水で揉んだのか塩がよく利いている。白湯で口の塩気を流し込むと、ふむ、と唸《うな》った。

京で寝床にしている廃寺にやってくる武芸者に、仕合いたくないと告げてみる場面を想像してみた。おそらく、

「仕合うことになろう」

と巌流は言う。顔を合わせてしまえば、片方が抜けば仕合になる。そもそも会ってすらもらえなければ別だが、会えれば、仕合えると考えていいだろう、というのが巌流の答えだった。

サンは巌流の隣に座り、唇を結んでいる。

「それがしのことなど気に掛けることはない」

巌流はまた菜っ葉を食った。顔を上げてハルが見上げているのに気が付き、もう一つ摘《つ》まんで彼女の口に入れてやった。ハルは巌流の顔を見上げながら口をもごもごと動かす。サンは姿勢良く座っていた。

雑賀の大人たちが帰ってきた。山中で根来の小集団と散発的な戦闘を繰り返し、随分北の方まで追いやったそうである。そういう話を帰ってきた大人たちがした。

姉妹の下にも父親が帰ってきた。

「父上」

表に出てサンが出迎える。ハルは駆け寄って足にしがみついた。巌流は地べたに座り、深く頭を下げる。

「巌流と申しまする。御息女様に傷の手当てをしていただいた上、こちらに置いていただいておりまする」

「そう畏《かしこ》まらず。根来の奴らを蹴散らしてくれたと聞き申した。礼を言わせて下され」

「それがしの都合で仕合っただけのこと」

「仕合う。兵法者でござるか」

「はっ。富田勢源の門弟、巌流にござりまする」

「富田門下は礼節の士と伝え聞くが、なるほど。どうかもう畏まらずに。拙者は雑賀の鉄炮撃ち、紀伊入道夕玄《せきげん》と申しまする」

巌流はゆっくりと顔を上げた。右目のつぶれた僧形《そうぎょう》の男が立っている。背は人並みよりやや高いだけだが、腕も足も胴も太い。鉄炮以外も達者に操りそうな風貌である。

巌流の瞳の奥から、刀身の鈍い輝きが昇ってくる。

「巌流様がお探しなのは父上ではございませぬ」

サンの凜《りん》とした声は微《かす》かに震えていた。その震えを巌流は聞き逃さない。彼に聞こえた以上、父である夕玄は当然聞いただろう。

話す必要が生じた。四人は中に入る。

「巌流様は紀伊入道某という達人と仕合うため、雑賀へお越しになったのです」

サンが父親に説明する。巌流と夕玄は表情を殺した顔で向かい合い、見詰め合っている。

「某《なにがし》ではどなたのことかわかりませぬし、雑賀の者かどうかも。そう、それに、紀伊国かどうかも。どこか遠国《とおごく》で紀伊守様とおっしゃる方が御髪を去られたのかもしれません」

「サン」

夕玄は柔らかい声で娘の名を呼んだ。

「はい」

「ハルと外に出ていなさい。わしは巌流殿と話がある」

「はい」

姉妹が出ていき、二人が残った。夕玄は長く息を吐く。

「巌流殿」

「はっ」

「確かに拙者は多少薙刀の心得があるが、達人とは買い被り過ぎじゃ。巌流殿が仕合うに値するような男ではない。それに雑賀は、今は鉄炮の里じゃ。兵法者はおらぬ」

鉄炮があるから武芸者はいないという説明は、巌流に響かない。彼は浅く頭を下げ、

「それがしは学がなく、聞きかじったことを申すばかりで、お耳に障《さわ》るかとは存じまするが」

と断って続ける。

「我が師勢源はかつて、孝景公の御命令で甲斐武田家を訪ねたことがござりまする。そこで師は、武田の優れた軍制を目の当たりにし、越前の軍制を改むる要ありと考えたと聞き申した。武田の優れたるは大小様々あれど、その第一は事の要諦《ようたい》を捉え、備えに生かす点にあり。要諦を捉うとは、武芸においては次の如く」

巌流の語りを、夕玄はじっと聞いている。巌流は続けた。

「武田では武芸四門と申し、他家で漫然と武芸と称しているものを分けて考えまする。すなわち馬術、弓術、鉄炮、そして武芸。それがしは武芸四門のうちに武芸ありとはこれいかにと、長く合点がいき申さなかったが、都にてわかり申した。武田では兵法《ひょうほう》と呼んでいたはずでござる。武芸四門は馬、弓、鉄炮、兵法からなり申す。この兵法とは弓と鉄炮を除くすべてでござる。太刀も槍も薙刀も兵法でござる。兵は四門の一つに長じれば」

よいとされている、と巌流は受け売りする。だが将《しょう》は四門すべてに長じなければ、編成から部隊の能力や特性を把握し、その力を最大限に引き出すことができない。この武芸四門の考え方は、兵種の区分に止どまらず、軍制上の役割分担、つまり兵卒と将校の役割を峻別し、それぞれがその役割を果たすためにどのような努力をせねばならぬのかを明確にしている。とにかく頑張れ、といった間抜けな思考を軍から排除するもので、勢源は甚《はなはだ》しく感銘を受けたとおぼしく、隠居後もこの話は何度かした。

巌流は将にはなり得ない人間なので、兵の立場でこれを考えている。兵は四門のいずれかを究めることで特色のある戦闘単位になる。つまり、使い道のある兵となる。

「四門と並べてある以上、この四つはどこかで繫がり申す。それがしは小太刀の鍛錬で太刀の技を閃《ひらめ》き、太刀の鍛錬で薙刀のいなし方を知り申した。兵法の内でもかくの如くにござりまする。夕玄殿は薙刀と鉄砲を操られる。薙刀が鉄炮に生き、鉄炮が薙刀を磨いたのではござりませぬか」

随分と遠回りをして、巌流は自分の言いたいことに戻ってきた。つまり巌流は、四門のうち一つしか知らぬ自分よりも、二つ知っている夕玄の方が、兵法一門をとってもより深く理解しているのではないかと考えている。自分にないであろうその理解を、仕合うことで獲得しようとしていた。彼に限らず武芸者は、座学では強くならない。勢源から聞いた武芸四門の話は越前にいる間には理解できなかった。都で兵法という言葉を知り、雑賀で鉄炮の実物を見て、ようやく少しだけわかったような気がしている。

今、巌流にとって、目の前の男が京で聞いた紀伊入道某か否かはどうでもよくなっていた。鉄炮と薙刀を鍛錬し、傭兵として場数を踏んでいる男が目の前にいる。その男と仕合うことが大事だった。

夕玄は再び長く吐息をつく。

この巌流という男は、勝ちたいのではない、究めたいのだ。勝つことはその行程に過ぎない。

「巌流殿、一つ頼みを聞いてくれるのなら、仕合を受けよう」

「何なりと」

「拙者が死んだら、サンを妻に」

「父上っ」

外からサンが駆け込んでくる。

「まだ話の途中じゃっ」

「見張りから報せが。根来の僧兵が迫って参ります。数は二百と」

夕玄は左の眉を持ち上げた。二百というのは、組織された部隊と見ねばならない。単なる斬り合いではなく、戦《いくさ》になる。

御免、と言って夕玄は立ち上がる。巌流も立ち上がった。大太刀を背負う。

「お味方致しまする」

「いや、それには及ばぬ。二百など造作もない。巌流殿は女子供の守りについてもらえぬか。サンとハルを頼みたい」

「ご安心下され、根来の者どもに指一本触れさせは致しませぬ」

戦の支度が始まった。里のあちこちに盾が置かれ、道には逆茂木《さかもぎ》が打たれた。弓、槍、鉄炮を持った男たちが各家から集まってくる。

巌流は年寄りや女子供とともに後方に逃れた。

雑賀の男たちがいくつかの部隊に別れて展開していくのが見える。数は百いるだろうか。雑賀の全軍がここにいるのではないようだった。その遠く向こうから、根来の僧兵二百が姿を現した。向こうからも雑賀衆が見えただろう。行軍を止めた。陣立てを見ているのだろうか。

互いに遠くに敵軍を認めたまま睨み合い、陽が落ちた。雑賀衆は寝るわけにはいかない。交代で見張りながら仮眠を取った。後方にいる女子供も自分たちの家に帰ることはできず、身を寄せ合って夜の寒

さに耐える。

巌流は小太刀をサンに渡した。

「実はそれがしは負けたことがない。お守りのようなものだと思い、持っていて下され。もし敵が来ても抜くことはござらぬ。敵はそれがしがこの大太刀で退けてご覧に入れよう」

こくと頷いて、サンは小太刀を抱き締める。ハルは姉の袖を掴み、夜空を見上げていた。


夜が明けると、根来衆は動いていた。朝駆けを掛けられた格好になる雑賀衆は持ち場ごとに応戦する。鉄炮の音も鳴り始めた。矢も飛び交う。互いに敵を間引こうとして接近しきらぬまま一刻以上経った。

夕玄は逆茂木の角に銃身を置き、弾の届く敵をよく狙って撃った。太い手足に似合わぬ、慎重で確実な撃ち方である。根来衆も鉄炮を撃つが、迎え撃つ雑賀衆の命中精度が高かった。雑賀衆も五十ほど死んだが、根来衆は百も死んでいる。だが、弾薬には限りがある。雑賀の兵は槍や薙刀を持ち、逆茂木の後ろに構えた。根来衆が乗り越えようとするところを突いたり斬ったりしようというのである。犠牲を嫌えば無理には攻めないはずなのだが、根来の僧兵は押し出した。逆茂木越しに薙刀を差し入れる者に混ざり、一部が逆茂木の破壊を試みた。雑賀の者もそうはさせじと槍や薙刀を駆使したが、敵の数が多い。残った雑賀衆五十に対し、根来の百が押し込みに掛かっている。逆茂木を守るために雑賀の者が死に、逆茂木を破るために根来の者が死ぬ。また互いに数を減らしていった。

逆茂木は破られた。ほぼ同時に、何カ所も破られた。それぞれの場所で討ち取り合いが始まる。

巌流は後方から見ていた。前に出ていけば何人か斬り捨てる自信はある。脇腹に傷を受けているとは

いえ、並の僧兵に後《おく》れを取る彼ではない。だが、前に出ていいかどうか、その判断ができなかった。自分が前に出た後、一人でも敵がここへ辿り着いたらどうなるか。ここにいる老人と女子供は皆殺しになるのではないか。そうさせぬために、夕玄はここへ自分を置いたのではないのか。

敵はまだ七十近くいる。一人で御《ぎょ》せる数ではない。二十人斬っても死んでしまえばここの守りはなくなってしまう。

七十の敵を退けようと、三十ほどになった雑賀の兵が力を振り絞っている。

「前に出ます」

サンは薙刀を握っていた。薙刀を持った女は他にも何人かいる。巌流が斬った僧兵から奪い、雑賀の薙刀は数本増えていた。それらを女の中で達者な者が持たされており、その一人からサンが受け取ったようだ。

「出るなら、それがしが」

「巌流様はまだ傷が。私たちが出ます」

この問答は短かったが、その短い間に雑賀衆は食い千切られた。

ただ一人、夕玄だけがまだ立っている。そこへ根来の僧兵が殺到した。五十前後まで減ったものの、夕玄一人を取り囲むには十分である。

やはり達人だ。

夕玄の薙刀に、巌流は見とれる。包囲された中で、落ち着き払い、決して慌てず、必要な動きだけをして着実に敵を減らした。

あの御仁は俺が斬る。あんな奴らに取らせるものか。

背中の大太刀を下ろし、抜かぬまま鞘を左手で握った。

サンは巌流の小太刀をハルに持たせる。妹の頬を両手で優しく挟み、唇を読ませるようにしっかりとした口調で言い聞かせる。

「私は父上の加勢にいきます。万一の時は、あなたがこれで皆を守るのです。いいですね、ハル」

巌流が駆け出す。続いてサンが地面を蹴る。さらに数人の女が続いた。夕玄は戦っている。

獣のような速さで向かってくる巌流の姿が、根来の僧兵の視界に入った。一つに束ねられた長い髪が、荒馬の尾のように踊っている。距離があるため定かでないが、頭抜けた長身に見える。

「何じゃ、あれは」

と声に出した時、彼の喉は夕玄の薙刀に斬られた。

巌流が駆けていく間にも夕玄は敵を減らした。だが、数が違い過ぎる。しかも包囲されてしまっていた。前後左右から繰り返し薙刀を浴びせられ、遂に討たれた。根来の僧兵はまだ四十弱残っている。いや、四十を割るまで夕玄が減らした。

「父上っ」

ほぼ隣から叫び声がして、巌流は驚く。とっくに置き去りにしたつもりでいた。事実、後方に視線をやれば、他の女たちは彼方に見える。

サンが跳躍した。高く、そして滞空時間が長い。空中で薙刀を操り、一人仕留めながら着地する。大柄な僧兵たちの中に飛び込むと姿が見えなくなったが、薙刀は一度も止まることなく動き続けた。その

速さが尋常でない。僧兵たちの頭上に、彼らの手足が一斉に打ち上げられ、血を吹きながら落ちた。悲鳴が上がる。サンの薙刀は止まらない。

巌流は大太刀を抜いた。鞘は背負い、両手で柄を握る。彼の長身を考えても、扱うのが難しそうな長太刀である。それを大上段に構えた。僧兵が一人、薙刀を振りかぶったその瞬間、大太刀が振り下ろされる。僧兵は肩から股まで斬られ、身体が二つになって死んだ。巌流は刃の向きを変え、別の僧兵へ振り上げる。また身体を断った。砕けた安刀とは違う。触れるものはすべて斬ってしまうような鋭さがある。明け方からの戦闘で疲弊していたのは確かだが、それでも四十人弱の僧兵を二人は圧倒した。

到着前に勝ったことがわかると、他の女たちは子供らの方へ引き返していき、逆に子供らは老人とともに里へと向かってくる。

点々と血溜まりのできた生臭い雑賀の道に、巌流とサンだけが立っていた。サンは夕玄の遺体に駆け寄らず、呼吸を整えながら巌流の眼を見ている。

彼は武芸者の眼でサンを見ていた。

「サン殿でござったか。なるほど、俺もまだまだ修行が足りぬ。サン殿を見抜けず、夕玄殿の真意も見当違いをしておった」

彼の右手は大太刀の柄を握ったままである。鞘に納める気配はない。

「巌流様」

「一つ仕合いたい」

巌流は正眼に構えた。

「ハルを独りにできませぬ、お赦し下さりませ、ただ懇願していた。

サンの瞳は潤んでいる。裏も表もなく、ただ懇願していた。

巌流の表情は動かない。ただ、仕合うことだけに集中している。

「抱いて下さりませ、サンは巌流様のものになりまする。それで、ハルと三人で」

「こちらから参るがよろしいか」

サンは唇を噛み、天を仰ぎ、強く瞼を閉じて、両目を開いた。腰を落とし、薙刀を握り直す。巌流と同じ、鈍い光の眼になった。

返り血を吸った小袖の裾を割って、白い太腿が顕《あらわ》になっている。長弓のような、しなやかで張りのある足である。見えはしないが、おそらくは腕や背も、そうであろう。和弓が矢を放つように、サンの身体は薙刀を繰り出す。見た目の体格は並の娘と変わらない。その身体から、卓越した技を放つ。サンの身体は、弓の中でも特上の一張りであろう。

巌流は興奮していた。越前を出て以来、自分と同じ眼をする相手と仕合ったことは一度もない。そして間違いなく、サンはこれまでに巌流が対峙した中で、最も腕の立つ薙刀使いだった。

「巌流と申す」

「紀伊入道夕玄の女《むすめ》、サン。参ります」

サンが跳ねた。左右に跳ねながら間合いを詰め、薙刀を振り上げる。巌流はそれを払い、振り下ろす。サンは避けた。巌流は薙《な》いで追う。その太刀をサンは薙刀を立てて受けようとする。そのまま受ければ、薙刀ごと斬られただろう。太刀が当たると同時に薙刀を回転させ、サンは空中に跳ね上がった。右に薙

ぎきった巌流の左上方にサンの身体が跳んでいる。空中で握り直した薙刀を、頸に振り下ろした。

次の瞬間、サンの身体は弾き飛ばされ、死体の合間を転がった。転がった後、立ち上がり、薙刀を投げ捨てる。足下から別の薙刀を拾い上げた。

今の斬り返しは。

サンは構え直しながら巌流の肉体を観察する。完全に右に薙ぎ払った体勢から、左上に斬り上げた。それもサンを身体ごと弾き飛ばすほど強力に、である。薙刀が折れなかったのはサンが剣撃を吸収するように引きながら受けたからである。それでも折れかけたのを感じた。だから取り替えた。

サンも速い。巌流の速さに圧倒されることはない。だとしても、あの斬り返しがある限り、隙《すき》を作って掻き斬るのは不可能だろう。

第一撃と同じ速さ、同じ強さで斬り返すことができる。これは技術ではなく、巌流の肉体の性能だった。柔軟さと、俊敏さと、強靭《きょうじん》さを、極めて高い水準で兼ね備えている。そういう肉体が、剣術を覚えていた。

ならば。

と、サンが仕掛けようとしたその呼吸を、巌流は感じ取った。仕掛けられる前に仕掛けようとする。長身が一瞬で眼前に迫り、直後、大太刀が振り上げられる。サンは避けた。避けながら斬り返しを予測し、振り下ろされる二の太刀も避けた。もう一撃くるとサンは読んでいる。

振り上げからの振り下ろし、だが、まだ薙いでくるはず。

巌流は薙ぎ払った。サンは仰向けに倒れ込んで避け、薙いだ大太刀が戻ってくる前に薙刀で頸を狙う。

薙ぎから斬り返そうとしていた巌流は、その動きは維持したまま、上体を捻《ひね》って薙刀を躱《かわ》し、仰向けになっているサンに振り下ろした。

仰向けのまま地面を蹴り、サンは逃れる。転がりながら間合いを取り、また別の薙刀を拾った。巌流は髪をいくらか斬られただけで、頸は無事である。だが一瞬だけ表情が歪《ゆが》んだ。

脇腹の傷が開いた。長引くと不利になる。

巌流は正眼《せいがん》に構えた。勝負を決める策が閃《ひらめ》いていた。

サンは腰を落とし、巌流を見る。身の丈六尺の長身が、刀身四尺の大太刀を構えている。これ自体、極めて稀有な姿であった。サンにとってはさらに、眼前の巌流が不思議に見える。根来衆の襲来が一日遅ければ、巌流は夕玄と仕合い、その結果、サンは巌流の妻になったかもしれない。または先程のサンの申し出を巌流が受け入れれば、やはり妻になっただろう。その場合、今頃は得物を構えて向き合うのではなく、ちょうど腕の中にいたかもしれない。そういう男を斬ろうとしている。斬らねば、サンは音を失った妹の側に戻ることができない。

弓のような足が、血溜まりを蹴った。左右に素早く跳ねながら間合いを詰める。彼女が仕掛けてくるのに合わせ、巌流も仕掛けた。振り下ろす。

サンは避ける。避けたが、避けた先で斬り上げられた。彼女の身体は、弦《つる》の断たれた弓のように反《そ》りながら宙を舞い、胴から血を吹き上げる。そして地面に落ちた。もう、動かない。

巌流は振り下ろすのを途中でやめ、振り上げに転じていた。並の武芸者なら撫でるような弱い斬り上げになっただろう。巌流はそうならない。抜刀しながらの一撃のように、鋭く強い剣だった。しかも避

ける方向を見ずに振り上げている。避ける先を予測したのでもない。振り上げる場所に避けさせたのである。振り下ろす角度と速さで、サンを狙った場所に避けさせた。

天分であろう。

追い込んで斬ることを閃き、一度で覚えた。これも巌流の肉体だから可能な技である。斬り返しの速度が出なければ決まらない。

サンは死んでいる。彼女の十五年の人生に何があったのか、巌流は知らない。興味もない。仕合った相手の人生を一々背負うような真似を武芸者はしない。それは技を磨く役に立たないことである。

近くまで雑賀の女子供が戻ってきていた。サンと巌流が仕合っていた様子は、彼女らに見えていただろう。

ハルがサンの身体に駆け寄り、ぎゅっと抱きつく。サンはもうハルの頭を撫でてはくれない。ハルは小太刀を抜いた。巌流の小太刀である。

喉を一突き、自ら命を絶ち、姉の身体の上に倒れ込んだ。

巌流は何も言わず、雑賀を去る。鷺森を抜け、根来を抜け、京に戻った。道中、これと言ったことはない。根来で多少、僧兵が斬られたくらいである。

第二章　刀を帯びる

「ないとはどういうことじゃ」

巌流に問われると、男は両の手のひらを見せながら、落ち着いてくれと宥《なだ》めた。男は露店で商いをしている。都の中で転々と場所を変えながら、かれこれもう十年以上続けていた。巌流とは三年前からの付き合いになる。扱うのは武具。主に刀剣であり、巌流は仕合った相手の得物《えもの》をこの男に売って飯を食っていた。男は巌流から買った得物を手入れし、他へ売る。商人やその護衛、あるいは武士、たまに仏僧も買っていった。武芸者が買うこともある。その武芸者が疾風《はやて》の噂を辿って廃寺に乗り込むと、男は同じものを巌流から二度買うことになった。

都にきて三年。巌流は初めてこの男から太刀を買おうとした。だが、ないと言う。

「おぬしの生業《なりわい》は太刀を売ることではないのか」

値を吊り上げようとしているのではあるまいな、という響きを伴う巌流の言葉に対し、男は大袈裟に首を振る。男の背は低い。身体はやや肥えており、顔はふやけた饅頭のようで、眺めると丸い印象だった。指も太く短いが、見た目に反して器用である。畿内の何処《いずこ》かに作業場を持っているらしく、日にち

さえ与えられれば、客の注文に応えて太刀を磨《す》り上《あ》げたり、槍の穂を挿《す》げ替《か》えてしっかりと巻き上げたり、職人のような仕事もした。歳は巌流よりもだいぶ上で三十をとうに越している。名は晋吉といった。

「ほんの数日前に、全部くれっていう剛毅な旦那がやってきましてね。うちは割符《わりふ》は扱わねえって言ったら、ごんと銭の山を置いたんですよ。そうなったらこっちも商売だし、断る道理はねえ。全部売っちまったんでさあ。久しぶりに巌流の旦那がきたもんだから、買い取らせてもらえると思ったら、旦那も太刀がほしいって言う。近々この辺りで何かあるんですかい」

「知らん」

「だいたい旦那が本差し脇差し一緒になくすって、何があったんです。そんな手練《てだ》れとやりあったんですかい」

巌流は睨んだ。途端、晋吉は黙る。

太刀は鉄炮に砕かれ、小太刀はハルの喉に残してきた。京に戻ってすぐ、この男を訪ねたのだが、どうやら本当にないらしい。

「太刀はやや長いのがいい。小太刀は短すぎぬもの。手に入るか」

「手は尽くしますが、当たってみないことには」

「頼む。またくる」

そう言って廃寺に引き上げた。

この廃寺は、もうすっかり巌流のものになっている。この頃、捨てられた寺などは珍しくもないが、その中でもここは念入りに朽ちていた。堂は残っているが、屋根瓦は幾枚も欠けており、そこから草が

生えていた。壁も破れていた。そこから虫が入り、その虫を食うために蛙などが入り、さらにそれを食うために蛇が入ってきた。巌流がものを考える時によく座る石段も、ひびが入り、何カ所かは砕け、それらの隙間に苔が生《む》している。平家の落ち武者が立て籠もったところを源氏方が攻めたために朽ちたのだ、と嘘を言われても、なるほどそれならばこのようになるかもしれぬと騙されそうな状態である。堂の中も、落ち武者の亡霊が出ても違和感のない雰囲気であった。

その廃寺で数日待つ。その間に武芸者を二人ほど返り討ちにし、槍を二本得た。それを銭に換えようと晋吉の露店を訪ね、ついでに首尾を尋ねたが、まだ見つからないと言う。また数日待ち、さらに数日待ち、半月待ったが望む返事はなかった。

稀代《きだい》の業物《わざもの》を探してくれと言っているわけではない。そこらの武芸者が振り回している程度のもので十分なのだが、それが手に入らない、と晋吉は言う。

そのまま一月が過ぎると、巌流ではなく晋吉の方が狼狽《うろた》え始めた。この状況が続くと、商売が成り立たなくなってしまう。

巌流は背中の大太刀で仕合を続けていた。ほしいと思って待ってみると、なかなかどうして太刀の使い手が現れない。槍、棒、さらには杖を使う者と仕合い、その得物を晋吉に売った。武具を商う晋吉でも杖は珍しかったらしく、手に持ち、何度も角度を変えながら見た。

「旦那、これは法印かなんかの得物《えもの》ですかい」

「わからぬ。顔を白く塗った、縞柄の着物の男だった。使い方は棒と大差ない。仕込みがあったやもしれぬが、見る前に倒してしまった」

太く短い晋吉の指が仕込みを探り当てた。捻《ひね》って引くと細い刀身が現れる。

「細工としては見事なんですがねえ」

と同情するように言う。得物としてはどうなのか、という話である。まず捻って抜く手間が掛かる。次に刀身が細すぎて刺突《しとつ》しかできない。棒として扱い、相手を打ちのめした後にとどめを刺すのにはいいかもしれないが、仕合の最中に役立つ工夫には思われなかった。値は安くなると言われたが、持っていても仕方がないので巌流は売った。

ところで、と晋吉は話し始める。巌流が頼んでいる太刀の件である。

「これだけないとなると、誰かが集めてやがりますね。そいつから分けてもらうか、もういっそ作ってしまうか、どちらかに決めた方が早いかもしれません。旦那がどっちに決めても、あっしはお供しますよ。どうせ商売にならねえんだから」

「供など無用だ」

「そう仰らずに、旦那。銭の駆け引きをする者が要るでしょう。あっしが話付けますから、もし抜き合うようなことになったら、頼みます。ああそうだ、一月も待ってもらったんだから、例のもの、半値でいいですよ」

これは騙されかけているのではないか、と巌流は考えている。晋吉の商売の護衛をし、報酬に太刀と小太刀を得る、ということになりかけてはいまいか。しかも半値は取られるようである。

「任せて下さい、旦那。しっかりお供を務めますから」

ふやけた饅頭のような顔の中央に目鼻と口を集め、晋吉は神妙そうに頷いている。

手に入れば、まあよいか。

巌流は刀工を訪ねてみることにした。そう決めると早かった。明日出立すると晋吉に告げ、遅れれば置いていくと付け加えた。一人なら、明日を待たずに今から発ったかもしれない。武芸者は支度が要るほど物を持っていない。巌流もそうだった。


翌朝早く、箱を背負い、棒を持った晋吉が廃寺に現れた。まだ朝靄が漂っている。巌流は立っていた。靄の中で小袖の緋色だけが色を持っている。そこへ駆け寄り挨拶をすると、晋吉は陣笠を被った。売れ残った品で武装したようにしか見えないが、まあ似合ってはいる。晋吉も商人である。命の危険を冒してきたはずであり、何かしらの護身の術は心得ているのだろう。

「棒を操るのか」

巌流が尋ねると、丸い身体が畏《かしこ》まる。

「これならあっしみたいな者でも何とかなると」

昔教わったことがある、と晋吉は言った。巌流は少し考える。彼の、というよりは武芸者一般の理解として、棒は難しい。振り下ろす、または薙《な》ぎ払《はら》う場合は太刀の、突く場合は槍の、技が必要になる。であリながら、槍と違い、前後どちらへも突けるし、太刀と違い、刃の向きがない。間合いに応じて握る箇所を変えたり、棒を囮《おとり》に徒手空拳の技に切り替えて敵の得物を奪ったり、戦い方が分岐に富む。どう分岐させるかの判断、分岐した先での技の精度、どちらも場数を踏まねば習得できぬものであり、一朝《いっちょう》でものになるような簡単な得物ではない。

「師はなんという御仁だ」

巌流は真面目に問うたのだが、結果は間抜けな話であった。かつて武芸者にくっついて駿河までいったことがあるらしく、その時、その武芸者から棒を持たされたという。思うままに振ったり突いたりしていればよい、棒ならどうやっても攻めているような格好がつく、と教えられたと晋吉は答えた。武芸としての棒ではないが、この虚仮《こけ》威《おど》しの棒が彼の命を守ったことは、もしかしたらあったかもしれない。

駿河へいき、無事に戻り、晋吉は今でも京で商いを続けている。

二人は京を発った。まず近江を目指す。琵琶湖の南側に山伏鍛冶がおり、そこで作らせようと晋吉は言った。

山伏鍛冶か。

と巌流は怪しむ。修行の過程としてそうなっている者もいたが、そうでない者もいた。己の理想とする刀剣を仕上げることそれ自体が目的化してしまい、他人の頼みでは作らぬ者。刀身の輝きを見ているうちに心に虚無を抱き、俗世間を嫌い、人と交わらぬようになってしまった者。要は職業として営む刀工とは別種の人間になってしまった者たちであり、そうした者が太刀を仕上げてくれるだろうか、と疑っている。

話を付けられるか、と巌流が問うと、任せてほしい、と晋吉は答えた。

「あっしの兄です。作らせます」

ところがその兄が不在だった。

「兄者《あにじゃ》っ、兄者あっ」

無人の小屋に出入りを繰り返して晋吉が呼ぶ。その声が空しく響くばかりで刀工の姿はない。ただ工房は生きていた。明らかに使われている様子があり、確かに刀工が使用しているのだろう。だが、今は不在のようである。

小屋に二泊したが刀工は現れなかった。

「空けているだけならば、何日くらいで戻る」

「あっしには何とも。すみません、旦那。あ、そうだ、このまま美濃に向かいましょう。美濃で駄目だったら、帰りにここに寄ればいい」

なぜ美濃か、と巌流は問う。晋吉は笑うと、

「なぜって旦那、美濃には兼定《かねさだ》が」

いると言う。兼定が美濃にいることくらい、巌流も知っている。どのような形であれ、この時代に刀剣に関わる人間ならば和泉守兼定を知らぬはずがない。実用性と芸術性、双方で比類無い完成度を達成し、それを一振りに兼備させる当代随一の刀工である。その作品を愛刀とすることは武人の憧れであり、機会に恵まれれば屋敷を売り払ってでも手に入れたい業物《わざもの》である。

巌流には手が届かない。巌流が太刀を欲する場合、兼定は考慮の外に置いておくべき存在である。兼定は巌流のために作らないし、仮に作ると言ってくれても巌流にはそれだけの銭がない。今、美濃は斎藤義竜《よしたつ》の国である。後に織田信長の国になる。そうなると、当然のように、信長の家臣も兼定の一振りを求めた。実際に手にできたのは柴田勝家、明智光秀、森長可《ながよし》、津田信澄《のぶずみ》、池田恒興《つねおき》、細川藤孝《ふじたか》である。津田信澄は信長の甥、池田恒興は信長の乳母の子（つまり家臣でありながら兄弟のように育った仲）、他も織

田家中の要《かなめ》となる将たちであり、武芸者などは入り込む余地がない。信長の時代が終わっても兼定の作品は武人を魅了し続ける。細川忠興や黒田長政が腰に帯びた。どちらも雄藩の主《あるじ》である。

「作るか、俺に」

巌流は自嘲する気も起きない。阿呆な話を聞いて時を無駄にしただけである。

「ところがですよ、旦那」

望みはある、と晋吉は言った。巌流の頭に浮かんだ兼定は、二代目兼定である。確かに二代目兼定の作を手に入れるのは巌流には無理であろう。ところがその二代目は隠退し、今は三代目が継いでいる、と晋吉は言う。この三代目兼定が手の届かぬ高さへ昇りきる前に、作ってもらおうというのである。

「いってみるだけ、いってみましょうよ、旦那」

どうやら晋吉は三代目兼定から刀剣を仕入れ、一儲けしようと企んでいるようである。上手《うま》く三代目と昵懇《じっこん》になれれば、大店《おおだな》の主になることも夢ではない。一流の武具を一流の武人に売って暮らすのである。露店で妙な連中を相手に細かい銭のやり取りをする毎日とは、物心ともに別の世界であろう。

そういう魂胆を感じながら、巌流はいくことにした。晋吉は晋吉で商いの目的を遂げればいい。太刀が手に入るのであれば、晋吉が儲けようが何だろうが、巌流には関係なかった。

「では、美濃へ参るか」

「ははあっ、旦那こっちです、こっちから道に出られます」

陣笠を振りながら晋吉の丸い身体が斜面を降りていく。背中の箱が揺れ、カタンカタンと鳴っている。時折転びそうになるのを棒で支えながら、慌てるように駆け下りていった。少しでも早く美濃にいきた

いという心の内が全身から溢れている。こういう男であるから、巌流は警戒せずに済んでいた。

彼が警戒すべきは美濃の政情である。国主は斎藤義竜。先代道三《どうさん》に隠居を強要し実権を握ったのだが、道三から離れない家臣もおり、国内には不穏な空気が満ちていた。道三についた斎藤家家臣の筆頭は明智光秀である。権謀術数に長《た》けた道三と戦《いくさ》上手の光秀が行動をともにしており、数で優位に立つ義竜も力押しに踏み切れずにいた。

この頃の大名にしては珍しく、義竜は武芸者を好む。召し抱えることもあり、斎藤家の家風は道三の頃とは変化していた。言ってしまえば、行儀が悪くなりつつある。土岐《とき》源氏の気風を強く継承している昔ながらの美濃の武人たちは、この変化を嫌った。そして道三へ心を寄せていく。義竜と道三の力関係は、義竜が干戈《かんか》をためらう関係から、義竜が道三の蜂起を警戒せねばならぬ関係へと変わりつつあった。そういう状況の美濃へ、巌流は向かっている。

疾風の剣術、神速の剣士、無敗の武芸者、そういう噂は美濃へも届いていた。まともな斎藤家家臣は興味を持たないが、武芸者上がりの新参たちは食いついた。

美濃がこういう国になっていることを巌流は理解していない。越前に孝景、美濃に道三、賢主の揃っていた一つ前の時代が頭にあった。巌流が勢源から聞いた美濃は道三の美濃である。それしか巌流は知らない。その美濃を想像したまま、長い足を一歩ずつ東に進ませていた。歩く姿は颯爽としている。今の美濃で言えば、義竜ではなく道三の水と合うだろう。

美濃に入ろうかという所まできて、巌流たちは止められた。男どもが屯《たむろ》して道を塞《ふさ》いでいる。関所だ

と言う。とは言え、床几《しょうぎ》が一つあるだけで、柵や番屋があるわけではない。床几に座る男も、屯している数人も、腰に刀を差している。着物も良さそうな物を着ている。人はどうか。

こやつら、武芸者か。

巌流は男どもを見渡しながら同業者の臭いを感じ取っている。晋吉は怯《おび》えて巌流の後ろに隠れてしまった。

「関料はいかほどか」

巌流が尋ねると男らは笑った。一人が目の前までやってきて、

「全部じゃ。全部置いていけ」

と言う。そしてにやにやと笑った。その後ろで他の男たちも笑っている。

巌流は男たちに背を向け、晋吉から棒を取り上げた。片手で握ったまま振り返りざまに突き、男を宙へ打ち上げる。男の身体が道に落ちると、凄まじい勢いでその頭に振り下ろした。頭の鉢が割れ、血と脳漿《のうしょう》が流れ出ていく。男たちの笑いが止んだ。

「関料はいかほどだ」

再び問うと、左右から一人ずつ間合いを詰めてきた。巌流は視線だけを動かして二人の動きを見る。

巌流の右側に迫る男が腰の柄に手を掛けた。巌流は右手一本で棒を振り下ろす。柄を握ったまま、男の身体が前に折れた。腹の辺りから紙を折ったようにきれいに折れている。顔を股に埋めたまま倒れ、ぴくりともしない。左から迫る男は臆《おく》した。が、巌流は遠慮をしない。右手の棒で男の頰を突く。その威力が尋常でない。凡人が突進しながら両手で突くよりも鋭く激しい。骨の砕ける音を発《た》てながら男の首

は真後ろに向き、それでも突きの威力が死にきらず、一回転して元の位置に向いた。倒れる。無論、生きていない。

床几に座っている男の顔を、巌流は棒で指した。

「関料はいくらじゃ、銭一枚か、それとも五枚か」

そんなに安い関料はないはずだが、ここで話を合わせなければ、どちらかが全員死ぬまで仕合うことになるだろう。床几の男は涼しい顔を作り、一人五枚二人で十枚だ、と言った。巌流は袖の中から銭を出し、男の足下に放り投げる。

「不足があっては申し訳ない。しかと御検分を」

床几の上の涼しい顔が一瞬歪《ゆが》む。だがすぐに作り直し、おい、と近くに立っていた男に言った。その者が膝をつき、数えながら銭を拾う。

お前が這いつくばって数を数えろ、とまでは巌流は言わない。

「銭十枚、確かにお納めいただいた。通ってよし」

床几の男が声を張る。その虚勢を、巌流は容易く見破っている。いかにも武芸者らしい、空々しい威風であった。実《じつ》を持たぬ者が虚ろに拵える悲しい張り子を、武芸者は見抜く。普段、自らがそれを拵えているからである。

「帰りも通りますれば、どうぞよしなに」

巌流は床几に一礼し、顔を上げながら座っている男を短く睨んだ。歳は四十近いだろうか。細い顔で髭を生やしている。目は細く鋭い。着物も刀もそれなりに値の張りそうなものを揃えているが、雰囲気

が嘘臭い。武芸者が歴《れき》とした家中を装っている、と感じ取った。実は新参の斎藤家中なのだが、巌流はそのような事情を知らないし、家中と聞けば朝倉家中の富田家を想像する彼には、こやつらがどこかの家中だとは到底思えなかった。

巌流は歩き出す。歩きながら、立てて握った棒を軽く投げ、晋吉に返す。晋吉は両手で抱きかかえるように受け取ると、巌流の巨軀《きょく》に身を隠しながら男どもの前を通り過ぎた。

男どもの姿が見えなくなると、晋吉は息を吐きながら座り込む。巌流は振り返り、立って歩くよう言った。棒に縋り付くようにして晋吉は立ち上がる。歩きながら男どもの話になった。

なぜ斎藤家はあれを野放しにしているのか。

外聞としても、実利としても、取り締まらねばならぬ連中である。越前にはあの手の連中はいなかったが、もし国境にああいう手合いが現れれば、孝景は直ちに下知し軍勢を向かわせ、一人残らず捕らえただろう。義景もそうするはずである。

国主としての務めを義竜公は疎《おろそ》かにされているのではないか、と巌流は彼にとっては精一杯の政治的な検討をし、口に出した。まったくです、と晋吉は頷きながらついていく。

床几の男が義竜に召し抱えられた本物の家中だと知ったのは、里に入り、百姓から兼定の情報を得ようとした段である。

百姓と別れた後、二人は畦道を歩き、兼定の工房を目指した。

「旦那、何人やっちまいましたっけ」

「三人だ」

「まずいことになりますかねえ、義竜公の御家中だったみたいですけど」

「座っておったのが召し抱えられた武芸者で、他は奴の家人《けにん》だろう。よくて陪臣《ばいしん》、おそらくは」

奴の私兵だと巌流は考えている。報告しようとすれば、なぜ手勢を連れて国境の道を塞《ふさ》いでいたのか説明せねばならず、自らも処分を受ける覚悟をしなければならない。手勢を三人失い、銭を十枚得ただけの下らない諍《いさか》いで、せっかく手にした家中の身分を危険に晒すとは思えない。損得勘定ができる者ならば黙っているはずである。

奴は言わぬだろう。

巌流は高を括《くく》った。

言ったとしても、それはそれだ。仕合っても死ぬ。斎藤家中に追われて死ぬことになっても仕方がない。三人叩き殺したことは、もう動かぬのだ。

高を括ってしまうと、もう巌流は、この件では真剣に悩めなかった。気にしないどころか、太刀のことが気がかりで、忘れ始めていく。

陽が落ちた。美濃の山中に潜み、草を煮た汁を啜《すす》る頃には、晋吉から話題を振られても、思い出すのに一呼吸要した。

「ああ、奴らか。放っておけ、それよりも太刀だ。聞いた通りなら、明日の昼には着くぞ。銭の話を付けてくれ」

そう言って寝る。座り込んだまま木に背中を預け、大太刀の鞘を抱いて寝る。それを見て、晋吉は怯えている自分が馬鹿らしくなってしまった。しかし恐怖が消えて無くなるわけではない。京から背負っ

てきた箱を下ろし、それを抱きかかえて里の方を見る。暗闇の向こう、遠くに人家の灯りがぽつんぽつんと見えた。柔らかく、温かそうな灯りに見えた。晋吉は箱を抱き締める。

美濃じゃ。

心の中で呟いて、火を始末した。もう一度里の方を見る。さっきよりも人家の灯りが大きく見える気がする。その灯りの輪郭の辺り、光と暗闇が接している部分、そこへ目を凝《こ》らした。頭の中で刀を鍛える音がする。雲上の存在として誰もが仰ぎ見る二代目兼定の跡を継ぎ、名を汚すまいと研鑽《けんさん》に励む三代目兼定がこの国で刀を打っている。

美濃に、あっしはきたのじゃ。

晋吉は目を閉じ、箱を抱いて眠った。丸い。そういう獣だと思って見ると、そう見えるような、人としては不格好な姿である。巌流は絵になった。長身で手足が長い。眠っても端正な顔は崩れず、風が吹くと長い髪がその顔を撫でた。片膝を立て、大太刀の鞘を抱いて眠る姿は、絵巻物に閉じ込められても物語を紡ぎそうに美しい。その横で丸くなりながら晋吉は寝た。微《かす》かに寝言を言ったが、誰も聞いてはいない。

陽が昇る前に巌流は起きた。立ち上がり、大太刀を背負う。その音で晋吉も起きた。

「旦那、さっそく向かいますかい」

「ああ、参るぞ」

それを聞いて、晋吉は箱を背負う。陣笠を被り、弛んだ顎の所できつく結んだ。棒を持ち、準備ができたと頭を下げる。二人は山を下りる。里に出ると、百姓に声を掛けてもう一度道を確かめた。兼定の

工房はそう遠くない。そこを目指し、巌流は歩いた。歩幅がある上に、歩く動作が機敏である。晋吉は離される度に小走りになって、その後についていった。

兼定の工房は、巌流の想像よりも遥かに質素だった。稲葉山城は峻険な山の頂に構える城であるから、その中にあるとは思っていなかったが、城下ですらない。百姓らの住んでいるその外れに追いやられたように、見捨てられたように建っていた。近年移ったのではなく、先代からここにいたのだとすると、天下の武人が挙《こぞ》って求める名刀の数々がここで鍛えられたことになる。市井から隔絶している点では、山伏鍛冶の環境と近い。あるいは二代目兼定の精神は、修行僧のような求道者的な色彩を持っていただろうか。

晋吉が走り出した。巌流を残して懸命に走っていく。工房の入り口へ着くと棒を置き、陣笠を取り、箱を下ろした。丸い身体を地面に押し込み、平伏して声を出す。

「近江山中に工房を持つ晋吉と申す者にございます。兼定様に弟子入りしたく罷《まか》り越《こ》しました。どうかお弟子様衆の末席にお取り立て下さいませ」

晋吉は何を言っておるのだ、と思いながら巌流は歩いていく。晋吉は必死に訴え続けた。

「お願い申し上げます。どうかお取り立て下さいませ。お願い申し上げます」

これが晋吉の言う銭の駆け引きなのかどうか、わからぬまま工房の前まできた巌流だが、土に額を擦りつける晋吉の様子を見下ろして、この露天商が本当に弟子入りしたがっていることを知った。

踏まれて溶けた泥混じりの雪に額を付け、富田の屋敷の門前で勢源に弟子入りを願う者たちと重なっ

た。巌流にとっては、かつての自分自身である。

「お願い申し上げます。お願い申し上げます」

中から人が出てきた。晋吉は息ができぬのではないかと思われるほど顔を地に押しつける。その横に立っている巌流を見て、

「御家中の方で」

と言いかけたのは、身なりのいい十五、六歳の少年だった。少年の言葉を遮《さえぎ》り、巌流は首を振る。

「それがしは巌流と申す武芸者にござる。兼定殿に太刀と小太刀を打っていただきたく参上仕《つかまつ》った。お取り次ぎを願いたい」

一礼し面《おもて》を上げる。少年は困ったように笑い、

「私が兼定です」

と言った。晋吉が顔を上げる。巌流はその場に座り、両の拳をついて頭を下げた。

「ご無礼を仕りました。お赦し下さりませ」

「兼定様っ、どうか、どうか弟子にお取り立て下さいませ」

「面を上げて下さい」

二人に見上げられて、兼定は居心地が悪そうだった。

「私は修行の身。弟子は取りませぬ。太刀も、お断り致します。今の私では、兼定の名に値するものを仕上げられませぬゆえ」

兼定は頭を下げて工房に戻ろうとする。その足に縋《すが》って晋吉はなお願った。

「何でも致します。弟子でなくとも、下僕でも構いませぬ。兼定様のお側で学ばせて下さりませ」

「いえ、ですから私自身が修行中で」

「嘘じゃっ」

晋吉が叫んだ。こだまするような大きな叫び声である。兼定は驚いて目を丸くした。晋吉は兼定の足を離し、自分の手のひらを突き上げ、兼定に見せた。

「この手でござりましょう。この太く短い指の、醜い手でござりましょう。こんな手では仕事はできぬと、どこへいってもあっしは相手にしてもらえませぬ。確かに無様《ぶざま》な手にござりまするが、ござりまするがっ、仕事はできまするっ、この手でも仕事はできまする。一度だけ、一度だけあっしの腕を見て下せえっ。どうか一度だけ」

晋吉は泣いている。泣きながら、どうか、どうかと懇願する。兼定は晋吉の半分も生きてはいないだろう。そのような相手の足下にうずくまり、晋吉は泣いている。

晋吉が刀工になる望みを抱いていたことを巌流は知らなかった。己の手で刀剣を作りたかったがどこへも弟子入りできず、未練がましく武具を商って生きながら、望みを捨てきれずにいたことを、巌流は知らなかった。彼の知っていた晋吉は、都の片隅で安い得物を売買する露天商である。巌流だけでなく、都で晋吉を知るすべての者にとって、彼はしけた露天商に過ぎない。晋吉本人にとってのみ、それが仮《かり》初《そめ》だった。

晋吉、勝負の時だぞ。

越前で勢源に弟子入りを願ったかつての自身を思い起こし、胸中で鼓舞してやる。その時、彼の武芸

者の嗅覚が同業者の接近を感じ取った。立ち上がり、大太刀の鞘を左手に握る。長い髪に弧を描かせて振り返ると、忘れかけていた連中が視界に入った。

よい着物に袖を通した武芸者の一団が向かってきている。先頭は、床几の男だった。

工房の前までくると、床几の男は巌流を一瞥《いちべつ》し、

「兼定殿、お困りか」

取って付けたような礼儀正しさで頭を下げた。兼定は首を振り、

「この方々は私を訪ねて下さったのです」

と答える。男は恭《うやうや》しく一礼すると、兼定の足下を見た。晋吉が泣きながら平伏している。男は顎を上げ、目で見下ろし、晋吉を鼻で笑った。そして声を張る。

「無礼であろう。このお方は美濃の、いや天下の至宝、刀匠兼定様であるぞ。うぬのような下卑《げび》たる者が訪ねるなど、不遜極まりない。よもやお若いと思い、侮《あなど》っているのではあるまいな。お生まれも、お育ちも、うぬとは違うのだ。身の程を知れ。わかったら早う、御足《おみあし》から離れよ、下郎がっ」

平伏したまま晋吉は後退《あとずさ》る。肩を震わせて嗚咽《おえつ》を漏らしている。

巌流は立ったまま男を見ていた。身長差のため見下ろすようになる。眼が鋭く、睨んでいるようにもなった。

男は左肩を出す半身の姿勢で巌流を見上げた。

「拙者は斎藤家の家臣じゃが、そなたはどこの御家中か」

「巌流と申す武芸者にござる」

「武芸者、ほほう、武芸者か。武芸者が兼定殿にどのような用向きか。拙者が承ろう。斎藤家家臣の拙者が間に入れば、兼定殿も」

「巌流と申す」

言葉を遮り、もう一度名乗った。何の真似なのか、男はわからない。わかっていない顔を見て、巌流は続けた。

「斎藤家家臣というのが、そなたの名か」

ひとの名で我が身を蔽《かざ》る小者が、という響きがした。

男は低い音で息を吐きながら巌流から離れた。腰の柄に手を掛けている。

「これはご無礼仕った。拙者は斎藤家家臣、赤木新右衛門長通と申す。実は先般、関を破った武芸者がおると報せを受けて探しておった。うぬであろう」

「腰のそれで訊けばよかろう」

「おやめ下され」

と兼定は発したが、赤木新右衛門長通は抜いた。巌流も抜く。抜いて振り上げる。新右衛門は太刀を横にしてそれを受けたが跳ね飛ばされ、地面を転がった。起き上がると太刀に亀裂が走っている。

一撃で、だと。

新右衛門は巌流を見た。彼は新右衛門の手下と斬り合いになっている。強い。手下がぼろ布のように千切られていく。常人では一度振るのも難しそうな大太刀を、軽々と取り回している。

何人か斬ってから、巌流は視線で新右衛門を探した。ところが見つからない。最初の振り上げは受け

止められている。生きているはずだが姿がない。探すのをやめ、手下を斬り尽くすことに専念した。四方から掛かられても巌流は一太刀ももらわない。先に仕掛けられても先を取る。巌流が踏み込んで放てば、その一撃は必ず一人屠《ほふ》った。そうしているうちに相手の数は片手で数えるまでに減ったが、そのうちの一人が晋吉に目を付けた。

晋吉は棒を突き出して威嚇する。が、既に斬り合いになっており、やるやらぬの判断は今更ない。太刀が振り下ろされると、晋吉は転がった。斬られてはいないが、恐怖で腰が抜けかけている。

あんなのに避けられたか。

男は腹癒《はらい》せに晋吉の箱を踏みつける。途端、晋吉の身体が動いた。

「それだけは」

突進しながら棒を薙ぎ、男を箱から追い払う。庇《かば》うように、箱に覆い被さった。肉のついた背ががら空きになっている。簡単に斬れたはずだが、男は斬らずに、晋吉の背を踏みつけた。箱を潰さぬよう、短い手足に力を入れて晋吉は耐える。

「そんなに大事か。見せてみよ。よい物なら命を助けてやる」

晋吉は退かない。何度踏みつけられても退かない。脇腹を蹴り飛ばされ、仰向けになっても箱を抱えていたが、遂に取り上げられ、中を漁《あさ》られた。箱の中に、桐の箱が入っている。その中に紫の上品な布があり、それが何かをくるんでいた。これが大事だったと一目でわかる。取り返そうと向かってくる晋吉を蹴り倒し、布を剝《は》ぐと、包丁だった。

「何じゃ、こんな物か」

と落胆した男に晋吉が摑み掛かる。

「それだけは、それだけは」

「そう、はしゃがずとも、こんな物、返してやるわ」

男は包丁を握り、腕を引き絞った。晋吉の胸に突き入れようとする。その腕を、巌流の大太刀が斬り上げた。斬られた手首に握られたままの包丁が跳んでいき、兼定の工房の戸口に刺さる。すぐ横に顔のあった兼定は背筋を伸ばした。恐る恐る目を向けると、はっとして手首を投げ捨てる。戸口から包丁を抜き、その刃を見詰めた。途端、見入ってしまう。

手首を斬られた男は悲鳴を上げ、横から斬り込んできた巌流を見た。

「おぬしで終《しま》いじゃ」

大太刀が鋭く唸る。男の身体が二つに千切れて血を吹いた。

巌流が懐紙で大太刀を拭うと、終わったことを知った晋吉は包丁の跳んでいった方へ駆けた。その先に兼定が立っている。包丁は兼定が両の手のひらに大切に載せていた。晋吉は跪《ひざまず》き、両手をついて平伏する。

「晋吉殿、これはどこで」

「都で拾ったものでございます」

「この姿で捨てられていたとは思われませぬ」

「はい、火事で焼けて、捨てられたものです。それをあっしが焼き直し、磨いたものです」

「これが何か知っておいでか」

「いえ、ただ、立派なお屋敷から捨てられたものですから、腕を磨くのにいいと思い。それを見ていただければ、あっしにも仕事ができるとわかっていただけるんじゃないかと」

「これは左文字《さもじ》の包丁です。鎌倉末の名工の業《わざ》だ。再刃《さいば》し、刃紋まで蘇らせることのできる者は今となっては数えるほどしかいないでしょう」

兼定は晋吉に包丁を返す。晋吉は伏したまま、両手で受け取った。待つように言うと、兼定は一度工房に入り、太刀を一振り持って戻ってきた。片膝をつき、晋吉の目の前でゆっくりと抜く。

「この太刀を、どう思われまする」

問われた時には、晋吉の両目から涙が溢れ出ていた。何度も口を震えさせてから、絞り出すように言葉を発する。

「ご立派で、ご誠実で、お美しい太刀にございます。これほどのものは、夢の中でも見たことがありませぬ」

「我が師、和泉守兼定の作です。私はこれを越えねばなりません。弟子を育てる余裕など、今の私にはないのです。ですが、もし晋吉殿が、それでも私の側で働きたいと仰るのなら、ここで同じ道を歩みましょう」

晋吉は泣いた。生まれて初めて、嬉しくて泣いた。その様子を見ながら、巌流は太刀の一件を切り出すかどうか思案していた。それを感じ取ったわけではないだろうが、兼定は巌流の側にやってきて、先程の話ですが、と言った。

「太刀ではなく、打刀《うちがたな》でよろしければ、今鍛えている物を差し上げます。ただ、まだまだ未熟ゆえ、

兼定の銘は入れず、無銘でお渡ししたい。それで如何でしょうか」

「武芸者風情に勿体ないご厚情、痛み入りまする」

「それと、私は打刀に全身全霊を注ぎたい。小太刀は晋吉殿に作らせます。よろしいか」

「はっ」

「聞きましたね、晋吉殿。そなたの工房から、さっそく道具を持ってきて下さい」

一月経ったらきてほしいと言われ、巌流は美濃を出た。途中まで晋吉も一緒だった。晋吉に兄などいない。近江の工房は晋吉のものである。そこから馴染みの道具を回収し、晋吉は美濃に戻った。別れ際に晋吉は、騙《だま》していた、と謝った。巌流は怒らない。お礼にと、左文字の包丁を差し出す。

「俺は使わぬ。いずれ銭に換えてしまうぞ」

それでもいいと晋吉が言うので、巌流は受け取った。


一月後、巌流は兼定の工房を訪ねた。

兼定から受け取った打刀を抜いてみる。初めて握った柄だが手に馴染む。刀身は一目で気に入った。美しく、力強い。

小太刀も良かった。中条流の技を宿すのに不足ない。注文通り、やや長めに作ってあった。拵《こしら》えはどちらも黒鞘《くろざや》、黒の柄巻《つかまき》、金の鐔《つば》である。鐔はわざと光沢を殺し、代わりに黒鞘に輝きを持たせてある。

巌流は腰に帯びた。太刀が鞘を紐で吊すのに対し、打刀は鞘を腰帯に差す。遊びがあるのが太刀で、ないのが打刀である。鞘の向きも変わる。太刀は刃を下方に、打刀は刃を上方に向けて携行する。抜く

時に自傷しにくいのが太刀で、自傷の危険はあるものの抜き打ちに有利なのが打刀である。抜いてしまえばどちらも太刀の技で戦うことになるのだが、強いて運用の区分をすれば、太刀が馬上の戦闘に適しているのに対し、打刀は徒士《かち》での戦いに向いている。この点、巌流にとっては太刀から打刀へ変わったのは都合がいいだろう。

問題は心情の面である。

太刀は古い。推古朝の頃には既にあり、以来、様々な武具が現れたが、武人の魂と形容される武具は太刀であり続けた。この時代、古さは正しさである。古いものはそれだけで価値があり、正統性があり、美しかった。新しさは悪さである。新しいものは無価値で、邪悪で、醜いものであった。巌流が得たような打刀は室町時代から登場する。つまり新しい。その新しさが、この一月、巌流の気掛かりであった。

太刀の方がよかったのではないか、と思いながら過ごしていた。

実際に見るとどうか。

「見事なものだ」

腰の二本に触れながら巌流は感心して溢《こぼ》す。すっかり気に入った。

兼定と晋吉に礼を言って美濃を去る。

国境で赤木新右衛門長通に会った。今日は床几に座っていない。一人で立っている。なりが変わっていた。

女物の白い着物を着流し、腰に朱鞘《しゅざや》の太刀を一振り佩《は》いている。

そのなりで、道の中央に立っていた。女のように、しなやかな立ち姿だが、髭を蓄えた四十の男であ

り、細い目は不気味な輝きを宿している。

「久しいのう」

と声を掛けられ、巌流は立ち止まった。正対する。

「巌流と申す」

「赤蓮《せきれん》じゃ」

そういう名だったか、と巌流が訊く前に続ける。

「俺は武芸者を長くやり過ぎた。せっかく御家中に取り立ててもらったのに、何もできん。何をしていいかもわからん。お前の太刀を受けて、つくづく思い知った。俺は武芸者じゃ」

袖から銭を取り出して握り、自分の耳の横で振ってみせる。

「銭十枚、返しておこう」

「要らぬ、渡し賃が要るだろう」

「なるほど、では俺が勝ったらお前の袖に返しておく」

同時に抜いた。二度打ち付け合って、巌流は相手が手練《てだ》れだとわかった。兼定の工房前で乱戦になった時、もし赤蓮が死に物狂いで襲ってきていたら、手を焼いただろう。晋吉を助ける余裕はなかったかもしれない。

巌流は打刀を正眼に構えた。振り下ろすのを途中でやめ、振り上げに転じる。追い込んで斬った。

赤蓮の身体が血を吹きながら倒れる。倒れながら、赤蓮は巌流の眼を見ていた。避けたと思った瞬間、斬られたのである。無論、初めてのことだった。唇を動かしたが、言葉は出ない。

赤蓮は避けさせられたのである。巌流の狙った場所へ避けさせられ、そこへ身体が着くと同時に斬られた。

今のは何という技じゃ。

それを気にしながら赤蓮は死んだ。白い着物が血を吸っていく。

懐紙で拭いてから、巌流は刀を鞘に戻した。

「名などない」

彼には珍しく、敗者に言葉をやった。これで本当に美濃を去る。

この後、巌流は美濃に関わらない。思い出すことはあっただろう。遙か後年、三代目兼定の名声は巌流も聞いたはずである。その名声は衰えない。明治まで全十一代に渡って刀剣を作り続けた兼定はいずれも優れた刀匠だったが、初代から三代までは、日本の刀匠全体の中でも段違いの名匠だと言われている。江戸の初期から言われ始めた。今日まで、一貫して言われ続けている。

第二部　西か東か

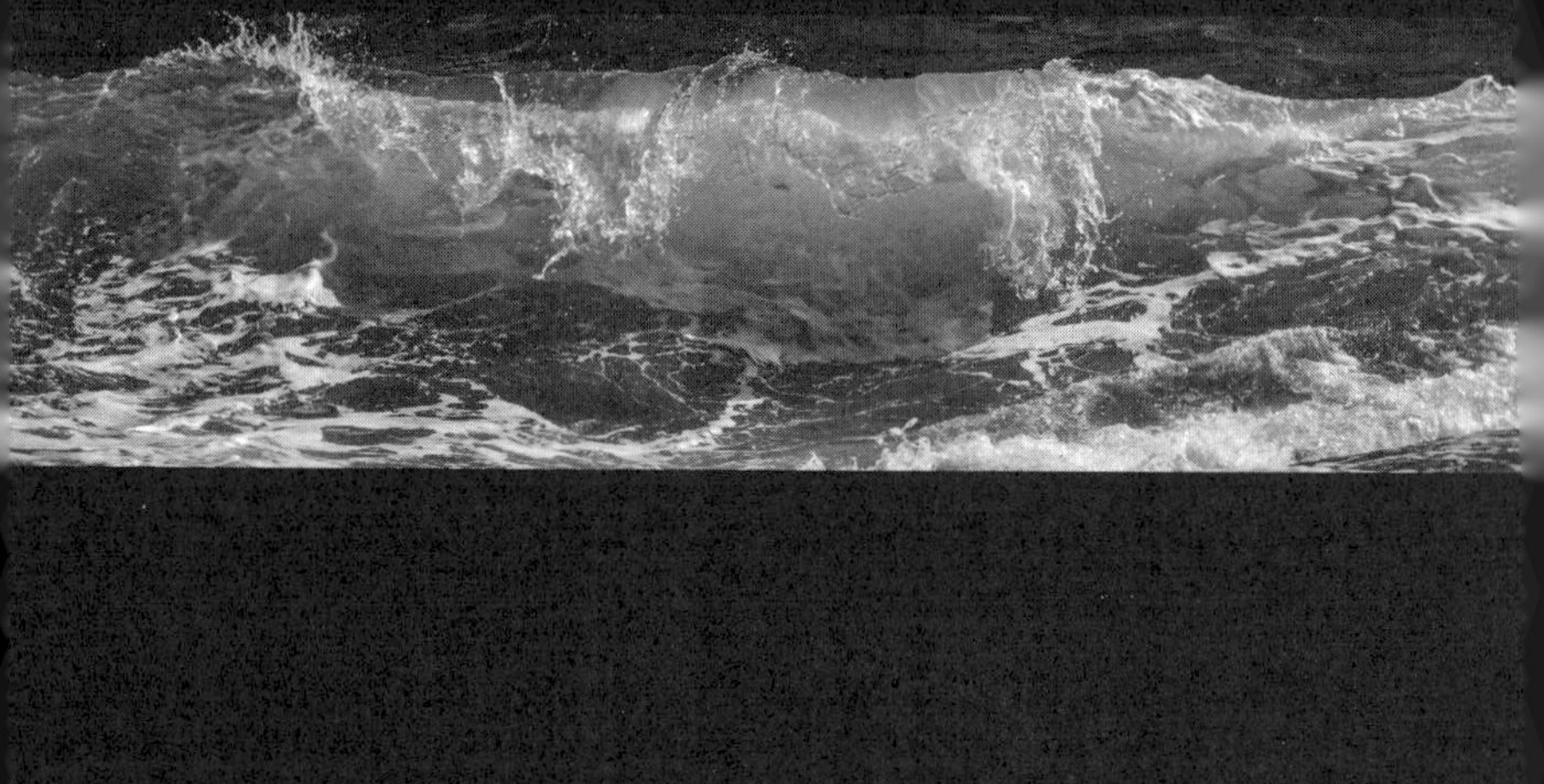

第三章　木綿の直垂

巌流が美濃で刀を得た翌年、弘治二（一五五六）年、長良川で道三《どうさん》が死んだ。美濃は完全に義竜《よしたつ》のものになった。最後まで道三を支えようとした明智光秀は流浪の身となり、後に越前を経て美濃に戻る。幕臣と行動をともにし、足利義昭を奉じて上洛を目指したのである。越前へいく前、光秀は京にいた。そこで幕臣と同志になった。

光秀が京にいた時期、巌流もそこにいた。鹿島新当流免許皆伝の光秀と、巌流は仕合いたかっただろう。牢人となった光秀なら受けてくれるかもしれないと考えたはずである。結局、光秀は巌流の人生には関わらない。同時期に京にいた別の人間が、間接的に巌流の生涯に作用した。細川藤孝《ふじたか》である。この頃、巌流が名を口にすることすら慎まねばならぬほど身分違いの相手である。ともあれ、相当に先のことであり、この段階では絡まない。

さて、弘治二年である。光秀は京にきた。きてすぐに噂になった。

美濃斎藤家に明智ありと言わしめた武人が牢人して流れてきているという。武家も公家も噂をした。女たちは光秀の涼やかな容姿と振る舞いに胸を焦がし、牢人の憂き目にある悲運に同情した。お助けし

たいと、金銭の支援を申し出る女もいたが、光秀は丁寧に辞した。彼には妻がおり、その仲は睦まじい。それがまた光秀の株を上げた。武芸者も噂をする。鹿島新当流の免許皆伝がきている。その剣を見てみたいと思うのは武芸者の性《さが》であった。だが光秀は仕合わない。その辞退の仕方も終始相手を立てる振舞いで、断られた武芸者が気をよくして光秀がいかに優れた人物か吹聴したりした。

巌流も気になっている。京で巌流が顔を合わせ得る中では最高の達人であり、もはや光秀のいることが、巌流が京に留まる理由にすらなっていた。一度出会《でくわ》し、仕合を申し込んだが、駆け出しの頃の中山道での一件を持ち出され、そのうちに互いの昔話に、共通の過去などないのだが、なぜかなってしまい、よくわからぬまま別れてしまった。

「十兵衛様がきたら、引き留めておいてくれまいか。仕合わずとも、剣の話がしたいと申しておったと伝えてほしい」

「くるわけねえだろっ、こんなとこに。牢人してるだけで、武芸者じゃねえんだよっ、明智様は」

女将《おかみ》に怒鳴られて巌流は飲み屋を後にした。まだ昼である。支度中に出入りすることはもう咎《とが》められなくなっていた。女将が諦めていた。巌流は腕を組み、思案しながら廃寺へ戻る。

女将の言う通り、光秀は武芸者ではない。仕合う、という習慣を持っていなかった。後に光秀も諸国を流浪するが、その道中彼が気に掛けたのは仕官先と、彼の幕僚になるような有能な人材を探し出すことだった。牢人してはいるが、いずれは将となり、優れた働きをするために、未だ見ぬ自軍の強化を考えている。

巌流たちはどうか。手練《てだ》れを探しては仕合い、どちらかが死ぬことを繰り返している。腕を磨き名を

上げるというのは、一個の肉体の枠を決して飛び出さない規模の話であり、思考の次元として、武芸者は足軽や雑兵《ぞうひょう》と同程度であった。光秀と武芸者とでは、生き方、と言うよりは、生き物としての根幹が違う。これが違うため、同じ時に同じ場所にいても、武芸者らは光秀の剣を見ることが容易でない。同類の剣ならいつでも見られる。女将の店で呑んでいれば、そのうちに誰かが抜くだろう。何の感動もない、見飽きた剣である。

「どうにかならんかのう」

巌流は呟いて石段を上がった。考えながら上《のぼ》りきると、地面に影がある。

武芸者が立っていた。むさ苦しい髭面に汗を掻いている。確かに晴れてはいるが、そこまで暑いわけではなかった。男は太っている。だが、それにしても汗を掻き過ぎていた。

巌流はこの男に何となく見覚えがある。女将の店で見掛けたことがあったような気がしていた。それも数年前からいた気がする。死なずにいるのだから、腕はあるのだろう。だが、まともに会話をした覚えはない。見掛けただけの相手である。

「のう、巌流」

と男は言った。言葉の度に手入れされていない髭が動く。よく知らぬ相手が自分の名前を知っていることに、巌流は慣れていた。武芸者としては、喜ばしいことだろう。

「光秀と仕合うにはどうしたらいいかのう」

それは巌流の方こそ教えてもらいたい。用件が見えぬまま黙って立っていると男は続けた。

「お前に勝ったら仕合ってくれるかのう」

「仕合ならば受ける。抜け」

「いやいや、お前と仕合いたいのではない。光秀と仕合いたいわけでもないのだ。俺は、一つ区切りを付けて、足を洗いたい」

男は片足を上げ、ぽんぽんと叩いて見せた。薄汚い袴から土埃が舞い、男はよろめいて転びそうになる。上げた足を慌てて下ろし、それでも横に滑って倒れかけた。大股で踏ん張り、溜息を吐いている。酔っているようだった。

「勝手にすれば良かろう。ただし他所でやれ。俺は今から思案することがある。目に入ったら斬るかもしれんぞ」

「まあそう言うな、巌流。俺はお前に確かめたいことがあるのだ」

髭を蓄えた顎のすぐ下、男の喉元に刃が現れた。巌流が刀を抜き、喉にちょうど触れる場所で止めていた。抜き手は速く、眼は恐ろしく冷たい。

「本当に俺に用があるのなら、酒を抜いて出直してこい。その酔った臭い息でもう一言でも喋ってみろ。刻んで加茂川に撒くからな」

男は大人しく退散した。

そして翌日やってきた。夕刻、巌流が大太刀を振り込んでいる時に現れ、前日とは別人のように肩を小さくして挨拶をした。巌流は大太刀を鞘に納める。男を廃寺の堂に上げてやった。

化け物でも出そうな、朽ちた堂だが、掃除だけは巌流がしており、存外住み心地は悪くなさそうである。もっとも、武芸者にとっては、であるが。

壁も屋根も何カ所か破れている。そこから茜色《あかねいろ》の斜陽が射し込み、堂の中に長い影を作っていた。

「して、何用か」

巌流が尋ねても男は答えない。口髭はもさもさと動くが声は出ず、肥えてむさ苦しい図体をもじもじと揺らしている。巌流は少し待ったが、男は用件を言わない。

「用がないならお帰りいただきたい。俺は俺でやることがあるのだ」

諭《さと》すような口調で告げると、男は両手で一つ、床板を叩いた。

「実は拙者、武芸者をやめ、別の生き方をしたいと考えておる」

やっと口を開いたが、そのまま床板を見詰め、また黙る。

「で」

と巌流が促してから、間が開いた。

鈍間《のろま》な奴じゃのう、と巌流は苛立ち始めている。彼にとって、遅いことは、それだけで悪しきことであった。瞬時に身支度を終え、軽々と腰を上げて物事に取り組むよう躾けられていたし、またそうでなければ剣に差し障りがあった。敵に飛び込まれた瞬間、本差しを捨てて脇差しを抜かねば中条流の技を披露せぬまま討たれてしまう。動作は無論、その判断はなおのこと速くなければならない。

太刀筋だけでなく、人そのものを万事において紫電一閃《しでんいっせん》の域に留めようとするのが富田門下の共通理念であり、師勢源《せいげん》以外からこれと言った教育を受けていない多くの門人にとっては、ほとんど唯一の人格形成の指針であった。その中でも特に師の教えを深く吸収した一人が巌流であり、であればこそ、彼は独り立ちを許され、今都にいる。

遅い、と思いながら巌流は座っている。

男は唾を呑み込み、意を決して続きを話した。

「所帯を持ちたいのだ」

「勝手にせい、俺は知らぬ」

「いやしかし、おぬしに話すのが筋というもの」

「何のことじゃ」

「おぬしの思い人に横恋慕しておるのじゃ」

巌流には、男の話がまったく理解できない。

これは何か人違いをしておるな、と思うのだが、何をどう違《たが》えてこうなっているのか見当がつかない。

だいたいこの男の風貌から、恋慕などという言葉が出てくることが巌流には解《げ》せなかった。無論、見た目の美醜と恋は別の話である。醜いから恋をしてはならないということはない。だがこの男は、どう見ても武芸者、または山賊である。誰かを恋い慕う気持ちがあれば、もう少し身ぎれいにしてもバチは当たらないだろう。ともあれ巌流には、男の話に心当たりがない。

「俺にはそういう女子はおらん。今のが用件ならこれで終《しま》いじゃ、おぬしの好きにしたらよかろう」

男はまた黙った。思い違いで訪ねたことを恥じているのか、愚鈍なだけなのか、男の沈黙の理由について、巌流は判断をしない。彼にはどうでもいいことだった。しばらく黙った後、男はまた話す。髭が動く。

「そうはいかぬ。拙者はきちんと所帯を持ちたいのだ。こういうことは、はっきりしておかねば」

「だから俺にはそういう女子はおらんのだ」

「拙者を気遣っておるのだろうが、それは無用じゃ。シノブ殿のお心は、拙者が自ら手に入れる。ただ、おぬしに話しておくのが筋だと思うて罷《まか》り越《こ》した次第」

「シノブ殿とはどなたのことじゃ」

「頑《かたく》なな男じゃ、いや、拙者を思ってのことか。忝《かたじけな》い」

頭を下げられた時、巌流は唇の端が捲《まく》れ上《あ》がるのを堪えた。斬ってしまいたい、というのが本音だった。同時に、こんな阿呆と同業である我が身を思うと悲しくもなった。

男は顔を上げ、あたかも感謝しているような目付きで二度頷く。右の拳で、巌流は床板を突いた。夕闇の堂に大きく一つ響く。

「案内《あない》せい、そのシノブ殿とやらを、この目で見る」

男は明らかに狼狽《うろた》えた。その泳ぎ出しそうな目を巌流は睨んでいる。男は震えるように背筋を伸ばしてから、無言で一つ頷いた。巌流は立ち上がり、見下ろしながらもう一つ言葉を放つ。

「で、おぬしは誰じゃ」

猪隈《いのくま》という名の武芸者らしい。自ら名乗ったのか、呼ばれるうちにこの名に落ち着いたのか不明だが、見た目通りの名であった。「猪《ちょ》」は豚のことである。豚は弥生時代から棲息していた。それを「猪」の字で記すようになる。用例は古く、八世紀末に完成した『続日本紀』に見える。漢籍でも子豚を猪子と

書き、豚肉を猪肉と記す。「猪」は豚なのである。猪《いのしし》のことも「猪」と記す。猪子と書いて「ちょし」と読めば子豚、「いのこ」と読めば猪の子である。「猪」が文字通りの猪なのか、あるいは豚なのか、それは文脈での判断になろうが、この猪隈という武芸者の場合、容姿からしてまあ豚であろう。「隈」の字を「熊」に替え「猪熊」とすると、熊のことである。豚のような熊のような、そんな男という意味の名かもしれない。そんな猪隈の案内で、巌流はシノブという女を見にきている。

場所には馴染みがあった。女将の安酒場である。二人が並んで座ると、

「連れだってきたのかい、気色悪いねえ」

女将は吐き捨てるように言葉を浴びせ、何かを煮付けた物らしい肴を二つ置いた。背を向けて離れていくのを見てから、

「で、そのシノブ殿はこのような場所に出入りするのか」

と巌流は小声で隣の猪隈に尋ねる。猪隈は酒が好きらしい。巌流の言葉は耳で拾わず、右手を上げて声を張る。

「燗を二本頼む、シノブ殿」

途端、二人の前に徳利が一本ずつ、叩き付けられるように置かれた。

「名前で呼ぶんじゃないよ、気色悪い」

猪隈に言ってから、間髪容れず、女将は巌流に怒鳴る。

「お前かっ、この髭達磨にあたしの名前を教えたのはっ」

額がぶつかりそうなほど顔を近づけて女将は怒鳴った。彼女の険しい目付きを間近にしながら巌流は、

女将の名がシノブだと初めて知ったこと、シノブという名の響きと眼前の人相とが結びつかぬこと、それらが言葉にならぬように胸の奥へ落とし込んだ。胸の奥で整理する。

シノブ殿、というのか。偲ぶ、忍ぶ、荵《しのぶ》。

どれもしっくりとこない。上京以来、何度も話しているのだが、彼は女将のことを何も知らなかった。名だけは今ようやく知った。他はまだ知らない。例えば、女将の年齢を巌流は知らない。おそらく三十を越えている。もしかしたらまだ二十代の終わりの方かもしれないが、それでもこの時代にあっては年増になる。その女将と夫婦《めおと》になりたいと猪隈は望んでいるが、肝心の女将が所帯を持ちたがっているかどうか、皆目見当がつかない。

「それがしが教えたのではない、始めから知っておったのだろう」

胸の奥での思案を悟られぬよう、涼しい顔を作って巌流は答えた。女将は固い指の先にある汚れた爪で首を掻《か》き毟《むし》っている。自ら首を掻き斬らんばかりに。

「ったく、ああっ、まだ気色悪い、今度呼んだら刺し殺してやる。いや、お前が斬れ、そのくらいの貸しはあんだろ」

巌流は一瞬だけ目を動かして猪隈の様子を探った。女将と巌流のやり取りを、猪隈は恨めしそうに見ている。今のこのやり取りが、彼には男女の睦まじい触れ合いに見えているらしい。

巌流は徳利を持った。安物の杯に酒を注ぎながら、猪隈に話し掛ける。

「と仰せじゃ。女将と呼ばねば、表で仕合うことになるぞ」

巌流の心算としては、猪隈が羨んでいるらしい今のやり取りに彼を引き込んでやりたかったのだが、

肝心の猪隈が曲解した。

巌流はシノブ殿の用心棒じゃ。

髭を濡らしながら汚く酒を呑み、巌流を睨んでくる。

面倒な奴だ、と巌流は一人で呑み始めた。

この晩、猪隈の前には五本、徳利が並んだ。酒に弱い男のようで、二本目辺りから様子が変わった。饒舌になり、気安くなり、訳のわからぬことを早口で捲《まく》し立《た》てた後、泣きながら大笑いして、寝た。肥えた猪隈の身体を表に放り出してから、巌流は廃寺に引き上げた。夜は冷えるが、翌朝猪隈が死んでいたとしても、巌流は構わない。彼は普段、情報を集めるために女将の店に入る。呑まずに座ることが許されないから酒を頼むのであり、寝込むほど酔ってしまっては本来の目的が果たせない。今晩彼は、初めて他の武芸者と酒を呑んだ。

ろくなものでないな。

ほとんど酔っていない頭で思い返すと、腹が立ってくる。一人で呑んでいる方が遙かにいい。廃寺に着くなり、とっとと寝た。


数日間、猪隈は現れなかった。代わりに珍しい人物が廃寺に現れ、巌流を驚かせた。明智光秀である。巌流は朝稽古をしていたがすぐに気が付き、

「十兵衛様」

駆け寄って一礼した。光秀も浅く頭を下げる。牢人とは思えぬ颯爽とした姿である。品のいい面差し、

ぴんと伸びた背筋、何より全身が洗練された武人の空気を纏っており、何から何まで武芸者とは違う。例えば猪隈とは、二本の足で立っていること以外、何も共通点を見出すことができない。応仁の乱で荒廃したまま長く立ち直れずにいる京にあって、光秀は一陣の風のようだった。彼の通ったところだけは澱みが払われ、あるべき都の輝きを取り戻す。周囲にそんな錯覚をさせるような特別な魅力が彼にはあった。剣術は光秀のほんの一部分に過ぎないが、それが達人の域にある。学問はさらにできるとの噂だった。その光秀が牢人して京におり、上は公家から下は武芸者まで、どのような相手とも爽やかに交わっている。そのような半雅半俗の在り方がまた、貴賤の別なく女性をときめかせた。男からも人気がある。

好き嫌いで言えば、巌流も光秀が好きである。

堂に上がってもらおうとしたが光秀が辞し、立ち話になった。背は巌流の方がだいぶ高い。光秀が低いわけではないが、巌流が高過ぎた。気持ち腰を屈めるようにして巌流は話をする。

光秀はすっと立ったまま話した。彼は落ち着いた墨染めの直垂《ひたたれ》である。上下同じ色で揃えてあり、これで烏帽子《えぼし》を被ればそのまま正装になる。巌流のように上は緋色、下は灰色と別にしてしまうのは、まったくの平服であり、公式の場所には出ていけないものだった。もっとも、こうしたものは時代によって移り変わる。光秀の格好も細かく原則論を唱えれば非公式の出で立ちになる。直垂は平安時代に登場したが、その頃は人足の作業着だった。武士が好んで着たために、武家の台頭に呼応して直垂の格式も高くなり、公武の実質的な力関係が逆転すると、公家も着たがるようになった。原則論に立てば、好ましくはない。作業着で禁中《きんちゅう》に出入りする不心得者がいるとして、朝廷内部では公家の直垂着用を禁じる

策が何度も講じられた。しかし効果がなく、時代が下るにつれて直垂は高位の正装になっていく。それでもこの頃はまだ、朝廷や幕府が衰微していたこともあり、規則の実効性が弱く、公武や都鄙《とひ》を問わず多くの者が着用していた。後に江戸時代になると、幕府の法令は強い拘束力を発揮する。直垂は位階において四位以上の者にのみ許される格式高い礼装となった。つまり、大名でなければ着られない。もっと言えば、大名の中ですら位階が届かぬために着用を許されない者もいた。旗本などは無論、着ることができない。これら四位に満たない武士の礼装も、直垂から派生したものが定められた。

この頃はまだ、そこまでにはなっていない。牢人中の光秀が着ていても、咎められることはなかった。むしろ、身なりがよい、と評判になる。

光秀は麻を着ている。巌流は葛《くず》だった。どちらも一般に出回っているものだが、葛の方が丈夫であり、旅や労働に向いているとされている。そのぶん硬く、着心地は麻に劣る。巌流は耐久性を重視して葛を選んでいた。

「十兵衛様からお訪ね下さるとは、嬉しゅうござりまする」

「実はお頼みしたいことがござって、不躾《ぶしつけ》に押し掛け申した」

用件は仕事の依頼だった。もともと光秀が頼まれたものだが、巌流にやってほしいという話である。さる公家の使者を護衛してほしい、と光秀は言った。

「尾張の信長公へ書状を届けたいとのことで、その道中の護衛でござる」

「信長公、でござりまするか」

誰だ、と巌流は思っている。桶狭間の戦いはこの四年後である。世人はまだ信長を知らない。

「信秀公の御嫡男でござる」

「信秀公なら、存じ上げまする」

駿河の今川義元、美濃の斎藤道三、その両者と互して競り合った武人、一方で文化人でもあり、また勤皇の士として名声もあった。越前でも噂を聞く機会のある人物で、巌流も名前は知っている。名前だけ知っていた。孝景《たかかげ》公には遠く及ばないがなかなかの人物らしい、という程度の理解で、それ以上は知らない。

織田信秀は都から公家を招いて習いごとをする趣味があり、彼が払う謝礼がこの頃の公家にとっては有り難い収入源であった。信秀の勤皇とは専らこれである。信秀の死後は信長が同じようにしてくれると公家たちは期待したのだが、一向にその気配がない。

偉大な父君に倣って京の文化に触れては如何か、という文面で金の無心をする書状を信長に送りつけたいので、その護衛をしてくれ、と光秀に話があったらしい。

光秀が躊躇《ためら》った理由は美濃である。都から尾張へいこうとすると、通常は近江と美濃を経由することになる。今光秀が美濃に入れば、斎藤義竜は黙っていないだろう。

「それがし一人ならどうとでもなろうが、使者を守ってとなると」

と光秀は話した。

巌流は巌流で美濃に因縁がある。義竜の家中を殺していた。やはり巌流一人ならば入っただろうが、使者の護衛となると話が変わる。

だが引き受けたかった。光秀と仕合える望みをわずかでも繋ぐためには、とにかくこの件に関わり合

いになっておきたかった。

近江から伊勢に入り、舟で尾張へいくのはどうじゃ。

と巌流は考えた。考えると一つ曖昧な記憶が戻ってくる。

確か東海道の桑名には渡し場があると聞いた気がする。渡し先は尾張の熱田だったはずじゃ。桑名は伊勢の北の端じゃから、遠回りにはならん。銭はかかるが、これならば美濃を避けて尾張へいける。

「お引き受け致しまする。御公家様の使者の護衛、どうかそれがしにお命じ下さりませ」

巌流は頭を下げた。その両肩をそっと摑み、光秀は巌流の身体を起こす。

「命じるなどめっそうもない。それがしがお頼み申し上げているのでござる。巌流殿、本当に引き受けて下さるのか」

「はっ、しかと務めまする。賢案安んじ、京にてお待ち下さりませ」


出立の朝、巌流の前に現れたのは僧形《そうぎょう》の青年だった。歳は二十歳前後だろうか。背は人並みだが、身体は細く、旅には不向きに見える。顔つきは賢そうである。同時に生意気な表情をしていた。この若い使僧《しそう》を守って尾張へいくのが巌流の仕事である。

「明智様の推挙であればこそじゃ」

使僧が若々しい声で言う。

「武芸者などがこうした名誉を賜るなど、望外のことであろう。しかと務めよ」

わざわざ言われずとも、巌流はわかっている。だが、腹は立たない。この若い僧も、本来は光秀と尾

張へいきたかったのであろう。学問の話をしながらの楽しい旅を想像していたはずである。武芸者が相手では、何の話もできはすまい。

「は、道中の警護はこの巌流めにお任せ下さりませ」

「名などよい、お前の名など呼ぶ機会はあるまいて。参るぞ、武芸者」

「はっ」

巌流は歩くのが速い。使僧は先に音をあげるのが癪だったらしく、時々立ち止まっては、巌流の歩く所作がなっていないと叱った。そして高貴な人物の書状を届けるとはどういうことか、について説教まがいの弁論を聞かせた。巌流はその都度立ち止まり、黙ってそれを聞いた。そうしながら使僧が休んでいることを理解していた。だがこれだと、黙っている巌流の方がよく休める。使僧は歩かずには済んでいるが、喋り通しであり、疲れはとれない。

近江の山道に大きな石が転がっているのを見つけると、巌流は立ち止まり、後ろを振り返った。白く細い顎から汗を滴らせながら、使僧が意地になってついてきている。自らの消耗を棚に上げ、使僧は巌流を睨んだ。何故立ち止まった、と言いたげな目であるが、呼吸が荒くて言葉にならない。

巌流は浅く一礼した。

「先程の続きを御教授いただきたい。ちょうどよい石がござりますれば、どうかお掛け下さりませ」

そう言って先に石の前に座ってしまう。使僧はぜいはあと息をしながら追いつくと、崩れるように石に座った。唾を呑み込み、呼吸を整えている。袖で額を拭ってから、両膝を叩いて、うむ、と言った。

「仕方のない奴じゃ、武芸者はものを知らなくていかんな。よし、一つ教えてやろう」

説教まがいの話を巌流は黙って聞いた。そして使僧が話し終えると、少し待つよう頼んで沢へいき、竹筒に水を汲んできた。

「それがしのような者に、重ね重ねの御教授、痛み入りまする。どうか喉をお癒し下さりませ」

献上する姿勢で差し出された竹筒を、使僧は頷きながら受け取った。喉を鳴らしながら呑み、息を吐く。

「武芸者」

石に座ったまま使僧が呼んだ。巌流は地に片膝をついて畏《かしこ》まった姿勢でいる。

「はっ」

「おぬし、武芸者にしてはできた奴じゃのう。生まれは何処《いずこ》じゃ」

「越前にござりまする」

「越前か。よいところと聞く。剣も越前で習ったのか」

「はっ」

「そうか。越前には富田《とだ》勢源《せいげん》がおるらしいのう」

「我が師にござりまする」

「そうか、富田勢源の弟子か。ならば腕は立つのじゃな」

「そのつもりでおりまする」

「うむ、では武芸者、そろそろ参るか」

道中、特に問題は生じなかったが、美濃ではなく伊勢を経由すると告げた時、軽い悶着になった。

近江から美濃、美濃から尾張というのが通常の経路である。使僧もそのつもりでいただろう。舟を使うと出費にもなった。

「伊勢に用事があるのか」

と使僧は質《ただ》した。巌流は正直に答える。

「それがしは昨年、斎藤義竜公の御家中を殺しておりますれば、美濃に入ると無用の騒動となるやもしれませぬ。まあそれでも書状はそれがしがお届け致しまするが、御身の守護はお約束致しかねまする。であればこそ、伊勢から舟で尾張へ、と考えておりまするが、どうしても美濃と仰せならば無論、美濃を通りまする。如何なさいまするか」

使僧は呆然とした。

やはり、所詮、武芸者じゃ。

こいつのせいで、と恨めしく睨んでみても、事態が変わるわけではない。

「美濃を通りまするか」

「いや、信長公と義竜公は仲がよくないとも聞く。この書状を持って美濃に入るのは上策ではなかろう。よし、伊勢でよい」

「はっ」

南東へ向かう。

巌流の記憶は正しかった。伊勢の北端にある桑名は舟の出入りがあり、その中には尾張の熱田と行き来するものがあった。貸し切りにする銭はないので、乗り合うことになる。行商人、その護衛、旅の芸

能一座、山伏など、雑多な人間が次々と乗り込んでくる。巌流たちもそこに混ざり、肩を触れさせながら揺られた。

巌流は初めて舟に乗った。岸からすっかり離れるとどこを見ても海である。見上げれば空である。潮の香を吸い込みながら見る空には、何羽も鳥が舞っていた。忙しく羽ばたくもの、風を捉えて悠然と天高く上っていくもの、鳥にも色々いる。

斬れるか。

と、巌流は剣術のことを考えた。

舟が揺れている。その揺れる調子を上手《うま》く使って高く飛び、一閃《いっせん》で仕留めることは可能かどうか、そんなことを考えながら揺られていた。

桑名と熱田は距離にして五里ほどである。舟旅と言うほど長いものではない。渡し場の言葉から想像できるように、渡してもらった、という程度の言い回しがふさわしい。

尾張熱田に着いた。乗り合わせた者たちが次々と陸へ上がる。その後は南へいく者、北へいく者、様々である。巌流たちは北へ進み、那古野《なごや》を抜けて清洲《きよす》へいかねばならない。

北へ進もうとする巌流を呼び止め、使僧は渡し場の隅へ歩いた。耳目を嫌うように周囲を見渡し、腰を屈めろと指図する。屈んだ巌流の耳元で、使僧は囁いた。

「ここからは余計なことは何も申すな。よいな、徒《いたずら》に口を開いてはならん」

「何事でござりまする」

「尾張は今は信長公の国だが、近々奪われるかもしれぬ。信秀公が身罷《みまか》ってからというもの、尾張は

内乱続きなのだ。信長公を誉めそやしておればそれでよいというものではない。何を言っても誰かの恨みを買うと思い、とにかく黙っておれ」

「承知仕《つかまつ》りました」

「よし、ならば黙って歩け、拙僧もそうするゆえ」

二人は無言で北上を開始した。使僧の話は都に伝わる風聞に基づいたものだったが、間違ってはいない。それどころか、かなり的を射た話である。現に信長への謀反の動きはあった。信長を排除し、弟信行を当主にしようというもので、家老の林通勝と柴田勝家が画策している。佐久間信盛は信長についており、織田家中が水面下で二つに割れていた。

長居しては事に巻き込まれかねないのであり、さっさと書状を渡して返事をもらい、都に帰りたい、というのが使僧の切実な思いである。この際、返事の内容はどうでもよかった。どのような返事であろうとも、信長自身が盤石でない以上、その内容が現実になるとは考えにくいからである。

そういう政情とは無関係に、那古野を抜けようとした所で野盗に襲われた。巌流は腰の刀を抜いて次々と斬り捨て、尾張の野辺に血を吸わせる。最後の一人は憐れであった。既に右手を失っていたが、巌流は遠慮せずに頸を刎《は》ねた。右手と頸のない死体が立ったまま道を塞いでいる。それを蹴り倒して、巌流は振り返った。

束ねた長髪が弧を描き、美しい面差しが使僧に向く。斬り合った直後とは思えぬ、清々《すがすが》しい表情だった。

「片付き申した。参りましょうぞ」

返り血も拭わぬまま、涼しい顔で言う。

使僧はつくづく思い知った。

これは、我らとは別の生き物じゃ。一刻も早く、都に帰らねば。

こんな所にはもう居られない、とばかりに使僧は歩き出す。慣れてきたのかのう、と巌流が感心するほど足早に、清洲を目指した。その日のうちに到着すると、一晩の宿を手配し、勝手に出歩くなと巌流に命じて、自身は出掛けてしまう。

巌流は板間で横になり、そのまま寝た。人の気配で目を覚ました時には、すっかり夜になっていた。

「あきれた奴じゃ、よく眠れるのう」

「首尾は如何なり申した」

「返事はもらった。笑うぞ。そのうち上洛するから、その時に京の文化を見ると書いてよこしたわ」

「それを都に持ち帰れば終《しま》いでござるな。発ちまするか」

「いや、もう夜じゃ。ここで寝て、明日発とう」

翌朝、二人は清洲を発った。熱田まで歩き、そこから舟で伊勢の桑名へ渡った。渡ったところで、使僧は桑名の市場へ寄りたいと言った。巌流は付き従う。何を買うのか尋ねると、使僧は巌流に何か買ってやると答えた。

この時期、公家は貧しい。この使僧に謝礼は払っても、巌流にまでは払わないだろう。止事無《やんごとな》い身分にある人物の役に立ったのだから、それで十分であろう、という理屈は、都の価値体系に腰まで浸かっている人間には通用しても、武芸者には通じない。武芸者は、そういう価値の体系には踝《くるぶし》までも浸か

っていないだろう。使僧は巌流が激怒し抜刀に及ぶことを警戒していた。そうならぬことが第一だが、もしそうなった場合でも、自分だけは斬られぬように手を打っておくつもりでいる。

巌流はこの件では銭を得ようと考えていない。光秀の依頼を引き受け、無事にこなせればそれでよかった。銭ではなく、光秀との関係を重視していた。

「要りませぬ」

と言ったが、

「強がるな。邪魔にはなるまい」

と言って使僧は呉服屋の暖簾《のれん》をくぐった。巌流もついて入る。中には色とりどりの反物《たんもの》が並んでおり、京の都よりも優美な感じがした。まだ使われていないまっさらな反物の香りが店内に満ちている。視線を動かす度に、異なる色が視界に入った。何やら夢に片足を踏み入れたような気になってくる。巌流が珍しそうに眺めているうちに、使僧は店主と話し始めた。

「そこの武芸者のなりを何とかしてやりたい」

「これはまた長身で。倍掛かりますよ」

「構わぬ、何かよいものはあるか」

「三河から木綿が入っております。粋《いき》ですよ」

「おい、武芸者、おぬし木綿を知っておるか」

問われた巌流は使僧の方を見た。木綿を知っているかという問いに対し、

「存じませぬ」

と正直に答えた。木綿はまだ広くは普及していない。巌流は知らなかった。

「そうか、木綿はよいぞ、じきに葛《くず》の衣は廃《すた》れるだろう」

「それがしには何とも」

「まあそうであろうな。よし、木綿じゃ。木綿にする」

使僧は決めた。

「お色はどうなさいますか」

「武芸者、色じゃ。色はどうする。そちの上下の色違いは何か道理があってのことか」

「武芸者は人の噂にならねばなりませぬゆえ、目立つと思ってのことでござりまする」

「そうか。ならば、目立てば上下は一緒でも構わぬな。どういう色がある」

「そうですねえ、目立つお色なら、赤紫、山吹、それに白」

「赤紫を見たい」

「どうぞご覧下さりませ」

店主の出した反物を広げ、使僧はまじまじと見た。紫よりは赤に近い。そして色が暗い。暗い赤が黒光りしているような色だった。

「うむ、品のある色じゃ。これにする、これでよいな」

「はっ」

色柄のことがわからぬ巌流は短く答える。

「仕上がるのを待ってはおれん、ここで買って、都で仕立ててもらうぞ」

「はっ」

買ってもらった、と言っても望んだわけではないのだが、その木綿を背負って西に向かった。

都に着くと、使僧は書状を持って公家の屋敷へ向かった。二人はここで別れる。巌流は木綿を背負って呉服屋へいき、直垂《ひたたれ》を作ってほしいと頼んだ。光秀が着ているような洗練された装束を身に纏《まと》うかと思うと、くすぐったい気もした。一方で、具体的なものを用意して仕官に備えることで、未来が開けはしないだろうかと期待する気もあった。

仕官したい。

という思いは越前を出た時から持っている。最近、日ごと強くなる。巌流は都とその周辺では知られた武芸者になっていた。もし都で誰か一人、仕官の口を得る武芸者が居るとすれば、自分ではないか、という期待混じりの自負もある。そうした思いが、彼に直垂を用意させた。

第四章　明智光秀とヒロ

呉服屋の店主にとっては、直垂は珍しくない。だが木綿は珍しかった。広げて、ほほう、と溜息を洩らす。

これは木綿かと店主に尋ねられたので、木綿らしいと答えて巌流は店を出た。出た所で、忘れていた男に出会った。猪隈《いのくま》である。まだ陽も傾いていなかったが、酔っているようだった。

「巌流ではないか、久しいのう。呉服屋に用か」

「ああ、木綿が手に入ったので仕立ててもらいにな」

「木綿かあ」

「知っておるのか」

「無論じゃあ、木綿とは粋《いき》じゃのう。粋な木綿を着て、シノブ殿に会いにいく気かあっ、勝負せえっ、巌流」

猪隈の顎に巌流の刀が触れた。斬ってはいない。斬るのも馬鹿馬鹿しいと巌流は思っている。いくらか酔いが醒めたのか、猪隈は黙った。

「おぬしは一々勘違いしては俺に突っかかるのう。次、俺に話し掛ける時は、仕合う覚悟でこい。取り敢えず、今日はとっとと失せろ」

猪隈は去っていった。それきり巌流に話し掛けてはこなかった。こなかったが、遠巻きに見張るようにして巌流をつけることはあった。巌流が足を止めて振り返ると逃げていくので、仕合うつもりはないらしい。鬱陶《うっとう》しく思いつつも、巌流は放っておいた。ところがそれが、思わぬ形で仇《あだ》となった。

仕上がった直垂を受け取った巌流が呉服屋から出たのは昼前である。店を出た所で光秀に会った。立ち話になり、尾張へいった一件や木綿の直垂のことなどを話した。

「それがしのような武芸者は小袖袴《こそでばかま》で十分なのでござるが、せっかくの木綿なればと思い、直垂を作り申した。分を弁《わきま》えぬようで今更恥ずかしい気もしておりまする」

「巌流殿ならばいずれ仕官も叶《かな》いまする。持っておられた方がよい。正装に袖を通すと心も折り目正しくなるというもの。それがしも牢人の身でありながら直垂を纏《まと》い、志が低くならぬよう己を鼓舞しておりまする」

「十兵衛様とそれがしでは、何から何まで違いまする」

「我らは互いに一介の武人でござるよ。今は牢人同士でござるが、どちらが先に主家を得るか、勝負でござるな」

「十兵衛様のお相手として恥じぬよう、精進致しまする。いつかこの直垂に袖を通すのを楽しみに、それがしも励みまする」

そして二人は別れようとした。その際、二人の腰の鞘がぶつかってしまった。武芸者同士であれば、

これで斬り合いになっていたかもしれないが、光秀も巌流も弁えた人物である。互いに非礼を詫び、爽やかに別れた。

ところがこれを、遠くから酔った猪隈が見ていた。猪隈は触れて回った。いく先々で吹聴し、夕刻には京中の武芸者に知れ渡ることとなる。翌朝には巌流の耳にも入り、昼には光秀の知るところとなった。光秀と巌流が鞘当ての因縁で仕合う、とのこと。

風聞は京の隅々に行き渡った。所詮、噂話であるが、この時代、噂は貴重な情報源として信憑性が認められていた。噂が元の打首沙汰もある。噂だからと放っておくわけにはいかず、また、収め方も考えなければならなかった。逃げたとなれば体面を失う。武芸者の巌流も、牢人中の光秀も、それは避けねばならない。特に光秀は深刻である。武芸者を相手にした時点で、彼の武人としての評価に細瑕《さいか》を残しかねないのであり、仮に巌流を斬ったとしても無傷では済まない点で、既に実害を被っていた。

巌流は噂の出所を探り、猪隈だと突き止めた。だが猪隈を締め上げたところでどうにかなるわけではない。そもそも猪隈の居所がわからなかった。

木綿の直垂に構ってなどいられない。巌流は着慣れた緋色の小袖と灰の袴で都中を駆け回ったが、猪隈を見つけることはできなかった。彼自身も迷惑していたが、それよりも光秀に申し訳ない気持ちが強い。

鞘が触れた二日後、廃寺に光秀が現れた時、巌流は深く頭を下げて出迎えた。堂の中で話し合う。

「猪隈という武芸者でござる。あの時に斬っておけばこのようなことには」

「巌流殿のせいではござらぬ。ただ、この事態をどう収めるか」

「いっそ、仕合いまするか。どうなっても恨みはなしということで」

「それがしは今死ぬわけにはいかぬ。そもそも仕合えば、それ自体がそれがしの負けでござる」

「ご尤《もっと》も。お忘れ下さりませ」

妙案は出ない。

二人が唸っていると、外で女人の声が響いた。

「巌流殿はおられるか」

と若い女人の声がする。立て付けの悪い障子を開けて廊下に出ると、襷《たすき》で袖をたくし上げ、鉢巻をした女人が薙刀を持って立っていた。まだ娘の年頃に見えるが、意志の強い目で巌流を見上げている。

「それがしが巌流でござる」

言った途端、薙刀の切っ先を向けられた。

「お前かあっ、うちの人に絡んだ武芸者はっ。下りてこい、わらわが相手じゃっ」

威勢のいい声が飛ぶ。二十歳に届かぬ娘だろうが、薙刀の突き出し方が様になっている。ある程度は稽古をしているようだった。

娘の声に、光秀は聞き覚えがある。眉間に縦皺を刻んで出てきた。勇ましかった女人の表情が、きょとんと驚いたそれに変わる。

「あなた様」

「ヒロ、何をしておるのじゃ」

「巌流めを成敗に」

「わかった、もうよい。薙刀を置きなさい。お前にも話しておく」

ヒロ、と呼ばれた光秀の夫人も堂に上がった。

巌流は伏して挨拶をする。

「巌流と申す武芸者にござりまする。奥方様のお怒りはご尤も。すべてこの巌流めの手落ちにござりまする」

「巌流殿ではない。巡り合わせが悪かっただけじゃ」

「しかしあなた様」

「覚えておるか、ヒロ。昔、中山道で襲われた時、助太刀してくれた武芸者がおっただろう。それが、この巌流殿じゃ」

「その節はまことに助かりました。しかしそれはそれ、これはこれでござりまする」

きっ、とヒロは巌流を睨んだ。美人である。頬に痘痕《あばた》があるのだが、それが気にならぬほど、顔立ちが美しい。微笑《ほほえ》んで座っていれば明智夫人という呼び方がしっくりとくるだろう。だが、その美しい顔立ちに宿す表情は、跳ね返りの小娘のそれである。光秀と二人きりの時には違うのかもしれないが、巌流の目の前にいるヒロはただの転婆《てんば》にしか見えない。

そうじゃ、確か中山道の時も、荷駄に上がって威勢のよいお声を発しておいでだった。

巌流は思い出している。あの頃のヒロと、今のヒロ、数年経っているはずなのだが、年を取ったように思われない。娘の顔のまま歳を重ねていく手の人物だろうか。

「あなた様が仕合えぬのなら、ヒロが巌流殿を討ち取りまする」

「やめなさい、ヒロ。巌流殿、お赦し下され。それがしを思って申しておるだけのこと」

「奥方様まで煩わせてしまい、申し訳ござりませぬ。しかし、奥方様のお言葉で一つ閃き申した。互いに名代《みょうだい》を立てて仕合うのは如何でござりまするか。この際、剣術でなくとも相撲でも何でも、両者の名代が勝負をすれば格好はつきまする。見世物にしてしまえば、噂も消えて無くなりましょう」

「なるほど、よいかもしれぬ」

「あなた様の名代はヒロが務めまする」

「馬鹿を言うでない」

「この京に、明智光秀の名代になるような者がおりまするか。牢人とは言え、あなた様はあなた様。ご自分の格を下げてはなりませぬ。明智光秀の面目を保つためならば、ヒロは命を捨てる覚悟でおりまする」

「しかし、奥方様に相撲を取らせるわけには」

「ならば薙刀で仕合いまする。巌流殿はご自身の名代をお立て下さりませ」

「いやしかし、それがしには薙刀を使う女人の知り合いなど」

「女子でなくとも構いませぬ。太刀でも槍でも受けて立ちまする」

「しかし」

「相手が誰であろうと、明智光秀の室《しつ》は逃げぬっ。武芸者風情がそれ以上わらわに口答えするなっ。十兵衛様が武芸者なんぞと同じにされて、わらわはどうにかなってしまいそうじゃっ。巌流殿が上辺だ

けでなく、心から十兵衛様を敬っておるのなら、一刻も早く名代を立て、わらわに報せてよこせっ」

ヒロは凄まじい剣幕である。武芸者が売名に命を懸ける以上の執念で、光秀の名誉を守ろうとしている。

巌流は気圧《けお》された。武芸者との仕合では一度も感じたことのない圧迫感で全身をねじ伏せられそうになっている。

武家の奥方とは、こういう生き物か。

と、巌流は唾を呑み込んだ。

光秀とヒロは睦《むつ》まじい。

この時代の女性の生涯は詳《つまび》らかにならないことがほとんどであり、ヒロもよくはわからない。わからないが、逸話の類いは残っている。一つ一つが健気《けなげ》に美しく咲く野の花のような挿話であり、江戸時代にはヒロの物語を好む文人も少なくなかった。そうした野辺の一輪一輪を集めて花束にし、少しだけ、この夫婦の睦まじさを記してみる。

ヒロの実家は明智家よりも格の下がる家だったらしい。ヒロはその美貌のために身分違いの光秀と引き合わされ、夫婦の約束をした。ところが婚儀の前に病に罹《かか》り、それ自体は克服したものの、頰に多くの痘痕が残ってしまった。明智家と縁を結びたかったヒロの父は、やはり美人と名高かったヒロの妹をヒロだと偽って光秀のもとへ嫁がせようとする。光秀はヒロの実家に出向き、ヒロを妻にしたいと言った。

「他の女子は要りませぬ。将来を誓い合ったのはヒロ殿であるから、ヒロ殿をいただきたい」

その言葉を襖を隔てて聞いていたヒロは涙し、光秀の妻として相応しい人間になると決意したそうである。

後に光秀が流浪中の話は有名である。金が足りぬために光秀が面目を失いかけた時、ヒロは長く美しい髪を切り、それを売った金で夫を救った。光秀は深く感謝し、妻はヒロ一人と決め、側室を置かなかったという。

その後、織田信長の家臣として光秀は活躍する。信長は光秀を含む目ぼしい家臣たちに正式な官職を与えるよう朝廷を脅《おど》しつけ、実際に与えさせた。光秀は日向守《ひゅうがのかみ》のほか、古代の名門惟任《これとう》の姓ももらい、正式な名乗りは惟任日向守源光秀となる。この時光秀は、信長に頼んでヒロのために「子」の字をもらった。ヒロは熙子《ひろこ》という名になる。何々子、という名は本来は天皇家の子女、または天皇家に嫁いだ女性の名であり、武家の室でこれを名乗った最初は、北条政子である。これは、夫頼朝の死後、鎌倉幕府を守るために彼女自身が位階を持つ必要があり、そのためには公式の名が不可欠で、よって政子という名になったもので、頼朝の生存中から天皇家の子女に並ぶような名前だったのではない。これが先例となったのか、将軍の室は「子」の字を用いることがある。例えば、室町八代将軍義政の室、日野富子である。ただ富子は藤原北家《ほっけ》内麻呂《うちまろ》流の嫡流である日野家の生まれであり、藤原家の子女が「子」の字を用いるのは平安時代からのことで、政子と同列には扱いきれない。それでも両者の共通点を探すなら、将軍の室で、しかも本人がある時期、実質的に政治権力を掌握したことであろう。

その点ヒロは、政治家としては無力でありながら、夫光秀から真剣に愛されたこと、光秀が織田家中で驚異的な出世を遂げたこと、夫の主君信長が公家の面子《めんつ》を潰したり、朝廷を恫喝することをまったく

厭わない人物だったこと、こうした条件が揃ったために、将軍ではない、大名ですらない、一武将の室でありながら「子」の字を許されることとなった。許されたからどうなるというものではないが、光秀としては、手を取り合い支え合いながら牢人時代をともに耐えた妻に、何か公式の名誉を贈りたかったのだろう。「子」は日本では高貴な女性の名に用いられたが、漢籍では先生という意味である。孫子や呉子《ごし》、孔子や韓非子《かんぴし》の「子」は皆、先生の意で使われている。学問好きの光秀はそれを知っていただろう。光秀はヒロを、庇護し慈しむ対象としてだけではなく、尊敬し手本とする対象としても大切に思っていたはずである。

ヒロの没年には二説ある。『当代記』やイエズス会士の記録、または『明智軍記』などでは天正十（一五八二）年、本能寺の変後の坂本城落城時としており、『細川家譜』では天正四年としている。両説ともに決め手を欠くのは、前者については、出自の異なる複数の史料に確認されるものの、その個々について史料的価値に疑問符がついているからであり、後者については同じ細川家に伝わる史料の中に天正十年説を支持するものが存在するなど混乱が見られるためである。光秀とヒロの三女は細川家に嫁いだ。細川ガラシャである。このガラシャの美しく悲劇的な生涯が、中近世移行期における細川家の難しい立ち場を物語っている。あるいは細川家の記録の混乱は、困難の中でどうにか家を守ろうと間隙《かんげき》を縫《ぬ》うような立ち回りを繰り返した影響だろうか。

天正四年に死んだとすると、次のような最期となる。

ヒロは光秀より先に死ぬ。織田家中で出世した光秀が重病に伏せた時、ヒロは昼夜の別なく懸命に看病した。そして光秀の快復と引き換えるように息を引き取る。三十代半ばの若さだった。

光秀とヒロは睦まじい。

光秀の名誉のために薙刀を取ると言うヒロの覚悟は、武芸者にはおよそ理解のできぬものであろう。女を知らぬ、知ろうとも思わぬ巌流には、いよいよ理解が及ばない。ゆえに、いなし方がわからなかった。

巌流は伏した。伏して返事をした。

「承知仕りました。不日《ふじつ》に名代を立て、奥方様にご報告申し上げまする」

ヒロはこの時、十六歳である。十代半ばの小娘に、巌流は圧倒された。雑兵《ぞうひょう》の業だ、という師の言葉が胸の鼓動に合わせて体中に響く。剣術であれば、巌流がヒロに臆することはないだろう。だがそれとはまったく別種の力で、今、ねじ伏せられている。

世の中には、色々な力があるな。

平伏しながら巌流は、名代を誰に頼めばいいのか、数少ない知り合いを次々と脳裏に浮かべていた。


まだ陽が高い。安酒場では女将が支度をしていた。店の中で巌流は地べたに座り、頭を下げている。

薙刀の手解《てほど》きを致すゆえ、それがしの名代として十兵衛様の奥方様と仕合ってほしい、と頼み込んでいる。

女将は黙って支度を続け、まったく取り合ってくれない。

巌流は額を地につけて頼んだ。

やっと、女将が口を開く。呆れ返った、そして疲れ果てた調子で話し出す。

「お前の阿呆にはすっかり慣れたつもりでいたけど、まさかここまでとは」

「それがしのことはどうとでも言ってくれ。だが名代だけは引き受けてもらえぬか」

「お前の阿呆のために、あたしに死ねって言ってんのかい。あたしはお前の女房じゃないんだよ」

「死ぬことはない。奥方様は薙刀の心得がお有りじゃ。女将は頃合いを見て参ったと言ってくれればそれでよい」

「武芸者の真似クソなんかしたくもないし、見世物になるのも御免だよ。いいかい、お前はそのうちどこぞへ消えるんだろうけど、あたしはずっとここなんだ。あたしにだってねえ、外聞くらいあるんだよ」

「左文字《さもじ》の包丁がある。それでどうか、やってはもらえぬか」

「杓文字《しゃもじ》の包丁だあっ、何だいそりゃあ、馬鹿にしてんのかい」

女将が怒鳴る。

「杓文字ではない、左文字じゃ。鎌倉の名工が鍛えた、それはもう確かな包丁じゃ」

「そんな古臭い包丁、要らないよ。だいたいそんなもの、何でお前が持ってんのさ」

「色々あって、晋吉からもらった」

「あの芋饅頭がっ、そんなもん持ってるわけないだろうっ。お前だけだよ、騙されるのは」

「まことじゃっ。今から持って参る。試しに使ってみてくれ。それが気に入ったら、名代の件、受けてもらえぬか」

「気に入らなかったら他を当たるんだよ、それなら試してやる」

巌流は廃寺に駆け戻った。堂に飛び込んで包丁の入った桐の箱を摑むと、再び女将の酒場まで走る。大きな身体が長い髪を踊らせながら駆け抜けていった。道の人々は何事かと振り向いたが、巌流の足は獣のように速く、すぐに見えなくなってしまう。またぞろ武芸者が何かやっているようだ、という程度の感想を往来の人々に抱かせつつ、巌流は酒場に駆け込んだ。

女将は包丁を握った。胡散臭いものを見るような目付きで刃を眺めた後、試し切りしてみる。

トントントントントントン、と小気味よいまな板の音がして、女将は思わず声を出した。

「おおっ、切れる。切れる、これ。こんな包丁があるんだねえ」

多少の悶着はあったが、左文字の包丁と引き換えに、女将は名代の件を引き受けた。

早速、巌流は女将を自身の名代に仕立てようとする。廃寺で薙刀を握らせたが、憐れになるほど筋が悪い。構えから駄目だった。わざわざ次の動作に移りにくい構えをし、その妙な構えのまま全身に力を入れてしまう。足はこう、腰はこう、と説明しながらやって見せても一向に改善しない。説明が下手なのかと思い、直接教えようと身体に触れると、女将は大暴れして抵抗した。

巌流は女将の身体を放し、もう一度構えて見せる。

「こうじゃ、こう。静かな水面のように構えるのじゃ。さすれば敵の出方に応じて自在に変化でき、仕掛ける際には激しく撃つ水のような一撃が放てる。構える段から力んではいかん」

「わかるかっ。こっちは武芸だの兵法だのはかじったこともないんだよ」

「怒鳴ってはならん、心は静寂《しじま》じゃ。熱き焔《ほむら》はここ」

巌流は人差し指で自分の眉間を押さえる。

「ここに集めて心の外に出しておくのがよい」

「水だの火だの、何なんだよっ。あたしは人だ、物の怪《もののけ》じゃない。できるかっ、そんなこと」

こういう調子であったから、見せ掛けだけでもそれらしく仕込むのに何日もかかってしまい、一向に報告に現れない巌流に痺《しび》れを切《き》らせたヒロが、遂に直接廃寺に乗り込んできてしまった。

昼前、女将に薙刀を教えているところへ、ヒロは一人でやってきた。品のいい藤色の小袖を着て、両手は空けている。つまり薙刀を持っていない。

女将は誰がきたのかわからずに、いつもの睨み付けるような顔でヒロを見たが、ヒロは気にせずしなやかにお辞儀をした。巌流は薙刀を置き、地に伏して挨拶をする。

「これは奥方様、ご機嫌麗しゅうございまする」

「巌流殿、名代が決まれば報せるよう頼んでおいたはずですが」

「はっ。ただ今それがしの名代に稽古をつけていたところでございまする。奥方様のお相手に相応しくなり次第、ご報告に参上するつもりでおり申した」

どうやらこの人物が明智光秀の正室らしいと知った女将は、投げ捨てるように薙刀を放し、巌流の隣に平伏《ひれふ》す。

「ご挨拶が遅れ、申し訳ございませぬ。どうかお赦しを」

使い慣れぬ言葉を用いて女将は謝る。

伏している二人のすぐ前にヒロは立った。巌流の頭を冷めた目で見下ろしてから、ヒロは女将に視線

を移し、ふっと微笑む。

「明智光秀の妻、ヒロと申します。あなたは」

「はい、あたしは、シノブと申します。粗末な飲み屋を営んでいる者です」

「立ち上がって、お顔を見せて下さいまし」

「めっそうもない」

「我らは勝負をするのです。そのようなことで何としますか。立って、顔を見せなさい。そしてそなたも、わらわの顔を見るのです」

女将は恐る恐る立ち上がった。身体を斜めにし、窺うようにヒロの顔を見る。ヒロは静かに、しかし堂々と立ち、正面に女将を見据えている。

気品も、美貌も、比較にならぬほどヒロが勝っている。そこに身分違いが加わるのだから、女将はヒロと正対することができない。ヒロが着ている藤色の小袖も、女将には一生袖を通すことのない上物であった。女将の小袖はぼろである。汚れと継《つ》ぎ接《は》ぎでもはや何色とも形容しがたい。店で使い込んでいる台拭きと大差ない色合いである。前掛けも色落ちし、端は擦り切れていた。

同じ場所に立っていること自体、女将には苦痛である。恐れ多くて、恥ずかしくて、そして惨めな気持ちになっていた。

ヒロは柔らかく微笑んでいる。そういう表情を、女将は自分がしてみた記憶がない。

「わらわは明智光秀の妻です。夫の名代を懸命に務める覚悟でおります。シノブ殿は、巌流殿のどういったお方ですか。どれほどの覚悟をお持ちか」

女将は黙って視線を下げる。何を言えばいいのか、どういう言葉で言えばいいのか、わからなくなっている。

これはもう、仕合のうちじゃな。

と巌流は思った。

ここで挫《くじ》かれては、女将は本番で立っているだけの名代になるだろう。それでは巌流が困る。負けは負けでも、堂々と渡り合っての負けだという体裁がほしかった。名代同士の仕合とは言え、名に怯えて蹴散らされたとあっては沽券《こけん》に関わる。だからこそ、女将に薙刀を仕込んでいるのだ。

ところがやはり、相手が悪い。ヒロは並の女人ではない。過日巌流が気圧されたように、今は女将がねじ伏せられている。

俺が仕掛けるか、と面《おもて》を上げた。地に胡座《あぐら》を掻《か》き、ヒロの顔を見上げる。

「それがしにとっては、唯一無二の女子《おなご》でござりまする」

ヒロの視線が巌流に向く。女将も、目を震えさせながら巌流を見た。

「十兵衛様はご自身と奥方様を、天下にこれほどの夫婦はおるまいとお考えかもしれませぬが、我ら都の武芸者どもの間では、光秀とヒロ、巌流とシノブなどと並び称されるほど我らも睦まじくござりまする。奥方様は心得のある薙刀で十兵衛様の名代を務められるとのことでござりまするが、シノブはそれがしのために生まれて初めて握る薙刀で仕合に臨みまする。それほど、それがしを慕ってくれておりまする。この巌流を思うことに関しては、天下にシノブほどの女子はおりませぬ。そのシノブの覚悟を問《と》い質《ただ》すなど、奥方様であろうとも無礼ではござりませぬか。明智の室が弱き者をいたぶった、などと

風聞になるのを案じておいでならば、ご安心下さりませ。シノブは立派に戦い、奥方様に勝ちまする」

巌流は真っ直ぐにヒロの目を見ている。嘘偽りのない、清らかな表情で見ている。こういう仮面作りは、武芸者の得意とするところであった。

ヒロは少しの間、巌流の顔を見て、そして女将に視線を移した。女将は泳いだ目で巌流を見ながら、口を真一文字にしている。巌流はヒロを見ているため、二人の視線は合わない。

「シノブ殿」

とヒロに呼ばれて、女将はびくっと振り返った。

「巌流殿を敬っておるのなら、もっと堂々となさい。そなたがそのようでは、巌流殿の面目が立ちませぬよ。十日待ちます。よく稽古をし、わらわを破って見せなさい」

ヒロは去っていった。その背中を見送った後、巌流は強く鼻息を吐いた。

よし、勝った。

数日前、堂の中でねじ伏せられた相手に、今度は勝利した。そのように巌流は考えた。勝ちか負けか、という話でこの一件を捉えている。

女将は違う。何がどう違うのか説明できぬほど、胸の内を様々な感情が引っ掻き回していた。言いたいことは色々とあったが、言葉にすると泥沼に嵌《は》まりそうな気がして口を開けない。自分がどういう顔をしているのか自分でもわからず、巌流に見られるのが嫌だった。一方で、ヒロへの圧倒的な劣等感からは解放され、どこか胸の空《す》くような清々しさを感じている。

何なんだよ、もう。

女将は両の拳を強く握り、肩を震えさせている。

巌流は立ち上がり、薙刀を拾った。まずは勝ったと思っているが、まだまだ稽古が不足している。

「巌流」

背を向け震えながら、女将は呼んだ。巌流はいつも通りの顔で彼女の後ろ姿に目をやる。

「仕合が終わったら、三枚に下ろす」

何のことじゃ、と巌流は首を傾《かし》げる。女将は顔が見えぬように上体を倒してずかずかと歩き、薙刀を拾い上げた。足を開き、腰を落とす。

やる気になってくれたか、と巌流は、女将の稽古を再開した。


仕合の日は、朝から都の空気が落ち着かなかった。さすがに公家は見物にこないが、町人や武芸者など、下々《しもじも》の者どもは多く集まった。空も晴れた。太陽が真上で輝き、それを遮《さえぎ》る雲もない。加茂川の河原で両者が向かい合っている。

襷掛《たすきが》けの小袖を着たヒロは鉢巻を締め、凛《りん》とした顔で薙刀を携えている。その斜め後方に直垂姿の光秀が立っている。ヒロの藤色の小袖と、光秀の墨染めの直垂が、殺風景な河原に雅《みやび》な一角を生み出していた。

対する女将はいつもの、そして恐らくこれしか持っていないぼろの小袖を着て薙刀を持っている。後方の巌流もいつもの格好である。緋色の小袖に暗い灰の袴、腰の二本とは別に、背中に大太刀を背負っている。

土手、道、橋の上、そこらに見物人が集まり、河原はすり鉢の底のようだった。対峙する両者の間に行司が立っている。光秀が頼んだ見届け人だった。

「わざわざのご足労、痛み入りまする。本日は、よろしくお頼み申し上げまする」

「何のこれしき。外の風を感じたいと思っていたところでござりまする。それに明智様からのお声掛け、嬉しゅうござりました。寺内でも鼻が高い」

行司は僧形《そうぎょう》である。光秀との挨拶を終え、ヒロに深く一礼すると、数歩近付いて巌流を見た。二人には面識がある。

「おい、武芸者、木綿はどうした。おぬしの最初で最後の大舞台ではないか」

一緒に尾張へいった使僧である。光秀とは懇意らしく、行司役を引き受けたようである。

「あれは大事の時に取っておきまする」

「わざわざ愛宕山から下りてきたのだからな、無様な仕合をさせるなよ」

そう言って、軽蔑するような目で女将を見た。女将はヒロを見ている。行司の視線に気付かない。

鼻で笑って、行司は位置についた。

「明智十兵衛光秀様の名代ヒロ殿、巌流の名代シノブ、両者の仕合を執り行う。検分はこの行祐《ぎょうゆう》が務める。双方、異論はないか」

「ござりませぬ」

光秀と巌流の返事が揃った。

行司、行祐が頷くと、男二人は土手際に避け、河原には女二人が残った。薙刀を持ち、対峙する。

「始めっ」

声が掛かると、ヒロは担ぐように振りかぶり、わずかに溜めてから女将の足下を掻き斬りにいった。武家の子女として薙刀の心得があるのは当然と言えばそれまでなのだが、人によって筋の良し悪しはある。ヒロはよい部類だろう。彼女の薙刀は機敏で素直な調子である。外連《けれん》がなく、見ていて心地よい。その外連の無さが、俄仕込み《にわかじこ》の女将には救いになった。教えられた通りの動きで、女将はヒロの薙刀を払い返す。周囲から歓声が上がった。

一つ止めただけで、手柄を立てたような扱いである。見物は皆、女将の敗北をわかった上で集まっていた。

女将は頭上で一つ回し、その勢いでヒロの胴を薙《な》ぐ。ヒロは踏み込み、薙刀を立てて受けた。受けられたまま、女将は薙ぐ動作を続け、わずかに浮き上がるようにして自身の位置をずらす。そしてもう一度頭上で回してから、さっきと同じように、しかしさっきよりも低く薙いだ。これもヒロは受ける。

仕合の主旨は、双方理解している。命を取る気はどちらにもない。その前提で、女将のこの薙ぎを受けたヒロは、軽く見られたと感じた。命のやり取りにならぬ以上、様子見の打ち合いから始まる。その間に苦手を探っておこうという算段を感じ取っていた。

わらわが苦手を放っておくような、不鍛錬者と思うておるのか。

ヒロは外連がない。心が顔に出た。

今じゃ、と巌流が思うのと同時に、女将は踏み込む。薙刀は低く薙いで受けられたままになっている。そのまま懐に飛び込むように接近したため、女将の薙刀は刃を地に向けて立ち上がる姿勢になる。真っ

直ぐ立った瞬間、女将は握り直した。柄を、ヒロの頭に振り下ろす。ヒロの薙刀は側面下方を守っており、とっさには頭上に戻れない。

これが、巌流が女将に授けた戦い方だった。これで一撃加えれば、後はいつ降参しても面目は保たれる。明智光秀の室に、安酒場の女将が薙刀で一矢報いたとなれば、上首尾であろう。巌流はそのように考え、この動きを仕込んだ。ところが巌流は、ヒロがどのように考えるか、という点を見落としていた。一撃加えればそれでよいと彼が考えたように、ヒロは、一つもらってはならぬと考えて臨んでいた。一つでももらえば明智の名に疵《きず》がつく、という覚悟で彼女は仕合っている。

ヒロは仰向けに、女将の足下に滑り込んだ。女将の薙刀の柄は、河原を叩く。女将には、ヒロが消えたように見えた。続いて、天地がひっくり返る。ヒロは倒れたまま右手で小袖の裾をたくし上げ、女将の足を蹴り払っていた。女将が倒れゆく間に飛び起き、足を裾に隠し、薙刀を構え直す。

女将は背中を打って倒れた。そこへヒロは薙刀を振り下ろす。

女将は降参してよかった。巌流も、それでよいと思った。俄仕込みの素人が一つ策を持ったくらいで、どうにかできる相手ではなかったのである。

ヒロが薙刀の達者であることは、見物している者には十分に伝わっただろう。ここで降参しても、悪評にはなるまい。

ところが女将は足掻《あが》いた。河原を転がって薙刀を避け、立ち上がってヒロの顔を睨む。足を払われた時に薙刀を放してしまっており、彼女は素手である。徒手空拳の指南は、巌流はしていない。

もうよい、と思って巌流は女将を見ているが、彼女はヒロに集中している。

行祐がちらっと振り返った。続けさせるのかどうか、巌流の意思を確かめたのである。が、巌流は女将を見ていて行祐の配慮を無にしてしまう。

女将は懐に手を入れ、短い得物を取り出した。包丁である。巌流がやった、左文字の包丁だった。

一撃加えてから、降参する。

その一念に取り憑かれているようだった。

巌流は動揺し始めている。あの包丁で一撃加えれば、ただ事では済まない。

ヒロは落ち着いて構えている。包丁で薙刀と戦うのは無謀である。技量が同等ならば包丁が勝つことはない。しかもヒロは、女将よりも確実に上手である。女将が包丁で勝つことはないのだが、一撃加えるだけならばどうか。例えば、投げつけた場合どうか、と巌流は考えている。

薙刀の女人同士が仕合っていたはずである。今、包丁を持った強盗と、それを退治しようとする奥方の対決のようになっていた。

腰を落とした女将が、じりじりと摺《す》り足《あし》で間合いを計る。右手には包丁が握られている。目付きが険しい。これが彼女の顔ではあるが、傍目には、殺意を抱いているようにしか見えない。

ヒロから仕掛けた。最初よりも機敏である。女将の右手の動きを見ながら、薙刀の間合いにする。女将は下がった。飛び込んでこないのならば、投げるつもりだろう、とヒロは考える。投げさせぬために、ヒロは詰めた。女将はまた下がる。これを繰り返しながら、ヒロは女将を橋脚へと追い込んでいく。見ている方からはその様子がよくわかるのだが、女将には自分が追い詰められているのがわからない。

巌流はいくらか安堵した。このまま推移すれば、ヒロは女将に包丁を使わせぬまま勝つだろう。

仕合の様子がよくわかるように、行祐は二人の移動に合わせて位置を変えていく。光秀と巌流もその後ろについて歩いた。この三人と、仕合っている二人、都合五人は橋に近付くように移動している。

そろそろ女将が橋の下に追い込まれるかという時、事は起こった。

「シノブ殿おっ」

叫び声とともに、肥えた身体が橋から飛び降りてきた。見物人が騒然となる。

飛び降りたのは猪隈だった。

ヒロは足を止め、女将の包丁と猪隈の両方を忙《せわ》しく見ている。猪隈は破裂しそうなほど顔を膨らませてヒロを睨んだ。

この髭の武芸者は、やはり何か勘違いをしているのだろう。女将を助けようとしているらしい。腰の太刀を抜いた。見物人からは野次と怒号が飛び、一帯が騒然となる。意に介さず、または聞こえていないだけなのか、周囲を無視して猪隈はヒロに突進した。見た目に反して踏み込みが速い。一瞬で薙刀の間合いの内、太刀の間合いに入り込む。

橋の上の連中は身を乗り出していた。その橋の欄干まで、首が一つ打ち上げられる。悲鳴を上げて仰《の》け反《ぞ》る見物人らは斬られた首の主と目が合った。美しい女人の顔ではなく、膨らんだ髭面である。

橋の下には太刀を振り抜いた姿勢の光秀がいた。ヒロの前に駆け込み、抜刀の一閃で猪隈の首を刎ねていた。右手は振り抜いたまま、左の腕でヒロを庇《かば》い、彼女が返り血を浴びぬよう直垂の袖で守っている。猪隈の身体が倒れると、光秀の正面には巌流がいた。腰を落とし、刀の柄に手のひらを当てている。間違ってもヒロや女将を斬らぬよう側面に回り込んだぶんだけ、光秀よりも遅くなった。結果的に、そ

れぞれの名代を庇って対峙する格好になる。

加茂川に猪隈の首が落ちた。トポンとどこか可愛らしくも聞こえる音がし、川面に血が浮いてくる。そこへ猪隈の死に顔が現れた。周囲は静まり返る。そして、一気に歓声が沸いた。これが明智光秀の太刀か、という類いの言葉が四方八方から飛び出して渦のようになっている。すり鉢の底、光秀を讃える歓声の渦中で、巌流は光秀と対峙していた。互いに互いの眼を見ている。姿勢といい、間合いといい、二人が仕合っているようなそれだった。巌流は抜いていない。光秀は抜いている。

抜けば、仕合えるか。

巌流の喉を欲望が渇かしている。酒呑みが酒を欲する時の渇きで、抜け、抜け、と巌流を急《せ》かした。腰の黒柄を指が包み込む。

巌流の瞳の奥底から鈍い光が昇ってくるのを、光秀は静かに見ていた。光が昇りきれば、おそらく仕合うことになる。仕合をどう避けるか、ごく短い間に考えなければならない。

光秀は素早い動作で懐紙を取り出すと、刀身を拭って、頭上に紙を舞わせた。それが舞っているうちに納刀してしまう。巌流から視線を切り、ヒロに振り返る。

「大事ないか、ヒロ」

「はい、あなた様は」

「大事ない」

「お顔に返り血が」

「よい、お前の手が汚れてしまう」

「いいえ、ヒロが拭います。ヒロを守って浴びた血ですもの」

巌流の欲望は消え失せてしまった。

明智光秀と仕合うことはできぬのだろうな、という諦めが、すとんと胸に落ちたような気がした。途端、周囲から色彩が失せ、すべてが水墨画のように見え始める。

このまま都にいても。

巌流は柄を離し、墨絵の世界を見渡した。数年前、何もかもが刺激に富んで見えた都だが、どうしたことか、急につまらなく見えてきた。こんなものだったろうか、と思いながら色のない景色の中でゆっくりと身体を回す。

一つ、色を見付けた。

赤だった。引き寄せられるように近付いて、触れてみる。すると、周囲に色が戻った。

「な、何だよ」

巌流は女将の頬に触れていた。彼女の頬についた返り血に触れていた。我に返って、懐紙を取り出す。

それで女将の頬を拭ってやった。

「よせ、こっ恥《ぱ》ずかしい、やめろって」

そう言われたが、巌流はきれいに拭ってやった。そう言いながら、女将は拭われていた。

仕合は負けた。行祐がヒロと光秀の勝ちとした。猪隈が乱入した際、光秀がヒロに返り血一滴浴びさせなかったのに対し、巌流は女将を返り血から守れなかったという理由であった。光秀も巌流も、対面を失わぬ決着である。

この後、巖流は廃寺の堂で思案する癖がついた。

次は何処《いずこ》へ向かうか、を考えた。都に留まる考えはなかった。

風聞は色々ある。西へも東へも、いってみたい気持ちがあった。風聞、つまりは噂であるが、この時代、噂は貴重な情報源である。巖流の疾風《はやて》の噂もそうである。そうした風聞が立てば、それは真《まこと》のこととして扱われ、実際に巖流と仕合うために廃寺に武芸者がやってくるようになる。

巖流が太刀を得ようと美濃へいった時、晋吉が一緒だった。晋吉はかつて、ある武芸者にくっついて駿河へいったことがある。これも噂のためだった。駿河には今川義元がおり、この義元が武田信虎の面倒を見ていた。信虎は甲斐の国主だったが息子晴信に追放され、駿河に移っている。義元にとって信虎は岳父であり、その縁である。信虎は駿河で何ら肩身の狭い思いをせず、悠々と暮らしていたらしい。

ここまでは晋吉の興味の外である。晋吉が駿河へいきたくなったのは信虎の愛刀だった。二代目兼定《かねさだ》の作を、信虎は持っている。これが噂として京に伝わる頃には信虎の人格や行状と混濁し、いくらか誇張の入ったものになっていた。信虎は和泉守兼定の太刀を自慢し、頻繁に人前で抜いて見せびらかすというのである。この噂を晋吉は信じた。そして何とか駿河へいこうとしたのである。仮に噂通りだったとしても、晋吉が信虎に目通りできるはずはなく、兼定の太刀を間近に観察することは叶わないだろう。それでも遠くから刀身の輝きを見ることはできるかもしれない。その輝き、遠く眺める一瞬の輝き、それを見たい一心で、晋吉は駿河へいった。

風聞は、こうした行動の根拠となり得るものである。結局晋吉は駿河で何も得られずに都に戻ることとなったが、だからと言って風聞という情報源の信頼が目減りするわけではない。三代目兼定の噂を聞

いた晋吉は、美濃に入る方法を考え、今度は念願を叶えた。

巌流も、風聞で行き先を決める。

今川、武田、北条の噂は巌流を東へ誘おうとする。逆に毛利の噂は心を西へ引いた。阿波の三好家が腕の立つ者を召し抱えてくれるという噂もある。となると、南海道も気になる。

巌流は仕官したい。武芸者は命懸けで武芸を磨き上げるのだが、その目的は剣術指南役の口を得ることである。身分も領地も学問もない巌流は、武芸者として名を上げて仕官の口に与《あずか》ろうとしている。どこへいけば仕官が叶うか、この点だけは、熟慮せねばならない。

西も東も気になりながら、巌流は畿内で名を上げていった。廃寺にいれば、相手が勝手に現れて仕合うことになった。しかしどれだけ勝っても、巌流を召し抱えたいという家はない。勝てば勝つほど、巌流は都に期待を持てなくなっていった。

翌弘治三（一五五七）年、後奈良天皇が崩御《ほうぎょ》し、正親町《おおぎまち》天皇が即位する。ところが朝廷には金がない。即位料をどう捻出《ねんしゅつ》すればよいのか途方に暮れたまま弘治四年に突入し、毛利元就が献上した金でようやく解決を見た。元号が永禄に変わる。

永禄は開始から乱世だった。都に入ることもできなくなっていた将軍足利義輝が近江国坂本に進出し、京内《きょうない》には反義輝の三好や松永の兵が入った。畿内《きない》は一触即発の状態となったが、六角承禎《ろっかくじょうてい》の仲介で両者が和睦し、一時的に緊張が緩和される。義輝は入京した。すると永禄二年、織田信長や長尾景虎が上洛し、義輝に謁見する。信長が行祐に持たせた返事は実現してしまった。

永禄三年、正月早々、将軍義輝がイエズス会士ヴィレラに都での布教を許可する。ヴィレラは前年か

ら入京していたが、これにより活動を活発化させた。京内で人目に触れるようになる。巌流もヴィレラを見掛けた。彼は初めてポルトガル人を見た。

「大きいんじゃ、仕合ってみたいのぅ」

などと最初こそ興奮したが、彼らが仏僧や神主の類い、つまり宗教家だとわかると途端に興味を失った。そうしているうちに、桶狭間の風聞が届く。

今川義元が、織田信長に討ち取られたという。

上から下まで、京には激震が走った。今川氏は足利氏の支流である。幕府の東国政策の要《かなめ》であり、駿河・遠江・三河に勢力を持ち、尾張も浸食していた東海一の大名である。それが織田信長とやらに討たれたというのである。

室町という世界が、根底から突き崩されてしまうような不安が都の貴人らを怯えさせた。風聞は続く。

信長は千の兵で、二万の義元を破ったらしい。

然るべき家中の武人であれば、信長の武略を議論しただろうが、武芸者たちはそうならない。

尾張兵はそんなに強いのか、と個人の戦闘能力に矮小化《わいしょうか》して桶狭間を受け止めた。巌流もそうである。

一人で二十人斬れば千で二万に勝てるな、などと考えていた。巌流はそれに近いことを紀伊でやっている。相手は根来《ねごろ》の僧兵であり、その辺の足軽よりは精強な敵だった。

俺くらいの奴が、千人おるのか。

そう考えると、尾張にいきたくなった。

一方、西からも噂が絶えない。毛利元就である。その止どまることを知らない勢力拡大が間断なく伝

わってきた。毛利元就ほどの武人はいないという風聞は、都の隅々にまで浸透し、元就の武威は天下無双とまで言われている。正親町天皇の即位料を献上したことで官職を進め、陸奥守になっており、朝廷は元就に新たな幕府を開かせるつもりではないかという噂まで囁かれた。幕府云々はともかく、元就に東進してほしい、というのは、朝廷の本心だったかもしれない。

こうした天下を揺るがす風聞に混じって、巌流にとって興味を引かれる噂が届いた。師である富田勢源が、仕合をしたというのである。

勢源は門弟に他流仕合を禁じており、自身もその禁を破らぬようにしていた。であるから、巌流は師の剣を稽古でしか見たことがない。勢源が仕合ったというのは、それ自体が驚くべきことであった。場所は美濃である。越前朝倉家と美濃斎藤家は良好な関係にある。武芸者好きの斎藤義竜に懇願されて、勢源は断れなかったらしい。自己認識としては隠居した一介の武芸者であっても、周囲はそう思っていない。義竜が勢源の仕合を所望することは、越前にすれば対処を要する外交上の案件である。勢源にしても、自身が隠居しているだけで、富田家は朝倉家中であり、そのために巌流のような気ままな生き方はできなかった。

そういう事情があり、仕合ったらしい。

相手は義竜が召し抱えている武芸者で、梅津某という猛者《もさ》である。自ら東国一の使い手だと豪語する、いかにも武芸者らしい大男で、義竜の御前でも、勢源にぞんざいな口を叩いたらしい。

「勢源殿の門弟には、巌流とかいう腑抜けがおるらしいのう。都ではそれなりのようじゃが、この美濃では小者を斬って逃げていったわ。それがしと仕合うのが恐ろしかったのじゃろう」

勢源は梅津の言葉に反応しない。義竜に対し礼を失することがないよう、ただそれだけを注意していた。その様子が気に障ったらしく、梅津は語気を荒げる。そこでようやく、義竜が制止した。

梅津は黙ったが、小柄な勢源を見下ろして鼻で笑う。こういう男を家中に加え、行状を改めさせずに放置していることが、斎藤家の行く末にどう作用するか、ということを義竜は考えなかったようである。朝倉家中ならば、この梅津は切腹であろう。

「さて、仕合はどうする。木刀がよいかのう」

義竜は仕合が見たい。だが彼にとっても、勢源は一介の武芸者ではない。越前からの外交使節、という性格を帯びている。無事に、と言うのはつまり生きた状態で、帰国させたかった。だが義竜は武芸者好きである。本心では真剣での仕合が見たい。義竜が美濃の国主として越前朝倉との交誼《こうぎ》を重視するならば、この本心は封じておかねばならなかった。そもそもの話をすれば、勢源を呼ぶべきではなかった。木刀でも、死ぬ時は死ぬ。そうなった時のことを、考えるべき立場に義竜はあったはずである。

梅津某は武芸者であるから、外交上の思慮はない。真剣を使いたい、と言った。

「如何か」

と尋ねる義竜の目は期待で輝いている。精神の格として、武芸者と同程度の国主だった。

「構いませぬ」

と勢源は答える。これで真剣での仕合となった。支度のため一度義竜の御前を去り、指定された屋敷の庭で再び顔を合わせた時、梅津は大太刀を握っていた。ところが勢源は、薪を一本持っているだけである。木刀ですらない。腰の小太刀も支度部屋に置いてきていた。

梅津は激昂し、愚弄する気かと怒鳴ったが、勢源は動じることなく、このまま仕合いたいと義竜に申し出て許可された。

大太刀の梅津と薪の勢源が仕合うことになる。

仕合は一方的だった。梅津の振り回す大太刀は一度も勢源に触れることができず、勢源の薪は振る度に梅津を捉えた。何故そうなっているのかわからずに、梅津は頭に血を上らせる。勢源の叩き方がまた、梅津の気に障った。不作法を咎める際に扇子で叩くような動作であり、おちょくられているような気になって冷静さを失っていく。梅津の大太刀が何故当たらぬのか、見ている義竜にもわからない。刀身が触れる間際、勢源の身体は蜃気楼のように揺らいでいるが、それだけの動きで躱《かわ》せるものなのか、あるいは薪で何かしているのか、まったくわからない。仕合っている梅津はなおのことであった。幻術を掛けられたように、現実感が欠如していく。

何が何だかわからぬうちに梅津は転んだ。立ち上がろうとした時、薪で眉間を押さえられる。小男が薪を置いているだけなのだが、怪力の梅津は押し返すことができない。それでも立ち上がろうと、勢源を睨みながら吠えた。

勢源は静かである。その静寂の底に眠らせてある恐ろしさを、梅津は察知できていない。当然、それを起こすところまで至れなかった。武芸者としては不幸であろうが、人としては幸いである。起こしたが最後、梅津の精神は常闇《とこやみ》の檻に囚われ、二度と光を感じることはないだろう。

その恐怖を感じ取れない梅津は吠え続けた。だが眉間の薪が立ち上がらせてくれない。

静かなまま、勢源は梅津を見下ろしている。

参ったと言う男ではないか。

右手をしならせて、梅津の眉間を薪で打った。とんっ、と一つ響き、吠える声がやむ。白目を剝《む》き、仰向けに倒れ、動かない。

義竜は口を半開きにし、瞬《まばた》きも忘れている。側に控える近習《きんじゅう》も、言葉を失っていた。勢源は義竜に向き直り、一礼する。これでやっと、時が動き出した。

義竜は立ち上がった。彼なりの語彙を尽くして勢源を称え、望むままの褒美を取らせたいと言った。勢源は丁寧に辞し、美濃を去る。

梅津の意識が戻ったのは、勢源が越前に戻ってからだった。勢源は梅津を殺さなかったが、梅津は命以外のすべてを失った気がしたであろう。

そういう師の風聞を巌流は耳にした。叱ってもらったような気がした。

梅津某など、都の人間は誰も知らない。名もなき武芸者を倒しただけのことが、風聞として届いていた。聞く者が聞けば、富田勢源という武芸者の底知れぬ恐ろしさの一端を垣間見ることができる、そういう風聞である。

俺はまだ、そういう高さには指もかかっておらぬ、と巌流は思い知った。

都とその周辺では、巌流は名のある武芸者になっている。疾風の剣術を使う無敗の武芸者、となれば巌流のことであった。このことは、彼が武芸者として生きていくためには都合がよい。巌流もこうした風聞に多少は嬉しい気がしていた。それがどうだろう。師の風聞を聞いてからは、急につまらなく思える。

無敗とは、まだ負けていないというだけのことではないか。

その日、巌流はいつも通りに目を覚ました。靄の漂う廃寺で、陽が昇らぬうちから大太刀を振り込んだ。打刀《うちがたな》、さらに小太刀の鍛錬をし、堂の中に転がしてあった薙刀も引っ張り出した。昼まで、ただ鍛錬をした。

昼に女将がやってきた。名代の一件以来、たまに廃寺に現れて、巌流の鍛錬を眺めるようになっていた。ちょうど休んでいれば、話し掛けてくるようにもなっていた。極々稀にではあるが、食べ物をくれることもあった。

巌流が薙刀を置くと、近くにきて見上げてくる。

「どうした、女将」

巌流はいつも通りに言ったつもりだった。女将も、これまでのように見上げたのだが、巌流の顔を見た途端、目元が変わった。いつも険しい彼女の目が、穏やかになった。

赦すように、微笑んでいる。

「いなくなっちまうんだね」

優しい声だった。

巌流は清々しい表情をしている。都にやってきたばかりの頃、十八歳の彼は時折幼さの覗く顔をした。あれから八年経っている。とんと見せなくなっていた悪戯っぽい無邪気さが今、彼の瞳に、頬に、口元に輝いている。

「本当に、世話になった。それがしにできることならば、何か礼をしたいのだが」

微笑んだまま、女将は左右の眉を寄せた。

情けを掛けてほしいって言ったら、抱いてくれるかな。

女将は巌流を見上げている。巌流の顔は女将を向いていた。互いの表情がよく見えている。

多分、と女将は思う。

多分こいつのことだから、斬ってほしいと言われたって思うんだろうね。

「いいや。いいよ、いらない」

「遠慮せずともよい。どうせ、大したことはできぬ」

「いらない、いらないよっ」

「そうか」

巌流は薙刀を拾い、堂に放り込んだ。腰の二本を確かめ、大太刀を背負う。布でくるんだ荷物を左手に持った。木綿の直垂が入っている。支度はこれだけである。

「明智様は東へいったそうだよ。お前はどうすんだい」

「ならば、西へいく」

廃寺の石段を下りていく背中を、女将は追い掛けずに見送った。追い掛けたら、石段の下まで、京の外まで、その先までずっと追い掛けたくなるのがわかっていた。

早くいっちまいな、と思っているのだが、巌流は背が高く、なかなか石段に隠れてくれない。一つ下りる度に、束ねた長い髪が揺れている。女将はそれを見ていた。あと何回揺れるかな、と思いながら見

ていた。やっと見えなくなってから、大きく吸い込んで叫ぶ。

「達者でなあっ」

石段の下から返事がくる。

「女将も息災で」

その声の余韻を閉じ込めるように自分の肩を抱いた。目を閉じて、しっかりと抱く。そして、寝起きのように両腕を開いて背を伸ばした。

「あああああああああ」

一仕事終えた時のような声を出す。終えたのか終わったのか、そもそも何だったのか、女将にはよくわからない。

都である。平安の代から数多くの歌が詠まれた場所である。だが女将には、歌を詠むだけの教養がない。情感を歌にして己の外に出すことで、わずかでも自身を慰めるという芸当を持たない。であるから彼女は、歌ではなく彼女の知っている言葉で、つい今し方終わってしまった、しかし本当は終わっていないかもしれない気持ちを表現した。それは彼女の気持ちであると同時に、彼女にとっての巌流でもある。

「曲者《くせもの》だったなあ」

第五章　用心棒

巌流は西を選んだ。中国の覇者、毛利元就《もとなり》の国を目指す。山陽道を進むことになる。

毛利元就とはどのような人物か。それを簡潔に述べることが難しいほど、彼の人生、そしてそれを規定した安芸国の地政学的特徴は複雑である。少し時代を遡ったほうが早いかもしれない。

大きく西国《さいごく》と呼称されていた中から中国と呼ばれる地域が取り分け認識されるようになったのは、南北朝時代の初頭である。足利尊氏とその弟である直義《ただよし》が対立した。尊氏の子でありながら尊氏にそれを認めてもらえなかった直冬《ただふゆ》は直義の養子となっており、政治的にも直義の側に立つ。北朝の尊氏と、南朝の直冬が対立する構図となった。室町幕府（北朝）のある京、南朝の勢力基盤である九州、政治の極が二つできる。両者の中間地域として、中国という地理的空間が認識されるようになった。政情としても中間地域となる。山陰の実力者山名時氏《やまなときうじ》が直冬を支えた。周防《すおう》と長門《ながと》を持つ大内弘世《ひろよ》も南朝側である。これに対し北朝は細川氏を山陽道に投入した。この時点で石見《いわみ》・周防・長門が南朝、備前・備中《びっちゅう》・備後《びんご》・安芸《あき》が北朝の勢力下となる。大まかに言えば中国の西半分が南朝、東半分が北朝であり、南朝は日本海側に、北朝は瀬戸内海側に勢力を持った。

二つの王朝の境界地域として他にはない複雑さを持った中国の中でも、特に複雑だったのが安芸である。石見・周防の二ヵ国と接する安芸はちょうど両者の衝突点となってしまった。この後、山名時氏と大内弘世は北朝に転じたが、それで収束したわけではない。大内氏は幕府に従う姿勢を示しながらも朝鮮や明、琉球との貿易で経済基盤を強化し、石見や安芸に手を伸ばした。さらには瀬戸内海へも影響力を強めていく。大内氏の勢力拡大は続き、防長二ヵ国に加え、紀伊と和泉の守護をも兼ねるに至る。

三代将軍義満は大内氏の力を削《そ》ごうとした。それを察知した大内義弘は堺で蜂起する。幕府は義弘こそ討ったものの、周防と長門を守る盛見《もりはる》（義弘の弟）を破ることができず、結局盛見の防長支配を認めざるを得なかった。国境を接する地理的条件から、安芸はこの盛見への抑えとなる。細川氏と結ぶ武田氏が入ってくるのだが、この頃には既に安芸国内の多くの勢力が大内氏の支配下、または強い影響下にあり、安芸国内で武田と大内の勢力がせめぎ合う様相となった。

六代将軍義教《よしのり》の時、嘉吉《かきつ》の乱《らん》が起きる。有力守護赤松満祐《みつすけ》が将軍足利義教を暗殺し、幕府の追討軍に討たれたこの事件は、単なる刃傷沙汰ではない。赤松満祐は決して乱心したわけではなかった。五代将軍義持《よしもち》の時から、幕府は満祐の力を奪い、討つことを目論んでいた。六代将軍義教の時になって、それが濃厚に現実味を帯びた風聞となって満祐の耳に入ったのである。満祐と幕府の間で双務関係が消失した。少なくとも、満祐の認識としては消えて失せた。そして事は起きたのである。有力守護の弱体化を図った幕府の方針が、遂に守護による将軍殺害という惨禍を引き起こし、加えて赤松氏の没落という痛恨の一事を招いた。室町幕府開始以来、赤松氏は幕府の西の楯である。西国の南朝あるいは反幕府勢力（倒幕を掲げるわけではなく、幕府の方針と在地の諸事情に挟まれて結果的に幕命に従えない国人《こくじん》などの勢力も含め

て）に対する最終防衛線として尊氏の時代から播磨守護を、加えて当時は備前美作の守護も兼ねていた赤松氏を、幕府は守護抑圧政策が行き詰まった果てに自ら手を下す形で失うこととなった。幕府は弱り、将軍権威は失墜したが、大内氏にとっては都合がいい。大内氏と幕府が取り込み合いをしている安芸国内の諸勢力は動揺した。この混沌とした状況が長期化、常態化する。

そのような安芸国の、一国人勢力から身を起こしたのが毛利元就である。本領は安芸国吉田荘で、その所領面積は百八十町を割る。元就は毛利惣領家《そうりょうけ》を継いだわけだが、各庶子家《しょしけ》の所領は数十から百数十町であり、合計しても大した面積にはならない。さらにはこの庶子家が結束して毛利惣領家を支えたわけでもなかった。書状を作って盟約を確認する必要があるような心許ない関係であり、主従という縦の関係よりは、連合という横の関係に近い。常に一枚岩というわけにはいかず、加えて毛利家自体が家臣井上元兼《もとかね》の専横に悩まされる始末で、これらに起因する動揺を突いて迫ってくる武田勢力を排除しつつ生き残る道を模索するのが、家督を継いだ頃の元就の命題であった。何々荘だの何々郷だのという狭い土地ごとに元就のような立場の者がおり、それらが生き残りをかけて政治的にまた軍事的に活動していた。そういう者たちの一人に、元就は過ぎなかったのである。二十七歳で家を継いで以来、貧弱な基盤と信用ならない家臣や盟友を頼りに、巨大勢力同士が陰に陽に闘争する状況下、敵か味方か見分けにくい国内諸勢力の間で困難な立ち振る舞いを強いられ続け、また薄氷を踏むような決断を重ね、徐々に覇者へと脱皮していった。

今、永禄三（一五六〇）年である。元就は六十四歳になっている。大内領国を乗っ取った陶《すえ》氏を破って防長二カ国を領土に加え、石見銀山を巡って尼子《あまこ》氏と争っていた。正親町《おおぎまち》天皇の即位料を献上してお

り、中央での評判は頗《すこぶ》るよい。

元就公ほどの人物はおるまい、という風聞が貴賤を問わず都中で囁かれた。そうした噂を巌流も聞いた。彼は二十六歳になっている。仕合う相手を求めて西へ進み始めた。元就からすれば、悩みのない幸せな二十六歳だろう。だが巌流は巌流で望みを抱いており、そのための苦悩くらいはある。

召し抱えられたい、というのが武芸者に共通した望みであれば、主家がない、というのが彼ら共通の苦悩だろう。この点では、巌流も世の大半の武芸者と変わらない。大半の武芸者は野垂れ死ぬ。このままでは巌流もそうなる。そういうことが、頭をよぎる年齢になっていた。


安芸を抜け、周防か長門までいきたい、と巌流は考えていた。元就が防長二ヵ国を得てからまだ三年ほどである。そこならば、元就の支配体制が未完成で、小競《こぜ》り合《あ》いが多いかもしれない。剣術を披露する場面に恵まれるかもしれないし、人手が不足していれば、新参が召し抱えてもらえる余地があるかもしれない。無論、人が足りぬのであれば剣術指南役などは置かぬだろう。だが、まずは家中に食い込まねば話が始まらない。扶持《ふち》を得た後、そういう役に使ってもらえるよう話をすればよい。急拵《きゅうごしら》えの家臣団ならば、剣術しかできぬ者でも加わえてもらえまいか、というのが彼の願望めいた予測である。

元就の防長支配の要となっているのは堀立直正《ほたてなおまさ》である。元は大内氏と安芸国内で勢力争いをした武田氏に与《くみ》していた。天文十（一五四二）年、武田氏は元就が与する大内勢の前に滅ぶ。するとその直後から元就の直臣《じきしん》として重用され始めた。堀立という土地を根拠地にしており、それがそのまま名字になっている。安芸国から瀬戸内海に繋がる河川の一つに太田川があり、その河口に堀立の地があった。安芸

国に限ったことではないが、国内には有力寺社の荘園がある。実態としては機能していなくても、名目上はある。祇園社領があり、高野山領があり、石清水八幡宮領があり、延暦寺西塔院領がある。厳島社領もあり、堀立はその倉敷（あがりを一時保管する場所）として古くから栄えていたようである。荘園が機能不全に陥ると、それに寄生する格好で栄えていた地域は衰退することが多かったが、堀立は国内陸路と瀬戸内海を結ぶ拠点として賑わっていた。

堀立直正の武器は、海上流通に長じていることである。根拠地の性格上、農業ではなく商業を経済基盤にしていた。商売に関わる広範な人脈を持っており、そうした者たちと付き合う中で交渉術に磨きをかけていった。銭に強く、情報に明るく、交渉が上手い。土豪上がりの武人とは別種の人間である。天文二十三年、元就が大内氏と断交するや、直正は陸に軍勢を、海に船団を放ち、大内氏に従う諸勢力の調略《ちょうりゃく》を開始、際立った成果としては金山城《かなやまじょう》の接収に成功している。同時に厳島《いつくしま》と廿日市《はつかいち》を占領し、安芸と周防の国境から大内氏の勢力を叩き出した。この間、わずか一日である。元就とその嫡子隆元《たかもと》は連署で感状《かんじょう》を出し、直正の抽《ぬき》んでた武功を称えている。相当な規模の作戦を電光石火で遂行しており、事前に周到な準備を重ねていたと思われる。元就が大内氏と袂《たもと》を分かつことを知っていただろう。それもかなり早くからである。ただの直臣とは言えない。譜代《ふだい》の臣でこそないが、側近または幕僚のような地位にあったと思われる。

元就は直正の能力を買っている。防長二カ国を手に入れると、直正を赤間関《あかまがせき》の代官とし、鍋城《なべじょう》を守らせた。赤間関とは馬関《ばかん》である。かつて赤馬関と書くこともあり、それを縮めて馬関という呼び方をされるようになった。非公式の古い呼び名だが、文人や教養人にはこの時代でも馬関の名を好んで用いる

傾向があり、余所者《よそもの》にとっては赤間関と言われるよりも理解が早い。馬関つまり赤間関は長門の西端であり、対岸は豊前国《ぶぜんのくに》である。豊前側には門司城があった。この門司城を取れば、関門海峡、つまり馬関海峡の両岸を押さえることができる。そうなれば海運への支配力は圧倒的なものとなるだろう。逆に鍋城を失うことになれば、関門海峡の利用は絶望的である。そういう場所を、直正は受け持っていた。

毛利家は年寄りを酷使する。元就は何度か隠居を試みたが、息子も孫も許してくれず、死ぬまで働かされた。直正もそうである。彼が赤間関代官として毛利領国の西端を守った期間は二十年を越える。元就の孫、輝元の時に、六十歳を越えた直正は引退させてくれと願い出たが、却下された。

東からやってくる信長軍に対抗するためには毛利主力のほとんどをこれに投入する必要があり、である以上、西は限られた兵力で守らねばならない。それができるのはお前だけだ、という迷惑なほど厚い信認を直正は得ている。

二十年以上にわたる彼の代官生活は、その役目が役目であるだけに、決して平穏ではない。その困難な職責を、直正は健気《けなげ》に全《まっと》うしようとした。数ある彼の困難を一つ紹介してみる。

直正は元就の野心通り、海峡を渡って豊前の北部を勢力下にした。門司城を守りながら支配を安定させれば関門海峡を手中にできる。当然のことながら、そうはさせじと大友軍が攻めてきた。ここでの勝敗は、毛利・大友両氏のその後に極めて強く影響する。直正は大友軍を撃退すべく、軍令を発した。ところが初手から狂いが生じてしまう。この時、国元を離れて遠征していた防長二カ国の国衆《くにしゅう》たちは、あろう事か帰ってしまった。取り残されるような形となった直正は、もう一度奪う苦労を考えれば、という判断をしたか、門司城に籠城し、本国の援軍を待つ。結果としては門司城を失わずに済んだのだが、

籠城中の直正の胸中は穏やかではなかっただろう。この手のことが、直正の身にはしばしば降り掛かっている。元就の出自《しゅつじ》からして、毛利家には累代《るいだい》の強力な家臣団がない。元就が一代で広げた領地も、毛利家が直轄統治する場所と間接統治の場所とがあり、それ自体は珍しくもないのだが、厄介なことに場所によって異なる法令が布《し》かれていた。複数の地域に跨《また》がって何かをやろうとすると、一から十まで煩わしい。軍勢の動員は言うまでもなく、人夫の扱いにすら苦慮せねばならぬ状況で、赤間関代官の直正が防長の国衆を勝手に処分することはできず、また国衆の方もそれを知った上で直正に対応した。結局直正が信頼できたのは、堀立以来の子飼いの者たちだけである。

輝元に申し出た時、直正は本当に引退したかっただろう。

さて永禄三年。直正は四十三歳、まだ九州に渡っていない。いずれ豊前や筑前に攻め入ろうと、まずは長門の支配を安定させようとしている。三年前までは大内領国だった。地中のごく浅い層で脈打っている反毛利の感情が噴出せぬよう、心細やかに統治している。巌流には気の毒であるが、剣術を磨きたいという願望は持っていないだろう。

この時、直正にとって極めて重要な城、豊前の門司城は毛利支配下にあった。大友からここを奪ったのは小早川隆景《こばやかわたかかげ》である。永禄元年だった。本来門司城は、毛利と大友の講和条約で大友のものにすると定められていたが、それを元就が反故《ほご》にし、奪わせたのである。こういう経緯であるから、大友軍の大規模な反攻作戦は必ずあるはずであり、その時に迎撃する側に立つであろう直正は、それまでに防長支配を安定させておきたい。だが、急いで下手《へた》を打てば、国内の反毛利感情を刺激しかねない。だから焦ってはならない。ならないが、直正は商人や海民の情報網を持っており、そこから大友の情報が入って

くる。イエズス会と密な大友は、彼らから鉄炮とその弾薬を買い付けているらしい。金に糸目はつけぬと言っているらしく、さらには毛利へ弾薬を売らぬよう要請しているとのことである。現状、毛利が弾薬を買い付けるのに支障は出ていないが、大友の準備が整えば、門司城とその周辺を警護している毛利の兵たちは、おびただしい数の銃弾を浴びせられるだろう。悠長に構えてはいられない。

ディレンマという言葉はこの頃の日本人の語彙にないが、直正の苦悩はまさにそれである。だが愚痴は言わない。進退両難だ、という苦しい胸の内を、直正は決して口にしなかった。が、彼の家臣も、領民も、直正がそういう状況にあることはわかっていた。だからこそ無用に煩わせたくないと思っている。

防長二カ国を俯瞰《ふかん》した場合はともかく、赤間関に限って言えば、直正の評判は悪くない。大内領国だった頃、ここは日本屈指の交易都市だった。大内氏が見返りほしさに朝貢していたこともあり、中国大陸や朝鮮半島の品々も多く、またそうした地域から人もきていた。さらにはイエズス会の宣教師も活動しており、マニラ経由でヨーロッパの品も入っている。そうしたものを直接または間接に扱う商人もいる。出入りの船衆《ふなしゅう》も多く、決して均質化できない、そして構成員が固定されない、農村とは完全に異質な空間であった。土豪が地廻りをするようなやり方では絶対に統治できない場所であり、そういう場違いの者が乗り込んでくることだけは勘弁してもらいたい、というのが領民の一致した願いである。

その点では、直正はよい。そういう空間を取り仕切る方法を持っていたし、本人が半分商人でもあり、商いに関わる人間の機微に通じていた。この頃の商人は、江戸時代の商人には見られない独特の気性を持っている。屋号や身代を守ろうとするのは同じなのだが、その一方で、時がきたと判断した場合には、店を潰して一家離散してでも一事を成し遂げようとする衝動を秘めていた。武士が、己が死ぬことで家

を守ろうとするのともまた違った、ほとんど自己破滅型の衝動である。この領域に踏み込んだ商人は損得勘定をしない。そろばんを一切弾かない。ゆえに懐柔や説得は不可能であり、敵に回した場合には、滅ぼすか滅ぼされるかの戦いになる。勝ったとしても無傷では済まない。であるから、領内の商人がそういう境地に至らぬように、万一至った場合でも味方になるように、日頃からよく考えて一つ一つの政策を打つ必要がある。直正は、そういうことを理解した統治者であった。

火事が起きても特別な配慮が要る。焼失した家屋や商品だけでなく、本来成立したはずの取引やそれに関わる人間たちのことまで、よく気に掛けて対応する必要があった。そうしたことに気を配ってやると、領民は直正を認め、彼以外が統治者として派遣されることを危惧し始め、協力的になる。

巌流が到着する一月ほど前に、火事があった。規模は小さくない。店や蔵が焼けてしまった商家もいくつかあり、さらに、死人が出ていた。それも子供ばかり五人である。六人で蔵に入って遊んでいたらしく、仲のいい子供たちが五人揃って死んだ。一人だけ生き残ったのが蔵の持ち主の息子であり、その父親は、他の五人の親に、泣《な》き縋《すが》って謝ったそうである。助かった一人も、心が抜けてしまった。親のことも、自分のことも、何もかもわからなくなってしまっている。六歳だと言うのに、赤子のようにただ呆然と虚空を眺めて一つも喋らない。そうした息子の快復を信じ、父親は店を立て直す多忙の合間を縫って世話を続けている。三十になってようやく得た子供だった。妻は既に亡くしており、ただ一人の肉親である。

胸が潰れてしまいそうだ、と町の者たちは口を揃える。その噂を聞きながら、巌流は長門の西端に到

着した。

一人生き残った子供は廉太郎《れんたろう》という。父親は原田庄右衛門という商人で、イエズス会士と繫がりを持ち、その伝手《つて》で中国大陸から硝石《しょうせき》を輸入していた。硝石は鉄炮の火薬を作るのに要る。硝石と硫黄と炭を調合するのだが、比率は硝石八、その他二、であり、これがなければ鉄炮を運用することができない。中国産の硝石が思うように調達できない場合は、イエズス会がマニラに備蓄していたチリ産の硝石を売ってもらっていた。支払いは銀である。一部を鉄や銅にする場合もあった。この三つは瀬戸内で採れる。商人であれば入手の方法を持っていた。庄右衛門の商いは硝石と銀のやり取りをする。裕福であった。陸海にそれぞれ自衛の部隊を組織している。いざとなればその部隊で毛利の軍勢に助力すると申し出、毛利統治下でも以前と変わらぬ商業活動ができるよう、直正と昵懇《じっこん》になろうと努めていた。

今はそれどころではない。今年は払えても、来年は給金を払えぬかもしれぬと言い、店の者たちすべてに暇《いとま》を出していた。その一人一人について、商人仲間に頼み込んで次の働き口を確保し、店の再建が成ったならば戻ってきてほしいと手を握って送り出した。

死んだ五人の子の親には金子《きんす》を用意した。これで終《しま》いというつもりではない、供養するのに使ってもらえればと、その思いだけである、と泣きながら差し出した。親たちの暮らし向きはまちまちである。庄右衛門のような裕福な商家もあれば、船漕ぎもいた。居着いたばかりの海民で、どうやって生計を立てているのかわからぬような貧しい者もいた。彼らへ、庄右衛門は完全に等しく対応した。金額も、挨拶も、身の伏せ方も、相手の貧富によって変えることはしなかった。

火事は庄右衛門が出したわけではない。彼も火事をもらった一人である。だが彼の蔵でだけ子供が死

んだ。それも息子と仲の良い子供ばかりである。皆、五、六歳の愛らしい男女だった。火事以来、庄右衛門はまるで罪人のように、常に顔を伏せ、身体を小さくしている。そのような彼を見ると、赤間関の者たちは皆、胸が苦しくなるのだった。今、庄右衛門の屋敷は抜け殻のようになっている。自分がいない間、息子を見てもらうために老婆を一人雇っているが、他は誰もいない。以前の活気は、幻だったかのように消えてしまっている。

直正は自らの足で庄右衛門を訪ね、火事のことを見舞い、息子廉太郎を気に掛け、何でも頼ってくるように伝えた。そして、まずは庄右衛門自身が立ち直ることが肝要であると述べ、軍勢を出す約束は忘れよと言った。直正が敢えてそれを言ったことで、庄右衛門は大友との戦いが近いことを知る。

庄右衛門は板間に手を付き、直正の目を見据えた。直正は板間の上座にいる。背には鷹を描いた見事な掛け軸が掛かっており、その脇には青磁《せいじ》の花瓶が立っていた。だが花は生けられておらず、広い板間には二人しかいない。店が傾いていると言うよりは、もうほとんど無くなりかけているようであった。

直正の目を見る庄右衛門の目は、うっすらと涙の膜を被って輝いている。

「この庄右衛門めも男にござりまする。たとえこのまま店を潰すことになったとしても、手前一人、槍を抱えて殿の幕下に駆け付けまする」

こういう人物であるから、庄右衛門を気に入る者は多かった。一方で、人の出入りの多い交易都市であるために、地縁による束縛が弱く、不逞《ふてい》の輩《やから》も少なくない。そうした連中にとっては、今の庄右衛門は格好の獲物だった。庄右衛門が出掛けてしまえば、残っているのは老婆と、心を何処《いずこ》かへやってしまった六歳の子供、この二人だけである。押し入って物を盗るのは容易いだろう。商人仲間が心配し、順

番で人をよこしてくれたが、それに甘え続ける庄右衛門ではない。とは言え、自衛の部隊を組織する金などはもうない。

そんな時、巌流の名前が庄右衛門の耳に入った。腕の立つ武芸者で、行儀もいいらしい。庄右衛門が噂を確かめようとすると、畿内と行き来のある複数の商人から瞬く間に風聞が集まった。悪く言う者はいない。そして彼らは、この赤間関で巌流を見掛けたと口を揃える。

その者ならばよいかもしれぬ、と思い、庄右衛門は次に見掛けたら自分を訪ねるよう伝えてほしいと方々に頼んだ。するとその日のうちに、店の前に長身の男が現れた。腰まで届く長い髪を首の後ろで一つに束ね、腰に黒柄を二本、背に大太刀を背負っている。美しい顔立ちに鋭い眼を輝かせた、生き生きとした大男だった。出迎えた庄右衛門は見上げる格好になる。

「巌流と申しまする。それがしにご用の向きありと伺《うかが》い参上仕《つかまつ》った。原田庄右衛門殿とは貴公でござるか」

「人伝《ひとづて》にお呼び立てして申し訳ござりませぬ。手前が庄右衛門にござりまする。どうか中へお入り下さりませ」

巌流は店に入った。そのまま通り抜け、さらに中庭を抜けた。その途中、焼けた蔵が見えた。赤間関で噂になっている蔵であり、巌流も耳にしていた。一言も話さぬまま、母屋の敷居を跨ぎ、板間に通される。そこで巌流は用心棒を頼まれた。同時に、謝礼はあまり出せないとも言われた。

商人にしては、正直な男じゃな。

という感想を巌流は持った。腹芸をしてくるものとばかり考えていた。

「家も金も二の次で構いませぬ。倅《せがれ》、廉太郎さえ守ることができれば、他については何も申しませぬ」

「そのように仰せになってはなりますまい。それがしが謀《はか》ったら如何される。賊がきたが若《わか》は無事じゃと言って家の品を懐に入れてしまうかもしれませぬぞ」

「そのような御仁ではないと伺っておりまする。こうしてお目にかかり、風聞は真《まこと》だったと確信致しました。巌流殿に、お頼みしたい」

目を見ながら、庄右衛門は伏した。表情や所作から、実直な人柄が窺い知れる。

巌流は受けた。

主家ではないが、雇い主である。長門にきて早々、それが見つかった。この庄右衛門の店が、巌流の拠点となる。彼は住み込みの用心棒となり、廉太郎を守る役目を負った。寝床と食事が保証され、少しだけ銭ももらえる。京にいた頃と比べると、格段によい暮らしになった。廉太郎を守るため、気ままに出歩くことはできないが、それでも武芸者としては、かなり恵まれた条件を得たと言えるだろう。

早朝、巌流は布団の中で目を覚ました。都では遂に、布団に入ることはなかったが、庄右衛門から与えられた部屋には布団があった。

俺も布団で寝起きするようになったか、と感慨深い面持ちで手早く畳み、障子を開けて中庭に出る。中庭からは見えないが、海が近い。潮の香のする庭で、大太刀を振り始めた。一振りごとに、刀身が鋭く唸る。しばらく振っていると、庄右衛門が現れて中庭に面した廊下に座った。畳んだ両膝を閉じて座る。庄右衛門は三十代半ば、巌流よりも十ほど年上で、しかも雇い主だが、偉そうな素振りはまったく

見せない。

「巌流殿、朝からの鍛錬、精が出ますな」

巌流は一時中断し、庄右衛門に向き直る。

「お早うござりまする。それがしのような者にとっては日々の務めにござりまする。耳障りかもしれませぬが、どうかご容赦いただきたい」

「耳障りなどと、とんでもない。背筋の伸びる思いが致しまする。本日ですが、私は商いの先方に会うため遠出せねばなりませぬ。廉太郎のこと、どうかお頼み致しまする」

「心得申した。廉太郎殿はそれがしがお守り致すゆえ、商いに専心して下さりませ」

「ありがたい。お越しいただいて本当によかった。では、いって参りまする」

庄右衛門が出掛けると、巌流は鍛錬を再開した。少しすると庄右衛門が雇っている老婆、タキという名らしいその老婆がやってくる。タキは朝食だと言った。

飯が出てくるとは、何やら不思議な気がするのう。

巌流は手拭いで汗を取り、ゆっくりとしか進まないタキの後ろについていった。通された部屋には三人分の支度が済んでおり、既に廉太郎が座っている。彼は、ぼうっと正面の空間を眺めていた。

「若君と同室でよいのじゃろうか」

と尋ねると、タキは庄右衛門の意向だと答えた。

「同じ部屋で同じものをと言い付けられております」

ならばそうするかと、巌流は腰を下ろす。

「お早うございまする、廉太郎殿。覚えて下さりましたか、昨日ご挨拶した巌流にございまする。それがしがお側についておりますれば、何も案じることなく、お過ごし下さりませ」

聞こえているのかどうか、廉太郎は反応しない。ただ、ぼうっとしている。それでも三人揃い、タキが手を合わせて挨拶をすると、箸を使って食事を始めたので、彼の精神は外の世界を捉えているのだろう。動作は遅いが、自分で食べている。火事の恐ろしさや、友を五人も亡くした悲しみを直視できず、心が浮遊しているだけかもしれない。

食事が終わると、巌流は廉太郎を廊下に座らせ、稽古を見せた。大太刀から始め、次に打刀《うちがたな》、最後は小太刀で中条流《ちゅうじょうりゅう》の技を披露した。これくらいしか、巌流には見せてやるものがなかった。六歳の子供、しかも商家の息子に何をしてやれば喜ぶのか、巌流には皆目見当がつかない。見ていた廉太郎がどう感じたかもわからなかった。彼は焦点がどこに定まっているのかわからない目で虚空を眺めている。

木刀を作って握らせてみるか、と巌流は思い付いた。彼の役目は廉太郎の警護であり、教育ではないのだが、巌流は昨日会ったばかりの廉太郎に対し、自分が何かしらの責任を負っていると考えていた。それを彼なりに果たそうとしている。

身体に合わせて小さく作ってやらんとな、と考えて廉太郎を見ていると、その小さな身体がすっと立ち上がった。顔が中庭の奥、店へと通じる戸口に向いている。

巌流は始め、どうしてそこを向いているのかわからぬまま一緒に眺めていたが、直後、人の気配が向かってくることに気が付き、長軀《ちょうく》で廉太郎を隠すように仁王立ちした。右手は小太刀を握っている。

静かに、戸口が開いた。そっと、巨体の男が二人現れる。普段、庄右衛門と付き合いのありそうな、

数の勘定ができそうな風体《ふうてい》ではない。

「何用か」

巌流が尋ねると、二人の巨漢は反《そ》り返《かえ》った。

何で男がいるんだ、と小声で言い合いを始める。

「ここの用心棒をしておる巌流という者じゃ。庄右衛門殿に用向きなら、そこに座って待たれよ。押し入ってきたのなら、向かってこい。俺が相手じゃ」

二人の巨漢は小声での言い合いを続けている。巌流は庭を蹴った。瞬時に男らの目の前まで駆け寄り、一人の胸に小太刀をねじ込む。慌《あわ》てて逃げ出した一人を追い、店を抜け、表に出た所で後ろから髪を捕まえ、そのまま首を斬り取った。斬られた喉から空気の漏れる音がし、血が噴き出す。道にいた人々からは悲鳴が上がった。巌流は斬り取った首を地面に置くと、中庭に戻り、大きな死体を担いで再び道に現れる。こちらの首も斬り取って二つ並べて置いた。その両側に、首のない死体が一つずつ倒れている。

「庄右衛門殿の用心棒、巌流と申しまする。以後、お見知りおきを」

一礼し、血の滴《したた》る刀身を懐紙で拭う。それを死体の上に投げて、引き上げてしまった。道にいた者たちは巌流のことを触れて回るだろう。そうなれば、押し入ろうとする者も減るはずであり、それが彼の狙いであった。店を抜け、中庭に出たところで小太刀の刀身をかざしてみる。わずかな刃毀《はこぼ》れ一つない。

「見事じゃ」

誉めてやってから鞘《さや》に戻す。前を向くと、庭の中心に廉太郎が立っていた。相変わらずの目で巌流を、あるいは巌流の辺りを、眺めている。

「済み申した。心配御無用、でござる」

巌流は廉太郎を抱き上げ、廊下に戻す。隣に座り、廉太郎の眺めている方を一緒に眺めた。

庄右衛門が戻ってきたのは陽が傾いてからである。自分の店の前に直正の家臣らが集まっているのを見て、彼は動揺した。廉太郎に何かあったかと思い、慌てて駆け寄ったが、死体の検分だった。何処《いずこ》かの船に関わる者であろうが、身元がよくわからないという。斬った巌流も土地勘がなく、男らのことを尋ねられても答えようがない。

押し入ってきたから斬ったのだ、という以上の返答はできなかった。

「斬るのはまあよいとして、ここに首を並べるのはやめよ。赤間関は、そのような土地ではない。町の者たちも動揺する」

「心得申した」

巌流は抗弁せず頭を下げる。

「今後、こういうことがあれば届け出てくれ。庄右衛門のことは、我らも気に掛けておる。悪いようには致さぬゆえ、のう、頼んだぞ」

「はっ、承知仕《つかまつ》りました」

「ああ、庄右衛門、帰ったか。念のため聞くが、お前がこの男を置いておるというのは間違いないな」

「ははっ。相違ございませぬ」

「ならばよい。店の前を騒がせて悪いのう、もう引き上げるから勘弁せよ。おい、始末して引き上げるぞ。ではな、庄右衛門」

「ご苦労様にござりまする」

直正の配下らは人足に指示して死体を引き上げていった。庄右衛門は深く頭を下げてそれを見送る。隣で、巌流も同じようにした。よかれと思ってやったのだが、庄右衛門に迷惑を掛けてしまったかもしれないと思っていた。

面《おもて》を上げる庄右衛門に、巌流は頭を下げた。謝ろうとしたのだが、巌流の手を庄右衛門はきつく握りしめる。巌流は庄右衛門の顔を見た。庄右衛門は瞼に涙を溜めている。

「ありがとうござりまする。ありがとうござりまする。巌流殿がおられなければ、廉太郎はどうなっていたか。よくぞお守り下さった」

巌流は庄右衛門を好ましく思い始める。気に入ると言うよりは、尊敬に近いかもしれない。武芸者と商人は別の生き物であり、そのことは巌流も理解していたが、彼が都で見聞きした商人と、この庄右衛門は、また別種の人間のように思えた。巌流には、はっきりとはわからないのだが、武芸者とはかけ離れた精神を目の当たりにしたような驚きと、そのような精神への憧れがあるような気がしている。

翌朝、庄右衛門は鍋城を訪ね、門番に直正への書状を託した。死体の件の礼と詫びがしたためられている。門番にそれを渡すだけなのだが、庄右衛門は念入りに身支度をし、両手で大切に書状を持って出ていった。そういう彼の姿勢に、巌流は惹かれつつある。武芸者には不要のものであるが、人間には必要かもしれない。

巌流は樫《かし》を削って木刀を作った。小太刀ほどの長さである。廉太郎に剣術を教えることを庄右衛門が喜ぶかどうかわからない。だがこれしか、巌流にはやれることがなかった。

中庭に立ち、廉太郎は木刀を構えた。構えは様《さま》になっている。ぼうっと眺めるだけの目であるが、姿勢は良かった。

「廉太郎殿、振ってみなされ」

巌流が言ってから一つ間《ま》が空いたが、すっと振り上げ、真っ直ぐに振り下ろした。六歳の子供のわりに、よい形の振りである。

筋がいいかもしれんな。

と思うと同時に、確信した。廉太郎は周囲のことを認識できている。自分の内側と、外の世界との繋ぎ目が多少狂ってしまっただけなのだ。そこさえ合えば、もとに戻る。戻れば、庄右衛門は喜ぶだろう。

廉太郎は素振りを続けている。横に立ち、巌流も大太刀を振り始めた。無論、振りは違う。巌流の鋭く唸る振り込みに比べ、廉太郎のは音のない撫でるような振りである。それでも廉太郎は巌流と並んで振った。言ったわけではないが、巌流の振りに合わせるように、廉太郎も振る。巌流が溜めて振り下ろせば、廉太郎も頭上に木刀を留めてから振った。

巌流がやめないからか、廉太郎も素振りをやめない。だが体力が違う。巌流にとっては大した数でなくとも、廉太郎には大変な本数である。振りが鈍くなり、木刀が左右に波打つようになった。

「よし。ここまでじゃ」

巌流は大太刀を鞘に戻す。廉太郎は右手に持った木刀を眺めながら、左手で宙を掻く。鞘が無い。

「なかなかよい振りでござる、廉太郎殿」

巌流に言われても、廉太郎は木刀を眺めていた。

「毎日振りなされ。休まず毎日、三年続いたら、稽古をつけて差し上げよう」

ぼうっとした表情のまま、廉太郎は巌流に顔を向けた。後ろに倒れそうなほど見上げている。それを見下ろして巌流は笑う。

「三年でござる。それまでは素振りだけじゃ」


一月経つと、庄右衛門は取引を始めた。小さな舟一艘だけの荷物だが、南海道から買い付けた品を長門で売り、少しずつ利益を出している。それを溜めてより大きな取引の元手にするつもりだった。いつかまた、中国やマニラから硝石を買い付ける夢を抱いている。

廉太郎は木刀を振り続けていた。あと二年と十一ヵ月続けば巌流が稽古をつける約束である。

庄右衛門がこういう状況の時に、堀立直正は家臣に号令した。関門海峡を渡り、豊前で大友軍と一戦交えるという。大友の反攻作戦がいよいよ始まろうとしていた。

赤間関は緊張した。鍋城の東に日山城《ひのやまじょう》があり、直正麾下《きか》の一部隊がそこに入った。標高二百六十メートルを越える山城で、平時の内政統治には無用の城だが、戦時には毛利軍の軍事拠点となる。関門海峡も、門司城も、そこへ迫る敵軍の様子も見下ろすことができた。

門司城の守備隊と連携するための先遣隊《せんけんたい》が組織され、間もなく海峡を渡る。防長二ヵ国の国衆には軍事動員が掛かった。赤間関の商人たちも、物資を提供したり、自衛の軍勢を直正に合流させたり、各々できる範囲で戦《いくさ》に参加しようとしている。

廉太郎と並んで素振りをしていた巌流は庄右衛門に呼ばれ、板間で二人きりになった。庄右衛門は神

妙な面持ちで話し出す。

「私には殿との約束がございます。殿の兵となり、門司で大友軍と戦って参ります。どれだけ留守にすることになるか、わかりませぬが、その間、廉太郎を頼みまする。私が討死した時には」

庄右衛門の顔には、悲壮な決意が宿っている。彼の耳にも大友の情報は入っていた。大友が備蓄したであろう弾薬の量はこれまでに聞いたこともないほど多い。開戦すれば、夕立のような弾雨に晒されるだろう。個人の工夫でどうにかなる状況ではない。生きるか死ぬかは、運であった。その運が自分にあるかどうかは、銃弾を浴びてみなければわからない。

「庄右衛門殿」

と、巌流は言葉を切った。彼は穏やかな、と言うよりは、あっけらかんとした、無邪気な笑みを湛えている。

「それがしがいきまする。庄右衛門殿の兵として、それがしを堀立様の下へ遣《つか》わして下さりませ。庄右衛門殿は商人、それがしは武芸者。それがしの方が、役に立てまする」

「しかしそれでは」

「必ず手柄を立てて戻りまする。それがしがおらぬ間、廉太郎殿が素振りを怠けぬよう、見てやって下され」

「巌流殿、まことに、いって下さるのか」

「いきまする。実は、いきたいのでござりまする。素振りばかりでは鈍っていかんと、考えていたところでござった」

庄右衛門は巌流の手を取り、泣いた。忝《かたじけな》い、忝い、と何度も繰り返した。涙を拭って立ち上がると、支度をせねばと言って出ていき、なかなか帰ってこない。夜になってようやく、葛籠《つづら》を背負って戻ってきた。溜めていた金子から出費して腹当《はらあて》と籠手《こて》を買ってきたのだった。どちらも下級武士の具足だが、決して安価ではない。特に腹当は、この頃は武将の中にも帷子《かたびら》の代わりに小袖の下に着用する者たちがおり、以前よりも機能性が向上していて、そうした改良の分、高価になっていた。値もそうであるが、巌流の身体に合うものを探すのは苦労だったかもしれない。おそらく苦労して、庄右衛門は用意した。

腹当をし、左右に籠手をさした巌流は、庄右衛門の兵だという書状を持って堀立軍に加わった。腰の二本、背中の大太刀はいつも通りであるが、簡単な具足をしただけで、何処かの家中のように見える。だが見えるだけで、実態は違う。集団戦闘の経験が無い。

各商家から合流してきた面々は、本来の堀立軍とは別にして一つにまとめられた。巌流もここに入る。大太刀を背負った身軀長大《しんくちょうだい》な姿であるから、目立った。周囲から頭一つ以上、飛び出している。あれは誰じゃ、という声が直正の家臣からも出た。一度見て、覚えていた者もいる。

「ああ、あれは、庄右衛門の用心棒じゃ。ほれ、店先に首を並べた奴じゃ」

彼ら直正の家臣に指示されて、兵たちは次々と船に乗り込む。対岸へ渡れば、戦が始まるだろう。興奮しながら、巌流も船に乗った。

仕合とはまた、別のものだろうな。

と考えるほど、戦に無知である。こういう者たちをも掻き集めて、直正は大友の反攻を迎え撃とうとしていた。

第六章　戦場にて

大友義鎮《よししげ》は攻城戦のつもりだったかもしれない。蓄えた火力を集中して門司城を奪い、関門海峡を挟んで毛利と対峙する方が、豊前で野戦をするよりは良かったはずである。ところが攻撃を加える前に毛利が動いた。直正の軍勢は門司城を背にして豊前北部に展開している。防長二カ国の国衆が次々と上陸し、これに加わった。直正以下、主な武士たちは騎乗している。馬も渡海させていた。

直正は門司城を守ろうとしている。豊前を切り取るわけではない。野戦で大友軍が疲弊《ひへい》し、門司城に掛かることができなくなれば、部隊に損害を出しても直正の勝利であった。末端の兵たちの士気に関わるため、決して口にはできないが、野戦で弾薬を使わせたい、というのが直正の腹である。撃たせるための手っ取り早い方法は射程内に入ることだが、問題は誰にそれをやらせるかだった。巌流のいる寄せ集めの隊では駄目である。領内の商人たちとの関係もあるが、正規の部隊でなければ、すぐに散り散りになって敗走するだろう。その穴を、義鎮は見逃してはくれまい。突破されれば後手に回りながらの戦《いくさ》になる。敵地でそうなれば、どれだけ被害が出るかわからない。直正たちが壊滅すれば、門司城は裸も同然になる。部隊を維持しながらの損害は構わないが、致命的な打撃を被《こうむ》ってはならない。

大友の部隊が見え始めた。斥候《せっこう》からの報告では、やはり、かなりの鉄炮を持っている。だが、前面には出していない。

温存するつもりだ、と馬上の直正は判断した。大友軍が欲しているのは門司城であって直正の首ではない。直正の軍勢に撃つ弾は、義鎮にとっては無駄弾である。その無駄弾を、直正は撃たせたい。

撃ちたくないと考えておるならば、一気に詰めて組み討つか。

温存などと言ってはいられない状況を作り出すため、直正は子飼いの者たちへ突撃を指示する伝令を走らせようとした。その時、勝手に前進している部隊があることに気が付き、突撃を取りやめる。前に出ているのは寄せ集めの一団だった。抜け駆けという積極的な行動ではない。敵が見えたので近付いているだけである。のこのこと歩きながら、鉄炮の射程に近付いていていた。

直正は、下がらせろ、と伝令を放つ。馬が駆けていった。鉄炮の射程に入る前に、間に合うと踏んで放った。

ドォンッ、と地面が揺れるような音が鳴る。鉄炮の音にしては大きすぎるが、落雷があるような天候ではない。何だ、と思っていると、寄せ集めの一団の中へ、空から球体が落下した。途端、轟音《ごうおん》とともに爆発が起きる。炎を纏《まと》ったような熱風が数十人を一度に吹き飛ばし、身体を引き裂いた。

大友軍は大筒《おおづつ》を持っていた。イエズス会の伝手《つて》である。

撃ち込まれた寄せ集め集団は混乱状態に陥った。四方八方に走り出し、逃げる者、他の部隊に合流しようとする者、敵軍に突撃する者、それぞれが個人で勝手に動き、完全に統制を失っている。

直正は幕僚の一人に、間《ま》を計れ、と命じた。火薬を用いる兵器は手順を踏まねば攻撃できない。鉄炮

に発射の間隔があるように、大筒にもある。その間を把握し、大筒による被害を抑えなければならない。また別の幕僚には、散り散りになった者たちを束《たば》ね直《なお》せと命じ、自分の下から放った。束ね直せと言われても、ほとんど全方位に向けて各人が散っている。戦場で大きな円を描くように一周しなければならず、実際にはある程度でよしとせねばならない。つまり断念せざるを得ない連中が出てくる。敵陣に突っ込んでいった連中は諦められた。その中に、巌流もいた。

防長の国衆を残したまま、直正は自分の隊を前に出す。

大友軍が持ってきている大筒は何門か、を知らねばならない。開戦前の斥候の報告は大筒に言及しておらず、直正は敵火力を鉄炮に限定して考えていた。大筒が複数あるのなら、火薬はそこに用いるはずであり、鉄炮の数は下方修正できる。敵の戦力を正しく把握し、有効な戦術を選択するため、直正は前に出た。この時、赤間関の日山城からは直正へ向けて使者が出立《しゅったつ》していた。敵は大筒二門以上を配置している、という報せを届けようとしている。だが、到底間に合わない。既に開戦している。

直正は自分で敵戦力を把握せねばならない。騎馬だけの部隊を編成し、敵に肉迫させて大筒の数を確かめようと考えていた。その時、再び大筒が放たれる。砲弾は直正らの頭上を越え、長門の国衆たちの中へ着弾した。轟音とともに爆風が生じ、将兵が千切られながら吹き飛ばされたが、部隊は統制を保っている。だがこの様子を全軍が見ている。鉄炮を警戒して部隊を止めていては、大筒の餌食になるのであり、突っ立ったまま殺されるために海峡を越えたことになってしまう。掛からせてくれ、と言ってくるならまだいい。連中は帰りかねない、と直正は案じている。彼ら国衆の毛利家に対する忠誠心を、直正は信頼していない。信頼する根拠がなかった。

彼らが勝手に退却を始める前に、攻撃を命じた。直正の部隊を先頭に、全軍が押し出していく。食らい付いてしまえば大筒は撃ってこない、というのは、直正に限らず誰もが考えている。防長の国衆も直正に続いて前進した。

前進しながら、直正は幕僚らに、敵火力の全容を把握しろ、と命じた。大友を滅ぼすだけの戦力は預けられていない。この反攻を退けることが今の彼の責任であり、それを果たせた場合、次の戦いが必ずある。今後、門司城の守備にどれだけの兵力を配置するかを決めるためには、大友の火力を知る必要がある。

両軍の距離が詰まってきた。毛利軍は足を速める。各隊が突撃の指示を待っていた。

大友軍のあちこちから、ドンドンドンドンドンドンと立て続けに鳴る。既に二回聞いた大筒の音よりは小さいが、鉄炮とは思われない。

今度は何だ、と直正は大友の陣を視線で薙《な》ぐ。大友軍の所々から太い硝煙が昇っていた。

「散れえっ、散れえっ」

直正が叫ぶのと同時に、味方部隊の中に着弾した。今度は同時に複数の部隊が損害を出す。各部隊で、手足の千切れた死体がいくつも打ち上げられた。命は留めたものの身体の一部を失い、戦闘不能になる者も多数いる。

大友は固定型の大筒とは別に、抱え大筒を持っていた。名前の通り剛力《ごうりき》の者が抱えて撃つ大筒で、固定型より小型で威力も射程も無く、攻城戦には不向きだが、騎馬や歩兵にとっては十分な脅威である。迫撃砲として運用されると非常に厄介であり、今まさに大友軍はそのように用い、直正の兵を食い散ら

かした。

これほどの火力を有すのか、と直正は驚いている。無論、顔には出さない。冷静な表情のまま、大友軍の充実した火力に、半ば羨望混じりの脅威を感じていた。

毛利も鉄炮は持っていたが、数は少なく、管理は元就の直轄《ちょっかつ》である。鉄炮の扱いに長じた家臣の育成をしながら少しずつ数を増やしている段階で、保有数はせいぜい三十挺だった。それをどの戦線に投入するかは元就が決定する。今、毛利は西で大友と争いながら、東では尼子と戦っている。対尼子の指揮は元就自らが執り、毛利隆元、吉川《きっかわ》元春、小早川隆景、芸備《げいび》二ヵ国の国衆は東部戦線に配置されていた。鉄炮も東に投じられている。

したがって直正は毛利主力から切り離された状態にあり、且《か》つ火力を持たされていない。二ヵ国の国衆は預けられているが、周防と長門の国衆である。三年前まで敵だった連中であり、毛利への忠誠心、または士気の点で、安芸や備後の者たちとは比較にならぬほど低い。この条件で、砲弾を撃ち込んでくる大友軍を退けなければならなかった。言おうと思えば、いくらでも泣き言を並べられる状況だったが、それをしたところで事態が好転するわけではない。また直正自身が、そういう益体《やくたい》もないことを嫌う性格であった。実行し得る手の中から、勝つ見込みのあるものを選ぶしかない。そして選んだ以上は、その戦術で勝つために奮戦するしかない。

砲撃の的にならぬよう、全軍を小部隊に分け、一斉に突撃させることにした。敵陣に斬り込み、大筒の発射に関わる者を優先して斬り捨てるよう命じる。

直正麾下の人馬は雄叫びを上げながら襲い掛かった。大友の陣からは鉄炮が放たれ始めたが、構わず

に突撃する。下がれば大筒を撃たれるのであり、その方が脅威であった。

直正の軍勢が挺身突撃をしたことで、巌流たちは生き残る見込みが出てくる。彼らは最初の大筒の一撃で散り散りになっていた。部隊が四散する中、敵陣に斬り込みを掛けた者たちがおり、巌流はそれに混ざっていた。斬り込んだはいいものの、それ以上の作戦があるわけではなく、全体の勝敗とは無関係に、敵中で討ち取り合いになっていた。無論、最初から劣勢であった。もともと少ない味方が時の経過とともに減っていく。十数人まで減ったところで、味方が全軍で突撃してくれた。直正は敵陣に食い込んで乱戦にしようとしている。つまり、巌流たちのようになろうとしている。それ以外に敵火力を封じる方法がなかったからであるが、一度乱戦になってしまえば、そこから作戦の変更はできない。後はもう、なるようにしかならない。個々人の勇戦奮闘の蓄積として勝利を得ようとするもので、ほとんど作戦と呼ぶに値しない下策《げさく》であった。直正の能力の問題ではない。劣悪な条件が、直正にここまでの下策を選ばせた。ここまで戦術の質が落ちたことで、ようやく巌流らは味方全体の作戦行動に組み込まれる。

直正の率いる毛利軍は大友軍に食い込んだ。砲撃の被害を避けるために小部隊になっている。大木の至る所に釘を打ち込んで裂こうとするような攻撃で、各部隊は突入した先で斬っては斬られの乱戦になっている。

大筒使いを斬り捨てろ、という指示が敵味方入り乱れる混戦の各所から怒鳴り上げられた。斬り捨てろ、という程度の命令であれば、巌流にも過不足なく理解できるし実行可能である。大太刀を取り回しながら、巌流は大筒を抱えている者を探して敵中を駆けた。既に何人斬ったかわからないが、味方も多く討たれてしまった。何か一つ、小さなものでも構わないので手柄を立てて、庄右衛門の面目を保ちた

いと考えている。長身のため、見渡すのは有利だった。

あれか。

巌流は俵のような筒を抱えている大男を見付け、そこへ駆ける。途中、次々と足軽に襲われた。大太刀が唸り、血飛沫《ちしぶき》が舞う。悉く《ことごと》一太刀で退けながら、大筒使いを目指した。

真っ直ぐ向かってくる長身の男は、大筒使いから見えていた。だが混戦状態のため、撃つわけにはいかない。筒を置き、太刀を抜こうとする。そこを、仲間に制止された。

「任せておけ。あの大太刀は俺が斬る」

二十歳くらいだろうか。若い男である。鎌倉時代の歩卒のような胴丸姿《どうまるすがた》で、腕は左だけ籠手《こて》があり、右は小袖をはだけさせて帷子《かたびら》を見せていた。得物《えもの》は太刀である。古めかしい出で立ちだった。古さは正しさである。鎌倉以来の由緒ある家の出かもしれない。

足軽を蹴散らした巌流が現れると、長身に臆することなく、太刀の切っ先を向けてきた。指名である。

「大太刀、腕が立つのぅ。俺と勝負じゃ」

巌流は大筒の男を目指していたのだが、挑まれれば逃げるわけにいかず、足を止めて男を見る。若そうだが、古式の胴丸を着ており、これはこれで斬れば手柄になるかもしれない。

「義鎮公の御家中か」

「いんや、修行中のただの剣術使いじゃ」

「それがしも武芸者でござる」

互いに眼を見ながら、表情で笑った。

巌流から仕掛ける。大太刀を振り下ろした。身《み》の竦《すく》むような音がしたが、男は避けずに太刀で受け、受けると同時に刀身を傾けて剣線《けんせん》を逸《そ》らした。男の反撃よりも先に巌流が薙ぐ。常人離れした速さである。男はこれも受けた。受けたまま左手を離し、手甲《てっこう》で巌流の顎を殴る。巌流は下がると見せて、突きに転じた。突風のような勢いであり、男は意表を突かれた表情をしたが、太刀で逸らし、さらには反撃してくる。巌流は大太刀を離し、小太刀を抜いた。抜き手の速さを直感して、男は後ろに跳《は》ね退《の》く。

こんな奴がいるのか。

と巌流は感心した。小太刀を鞘に戻し、大太刀を拾い上げる。男は左腕の籠手を叩いて、ほぉう、と口を尖《とが》らせていた。籠手が斬られ、そこから血が出ていた。左手の肉を斬られたようである。避けたつもりだったが、小太刀が速すぎた。しかも鋭い。

「面白い。俺は長恵《ながやす》じゃ。お前は何という」

「巌流と申す。それがしが仕合ってきた中で、そなたが一番の手練《てだ》れでござる。お若いのに、達者でござるな」

「そいつはどうも。俺が仕合った中でもお前が頭抜けて一番じゃ。都へ上る路銀稼ぎのつもりじゃったが、こういうのがおるのなら馬関まででもいいかのう」

声を出さずに、互いに笑い合う。二人とも眼は武芸者のそれであり、そのまま笑うと、片足を人外《じんがい》に踏み出しているような不気味さがあった。

同時に仕掛けた。様子見をするつもりはない。二人とも、相手を斬りにいっている。本来、武芸者同士の仕合は短く決着することがほとんどだが、この戦いは長くなった。太刀は攻防一体の武具である。

使い手はそのどちらかに長じ、それによってその者の剣術が規定される。ごく稀に、攻防両面を遜色《そんしょく》なく、達人の域まで磨き上げる者がいた。天才である。天賦の才を持った者が、それに驕《おご》らず研鑽《けんさん》に励むと、凡人には決して手の届かぬところへ到達した。

巌流と長恵は、その途上にある。才に恵まれた二人が、鍛えた技を駆使して斬り合った。二人の周囲だけ、別の世界になっている。

鍔迫《つばぜ》り合《あ》いで、互いに驚く。二人とも、押し切れないという経験がなかった。特に巌流は、体格で長恵に勝《まさ》っている。それでも、押し切れなかった。長恵も、自分よりも大きな相手を幾度も圧倒してきた。だが今は、押し返せない。確かに尋常ならざる長身だが、横に太いわけではない。これより重い相手でも弾き返してきた。だがどうしてか、今はそれができない。

「上等だ」

食いしばった歯の隙間から、長恵は言葉を出す。眼がぎらぎらと輝き、背中の筋肉が隆起していく。

巌流は巌流で、面白くなっていた。

こういう奴を、相手にせんとな。

大太刀から右手だけ離し、小太刀の柄を握る。すると、長恵は下がった。巌流は右手を大太刀に戻し、斬り掛かる。

長恵は避けた。今度は巌流の連撃《れんげき》よりも速く反撃する。右、左と続けて袈裟《けさ》斬《ぎ》りした。その速さは、巌流に引けを取らない。二つの光の輪が同時に見えて、長恵の前で交差する。一つ目は躱《かわ》し、二つ目は受けた。

また鍔迫り合いになる。両者、狂気を孕んだ眼をしている。その眼で睨み合った。口元は笑っている。

結局、どちらも勝ちそびれた。

攻城戦に持ち込む目途が立たなくなった大友は、疲弊しきる前に退却を決断した。直正にはそれを追撃する余力がなく、大友の退却を監視しながら自軍を集結させ、門司城へと後退した。巌流たちも一緒に引き上げることになる。

「長恵殿、見事じゃった」

「長恵でいい。巌流、覚えたぞ」

こうして二人は別れた。手柄は立てられなかったが、巌流にとっては収穫のある戦であった。


直正にとってはどうか。門司城への攻撃を許さなかった点では、作戦の主たる目的を達している。勝利と言えばそうであるが、何かを得たわけではない。門司城を失わなかっただけである。将兵は失った。覚悟はしていたが、大筒のために事前の予測を大きく越えた被害が出ている。

門司城の守備を強化する必要があると、元就へ具申するつもりでいる。そのために、幕僚たちの報告と、日山城からの情報を合わせて大友の火力を推定しなければならない。ところが、混戦状態で収集した情報のため、確度が低かった。大筒二門以上、抱え大筒多数、鉄炮無数、という要領を得ない概算になってしまう。

長門に帰国後、直正は赤間関の商人たちの人脈を目一杯に活用して大友の火力を探った。情報の分析が進むと、堀立家中は戦慄《せんりつ》する。固定式の大筒は最大で四門持っている可能性があった。抱え大筒は部

隊ごとに一門から三門、鉄炮は部隊ごとに十挺以上である。火力においては、毛利家の総力を結集してもまったく勝負にならぬほど差が開いていた。城攻めに持ち込まれた時点で、門司城は確実に落ちると考えねばならない。であるから、城の南に重厚な守備軍を常駐させる必要があった。この軍が突破されれば、門司城は落ちる。すなわち、関門海峡の利用が脅《おびや》かされる事態となる。防長二ヵ国の経済にとって極めて深刻な打撃であり、ひいては毛利の防長支配を不安定にさせかねない重大事である。

この重要性を考えれば、直正は自らが門司城に入りたかった。しかし今はまだ防長の支配が安定しきっていない。長門には、直正が必要であった。一方で、毛利の主力は東で尼子と戦っている。仕方なく、直正は自軍を割って門司城の南に配置した。子飼いの中から特に優れた者だけを選んで豊前へ送り込む。彼らのための兵糧《ひょうろう》は、直正が購入して門司城に入れた。

大友は門司城を諦めていない。そう遠くないうちに、また攻めてくるだろう。その時、直正が配置した部隊だけでは撃退しようがない。毛利主力が到着するまで、身を挺して敵進軍の遅滞を試みるのが彼らの役目である。そういう役目に、直正は自分の手足となる者たちを使わざるを得なかった。

主君元就へ、命乞いのような陳情を上げる。毛利の主力部隊を、豊前に常駐させてほしい。吉川《きっかわ》か小早川、どちらか一軍でも対大友へ配置換えしてもらえないか。

ところが東は東で容易でない。尼子も強かった。直正を軽んじているわけではないが、元就は応えてやれない。

豊前では直正の家臣たちが門司城の南に砦を築き、大友の動向を監視している。大友の斥候隊と小競り合いが絶えない。斥候隊ですら、火力を持っている。砦が砕かれ、野戦で何とか撃退したこともあっ

た。砦の再建には大量の材木がいるが、毛利主力は東を向いており、気に掛けてもらえない。直正が買って送った。元就の視界に入らぬ豊前の地で、直正の信頼する者たちが血を流し続けている。それにより、毛利は関門海峡を利用できていた。

直正は黙して赤間関の政務を執る。俺の家臣のおかげでお前たちは海峡を使って商売ができるのだ、とは言わない。言わないが、赤間関の商人たちは皆知っている。海峡を通る時、船上から門司城を見上げることができた。あそこに敵兵が入ったらと思うと、恐ろしい気持ちになる。そうならぬように、直正の家臣たちは豊前に留まっている。戦闘がある度に、長門に情報が入った。楽な戦いなど一つもない。赤間関の商人たちは、海峡を通過する際、必ず門司城に向かって頭を下げるようになっていた。毛利領国において、殿と言えば隆元、大殿と言えば元就であるが、赤間関の領民に限って言えば、殿とは直正のことである。隆元や元就は下手をすればまだ敵将のような印象すら残っていたが、直正を認めぬ者はいなくなっていた。ここまでくるのに、直正をして三年を要している。

第七章　水より濃い

直正の長門帰国と同時に、巌流は庄右衛門の下へ戻っていた。

足軽を斬っただけで、手柄を立てられなかったと言った巌流を、庄右衛門は抱きかかえて迎えてくれた。豊前での戦況は人々の耳に入っており、庄右衛門は巌流が戻るのかどうか、不安になっていた。

よく帰ってきてくれた、と肉親が戻ったかのように喜んでもらい、巌流は何やらこそばゆい気持ちになる。大筒の着弾で部隊が散り散りになり、考えなしに敵陣に斬り込んで足軽ばかり何人か斬った。その後は長恵《ながやす》という武芸者と仕合まがいの勝負をしていただけで、全体の戦況には微塵《みじん》も関与していない。いって帰ってきただけじゃ、という自己評価に対して、庄右衛門の嬉しがりようが不釣り合いのように思われ、後ろめたい気にさえなった。

廉太郎は変わらない。巌流が戻っても、何の反応も示さなかった。覚えてはいたようで、巌流が素振りをする時間になると、一人で起きて中庭にやってきた。隣で木刀を振る姿を、巌流は妙に懐かしく感じる。

豊前へ渡る前の日常に巌流は戻っていた。

数日後、家路についていた庄右衛門が斬り掛かられるという事件が起きた。まだ夕刻であり、人の目もありそうなものだが、運悪く誰も見ていないところを襲われた。一太刀目で右の袖を斬られ、腕から流血した。右腕を押さえる庄右衛門へ二の太刀が振り下ろされた時、庄右衛門の知らぬ男が助けに入って命拾いする。その恩人に肩を貸されながら、庄右衛門は帰ってきた。

雇われている老婆、タキが悲鳴を上げ、それを聞いて巌流も店先に出る。

「旦那様が、旦那様が」

と取り乱すタキを、傷を負った庄右衛門が宥《なだ》めている。巌流は駆け寄り、恩人から庄右衛門を引き受けた。

「庄右衛門殿」

「腕を斬り付けられただけでござりまする。大事ではござらぬ」

そう言う庄右衛門だが、顔中に脂汗を搔いている。眉間《みけん》に力を入れており、痛みに耐えているのは明白だった。

「こちらの御仁《ごじん》は私の恩人です。私は自分で手当て致すゆえ、中へご案内を」

「俺など放っておけ、それよりも手当てが先じゃ。おい、婆さん、湯を沸かしてくれ。巌流、お前は布団を敷け」

庄右衛門に肩を貸しながら、巌流は男を見た。

「長恵」

思わず名を呼ぶ。

豊前で戦った武芸者が、赤間関にきていた。

傷は浅くはなかったが、命に関わるようなものではなく、腕もきちんと動くようだった。長恵は庄右衛門の手当てをし、そのまま布団の横に座った。横になっている庄右衛門を挟んで反対側に巌流が座っている。廉太郎は別室でタキが見ていた。

「長恵、忝《かたじけな》い。おぬしがおらねばどうなっていたか」

「やめろ、牢人を追い払っただけじゃ。斬り損ねた上、取り逃がした。不始末もいいところじゃ」

長恵はやはり若いようである。巌流よりも五つか六つ下だろうか。頬から顎への輪郭が鋭利で、目の形は猫に似ている。それが動くと何となく愛嬌があった。声にも若さがある。背は人並み以上だが、巌流よりはかなり低い。細く見えるが、しなりのある強い身体をしている。よく鍛えているのだろう。今は胴丸ではない。薄い藍色《あいいろ》の小袖を着て袴《はかま》を穿《は》いている。得物の太刀は、豊前で見たのと同じもののようだった。

「私が、斬らないでほしいと頼んだのです」

横になったまま、庄右衛門が言った。その姿を見て、巌流は自分の袴を握りしめる。

それがしがお側におれば、という思いであった。

「見知った相手のようじゃったな。許さぬとか何とか言っておったが、何か恨みでも買ったのか」

庄右衛門は目を閉じ、しばし黙した。

巌流は口を挟むかどうか迷っている。庄右衛門を恨んでいるとすれば、蔵で焼け死んだ子供の親であろう。それについて庄右衛門に話をさせるのは酷《こく》であった。だが巌流は、相手を知らねばならない。それを知らねば庄右衛門や廉太郎を守るのが難しくなる。

「実は私の蔵で」

と庄右衛門は話し始めた。天井を見たまま話す。そのうちに両の目尻から涙が細く流れ、こめかみを通って庄右衛門の髪に潜った。

斬り付けてきたのは、死んだ子の父親だという。東国から流れてきた牢人だそうで、大内氏が滅んだ後から赤間関にきていたらしい。この地の者というわけではなく、火事で子を失ったことについて、他所へ移っていればと何度も悔やんだに違いない。子供の方は頻繁に遊びにきていたが、親同士は何度か挨拶を交わしただけで、火事以前に深い付き合いがあったわけではない、と庄右衛門は言う。

「本当に可愛らしい子でした。廉太郎とも仲良くしてくれて。それを、私は」

庄右衛門の唇が震え始める。

「違いまする。庄右衛門殿、ご自身を責めてはなりませぬぞ」

「要は逆恨《さかうら》みじゃろう。付きおうてやる謂《い》われはない。俺が斬ってやろうか」

「おやめ下さりませ」

庄右衛門は布団から左手を出して長恵の手を摑んだ。長恵も本気で言ったわけではなかっただろう。庄右衛門が血相を変えて摑んできたので驚いている。

はっとして、庄右衛門は長恵に詫びた。左手を布団に戻す。

「いや、俺も口が悪かった。すまんな」

庄右衛門は再び天井を見た。呟くように話す。

「終《しま》いにしては、ならぬのです。私は、あの火事と生き続けなければ。でなければ」

また涙が流れる。

まずは傷を治すよう言って、二人は部屋を出た。

斬るかどうかは別にして、逆恨みだという長恵の言い分には巌流も同意している。その牢人も不憫《ふびん》であるが、だからと言って庄右衛門を斬っていい道理はない。巌流は廉太郎の側についている必要があるため、庄右衛門が外出する際は同行できない。長恵に期待した。

長恵も多少はこの件が気になったらしく、数日は庄右衛門の屋敷に泊まったが、牢人が現れるのを待たずに東へ発ってしまう。都へいって剣術修行をするらしい。

おぬしの腕でいっても退屈するぞ、とは思ったが、それは言わずに見送ってやった。かつて巌流も、胸を躍らせて上京した。長恵の気持ちは想像できる。

長恵は詳細までは告げていない。彼の言う剣術修行は、巌流の想像している武芸者の暮らしとは別のものである。長恵は既に肥後国天草で一通りの剣術修行を終えていた。そこで学ぶべきものをすべて習得してしまったため、上京することにしたのである。仕合うことで名を上げるのではなく、未知の流派を取り込むことで強くなろうとしている。学ぶ際の吸収力が尋常でない。永禄三年に上京した長恵が京に見切りを付けるのは永禄十年である。永禄十年、彼は新陰流の相伝を受け、都で学び得るすべてを習得した。都で最後に師事したのは新陰流の創始者、上泉信綱《かみいずみのぶつな》である。信綱は上杉謙信の陪臣《ばいしん》だった。直

接の主君は長野業正《なりまさ》、業正没後は子の業盛《なりもり》である。彼らとともに守っていた上野国箕輪城《こうづけのくにみのわじょう》が武田信玄によって落城したのを機に上洛し、新陰流を指南し始めた。と言うことは、信綱の上京は永禄九年である。つまり、信綱の上京直後に入門したとしても、長恵はたった一年で新陰流の相伝を受けたことになる。信綱に学んでいるので、柳生宗厳《むねよし》や宝蔵院胤栄《ほうぞういんいんえい》と同門だが、才能に関しては、長恵は二人を凌駕《りょうが》していたかもしれない。相伝を受けた長恵は肥後に帰国し、九州に新陰流を伝える。ところがすぐに考え直し、新陰流を土台に新たな流派を生み出した。タイ捨流《しゃりゅう》という。極端に実戦を想定した剣術で、蹴りや目つぶしだけでなく、関節技まで組み込んでいる。実戦では平地でばかり戦うわけではない。そこで長恵は、地形を選ばぬ戦いが可能になるように、かなり極端な姿勢からの技も考案した。その技を使うためには常人離れした体捌《たいさば》きが必要で、タイ捨流を習得するためには、直接の剣の扱いとは別に多くのことを修めなければならない。長恵にはできても、万人向けではない。長恵のタイ捨流からは別の流派が生まれ、そちらの方が九州の剣壇を席捲《せっけん》した。示現流《じげんりゅう》である。

後に長恵と巌流が再会した時、示現流は話題に上っただろう。

俺の方が強いんじゃがなぁ、と納得いかない胸中を、この天才は口にしたかもしれない。柳生宗厳は柳生新陰流を、宝蔵院胤栄は宝蔵院流槍術を、それぞれ開く。前者は関東で、後者は畿内で興隆した。九州は示現流であり、長恵のタイ捨流ではない。

俺の方ができたんじゃがなぁ、と言うかどうか。

圧倒的な天賦の才を持った長恵は、これから都に向かう。

巌流は赤間関である。庄右衛門と廉太郎を一人で守ることになる。

永禄四年になった。件《くだん》の牢人は現れない。庄右衛門の傷は癒え、商いも少しずつ軌道に乗ってきた。七歳になった廉太郎は変わらない。ぼうっとしている。素振りは続けており、それを見る時の庄右衛門は本当に嬉しそうだった。

巌流は本来、無言で素振りをするのだが、隣に廉太郎がいる時は、

「やあっ、やあっ、やあっ、やあっ」

と大声を発して振った。振りながら、視線だけを動かして廉太郎の様子を見る。心なしか唇を動かしているようにも見えるが、はっきりとしない。一言発するだけで庄右衛門は喜ぶはずなのだが、まだ廉太郎は声を出せない。まだ出せない、と巌流は考えている。もう出せない、とは思っていない。

夏の暑い日も、廉太郎は休まずに振った。秋になっても振り続けたが、巌流はしばし廉太郎と並んで振れなくなる。再び豊前へいくことになった。

堀立直正が渡海する。大友軍の大規模な反攻作戦を察知していた。前回よりも厳しい戦いになると噂されている。

巌流は腹当と籠手を身につけ、庄右衛門に出陣の挨拶をした。庄右衛門は巌流の手を握り、必ず帰ってきてほしいと言った。巌流は頷き、庄右衛門の手を握り返す。

「いって参りまする」

巌流は一礼し、出立する。庄右衛門は廉太郎を連れて店先で見送った。見えなくなるまで立ち続ける。見えなくなり、中に戻ろうとした時、庄右衛門は手を握られた。

廉太郎の右手が、庄右衛門の左手を握っている。握ったまま、ぼうっとした顔で巌流の歩いていった方を眺めていたが、その目から、ぼろぼろと涙がこぼれ始めた。

廉太郎は顔を上げた。黒々と輝く確かな瞳で、庄右衛門の顔を見上げる。

「父上」

震えた声で呼ばれた時、庄右衛門の瞼からも涙がこぼれた。

「巌流は、もどって、くる」

庄右衛門は地面に膝をつき、廉太郎を抱き締める。

「もちろん、お戻りになる。お戻りになるとも。今までのこと、お前の言葉でお礼を言わねばならんぞ」

「父上」

「どうした」

「もうしわけ、ござりませぬ」

「どうしたのじゃ、お前が謝ることなどない」

「わからないのです。火事の前のことがなにも、わからないのです。父上のことも、火事の後のことしか」

「よいのだ、恐ろしい目に遭ったのだ、お前が気に病むことはない」

「母上のことはなにも、わからないのです」

「私が覚えている。お前の母のこと、これから私がお前に話して聞かせる」

「もうしわけございませぬ」

「謝るな、廉太郎。謝るな」

庄右衛門の腕に力が入る。息子をきつく抱き締めながら、庄右衛門は泣いた。見送りが長いと心配になったタキが様子を見に出てくるまで、そうしていた。


豊前門司城に直正は入った。そこに幕僚を集め、軍議を開いている。大友義鎮が持てる火力をすべて投入してきた場合、門司城一帯は地形が変わるほどの砲火を浴びせられるだろう。そうさせないためには、野戦しかない。可能な限り南下して開戦し、徐々に後退しながら敵戦力を削っていく。直正の家臣らが築いた砦があり、ここを使い切れるかどうかで作戦の成否が決する。門司城ではなく、この砦で大友の大筒を弾切れにしたい。

「そのためには」

と直正が話している時に、二人入ってきた。直正を含め、室内の全員が二人を見る。直正たちは死を覚悟して決戦に臨もうとしていた。皆、鬼のような形相《ぎょうそう》をしている。入ってきた二人は身震いし、宥めるように笑って見せた。

「遅れてすまん、そう怒るな」

「直正、昨年は苦労じゃったろう。兄上とそれがしがきたからには、もう安心じゃ。大友の連中を蹴散らしてやろうぞ」

直正たちは黙って二人を見ている。この二人は幻ではないのか、と疑う気持ちさえあった。

毛利隆元と小早川隆景である。元就は遂に、主力の一部を西に向けた。

軍議はやり直しになる。自軍の戦力は三倍以上になった。退きながら削る必要はない。

「それがし、隆景、直正で三軍じゃ。大友が一軍で門司に迫れば三軍で包囲、大友が軍を分けてきた場合は三軍並んで門司を守り、押し返す。ここで強く叩いておくぞ」

隆元は大友軍に決定的な打撃を加えたいと言う。直正も同意見である。そしてそれができるとすれば、今しかないと考えていた。隆元と隆景はこの戦いが終われば東に戻るだろう。二人がいる今でなければ叩けない。大友は今度こそ門司城を奪回しようと全軍を上げて攻めてくる、と直正は考えている。精査した情報からそう判断していた。その大友軍に大打撃を加えることができれば、二人が帰った後の門司の防衛は以前よりも遙かにやりやすくなる。

討てるだけ討て、と直正は自軍の将兵に命じた。直正軍の末端に加えられていた巌流はその命令に忠実であろうとする。開戦後、直正は隆元や隆景の軍と連携しながら大友軍を攻め立てた。肉迫して砲撃を封じ、荒々しく攻める。巌流は昨年と同じように敵中に斬り込み、大太刀で斬り続けた。一人でも多く斬り捨てようと、眼に入った敵に片っ端から襲い掛かる。飢えた獣のようであり、それを目の当たりにした大友兵は腰が引け、するとなおさら巌流にとっては斬りやすくなった。巌流ほどではなくとも、直正の兵にはこういう者が混ざっている。昨年来の怨念《おんねん》をぶつけるように、直正の憂さを晴らすように、眼の前の大友兵に渾身の一撃を叩き込む。指揮を執る直正の人格からは想像しにくい、蛮族《ばんぞく》による略奪のごとき戦いぶりであった。

隆元と隆景は、なるほど確かに毛利の主力である。敵火力に苦しめられながらもじわじわと押し出し、

戦場の主導権を掌握する。

大友軍は敗走を余儀なくされた。毛利軍は追撃し、執拗に攻撃を続ける。特に直正は取り憑くように攻め縋《すが》った。文字通り、一人でも多く討ち取ろうと追い回す。

大友義鎮は負けた。大損害を被って負けた。門司城を巡って毛利と正面から戦うという戦略が砕かれてしまった。方針を変えねばならない。方針を変えるとは、関門海峡を断念する、ということである。すなわち、海峡の利用にまつわる外交及び経済活動をも諦めた。諦めざるを得なくなった。義鎮の敗北感あるいは喪失感は深刻だったろう。この敗戦で彼は髪を剃った。名も変える。以後、大友宗麟《そうりん》と名乗った。


永禄七（一五六四）年、巌流は三十歳になっていた。

前年、将軍足利義輝の勧めで毛利と大友は休戦した。今年に入り、元就と宗麟が起請文《きしょうもん》を取り交わして和睦が成立している。東ではまだ尼子と戦っているが、西の脅威からは解放されたと言っていいいことばかりではない。やはり前年、毛利家の嫡男隆元が安芸国佐々部《ささべ》で死んだ。国元で襲われたのであり、毛利家中には衝撃が走った。輝元はまだ元服しておらず、六十八歳の元就が名実ともに毛利家を率いている。

赤間関は賑わっていた。大友との戦《いくさ》がなくなり、以前に増して商業活動が活発になっている。庄右衛門の店も、火事の前には遠く及ばないが、三艘の船を使うところまで盛り返していた。人も五人雇っている。

その一人が安芸から帰ってきた。作次郎という若者で、手代頭《てだいがしら》として庄右衛門の右腕になっていた。折り目の正しい、庄右衛門の気に入りそうな青年である。

「ただいま戻りました」

と挨拶する作次郎の横には、十歳になった廉太郎が立っている。彼は商いを学び始めており、安芸に随行していた。腰に小太刀を帯びている。年相応の腕だが、自分の身は自分で守るという気概を持っている。赤間関の十歳の子供らの中では、早熟な少年になっていた。

「ただいま戻りました」

と作次郎と同じように挨拶をする。

道中の警護は巌流が務めた。二人の後ろで高い背を折り、挨拶をする。店先まで出迎えた庄右衛門は三人を労《ねぎら》い、中で疲れを取るよう言った。

庄右衛門の評判はよい。なくなりかけた店を立て直し、着実に商いの規模を大きくしている。息子の廉太郎も、他の商家が羨むほど真っ直ぐ育っていた。他人が廉太郎を褒めるのは、かつて心が何処《いずこ》かへいってしまっていた頃を知っているからでもあるが、それとは別に、廉太郎自身の努力もあった。剣術も商いも、どちらも疎《おろそ》かにせず、生真面目な態度で取り組んだ。巌流には商いのことはわからないが、剣術は十歳の中では達者な部類だろう。筋も悪くない。悪くないが、頭抜けていいわけでもない。例えば、巌流や長恵のような才能には恵まれていなかった。廉太郎の剣は努力の剣である。

そのような廉太郎の剣を、巌流は健気《けなげ》に感じていた。

庄右衛門の言い付けで、廉太郎は巌流を「巌流様」と呼んでいる。巌流は「廉太郎」と呼ぶ。父に雇

われている者、という態度で巌流に接することを、庄右衛門は息子に禁じていた。

二人はまるで師弟のような間柄になっている。剣に関しては実際にそうであった。廉太郎は十歳。身体が育っていないために小太刀を持たされているが、扱う技は中条流のもので、赤間関でこれを操るのは巌流と廉太郎だけである。ただ、巌流は技術を教えているだけで、知識は与えていない。廉太郎は自分の流派が中条流であることも、自分が富田勢源《とだせいげん》の孫弟子にあたることも知らずにいる。彼にとっては何流ということでなく、ただ剣術であった。巌流から教わるものが剣術であり、剣術とはそれ以外にない。未熟ながらも混ざりっ気がなく、形としては手本のような中条流の動きをする。後に山陰道には、巌流の同門である川崎鑰之助《かぎのすけ》が開いた東軍流《とうぐんりゅう》の剣術が根付くのだが、もし鑰之助の直弟子たちが見れば、成長した廉太郎の剣術が中条流であることを瞬時に理解するだろう。

廉太郎は庄右衛門から商いを学び、巌流から剣術の指南を受けている。どちらにも真剣である。他の商家が、庄右衛門は跡取りに恵まれた、と言うのはあながちお世辞だけではない。

思い上がりさえしなければ、と庄右衛門も内心で期待を掛けている。


「安芸にいきとうござりまする」

と、廉太郎は父庄右衛門に願い出た。夕食の後、庄右衛門が書物を読んでいる時だった。庄右衛門は机上に書物を置き、廉太郎に向き直る。

その安芸から帰ってきたばかりだが、と考えていた。安芸は毛利領国の中心地ではあるが、決して華やかな場所ではない。子供や若者がわざわざいきたがるような土地ではなく、むしろここ赤間関の方が、

他所の人間を惹き付けた。毛利領国の若者の中には、馬関へいきたい、という憧れを抱いている者が少なくない。その馬関、赤間関に住んでいる廉太郎が、安芸へいきたいと言う。

「いって何をするのだ」

「材木を商う方々に顔を覚えていただきたいのです」

材木なら安芸でなくとも、と庄右衛門は考える。石見《いわみ》のものを萩から海路で運んだ方が遙かによかった。時間も、金子も、である。

安芸に材木があると知ったので、思い付いただけだろうと、庄右衛門は十歳の息子の考えを理解した。ところが廉太郎は、安芸の材木をどうするかという点まで考えていた。

「お城の普請《ふしん》と同じことが、安芸や備後で起きまする。その時、安芸にて材木を商う力があれば、播《はり》磨《ま》の材木を手に入れ、大殿様のお役に立てまする」

廉太郎の言うお城とは鍋城である。鍋城の普請のことは、赤間関の者ならば誰もが知っていた。大友との戦いが終わり、戦時用の城塞の重要性が低くなった。引き換え内政統治の拠点となる鍋城の重要性が高まり、その機能を拡充するために大規模な普請が行われた。材木がいる。ところが毛利は東で尼子との戦いを続けており、西に構っていられない。直正は私費で材木を買い集め、これに充てた。彼はまた、海峡の向こう、豊前での毛利拠点となる門司城以下の城塞についても、私費で修繕や拡張を行った。出費としても大変なものだが、それだけの材木を確保するのが困難である。伊予や土佐からもまとまった材木を調達できないかと相談を受けた赤間関の商人たちは、各々渡海して商談した。確保できた分は、直正がすべて買い上げてくれる。苦労の分、彼らは潤った。その金で直正に材木を献上し、覚えをめで

たくした者もいる。直正は私費を振り絞ることで増税せずに普請をやり遂げ、赤間関では名君と称えられている。直正の覚えがめでたいことは、赤間関の商人にとっては実利だけでなく、この上ない名誉であった。あの御店《おたな》は御家中に準ずる忠義を尽くしている、と風聞されたいために、自ら人足を率いて海峡を渡り、豊前での普請に汗を流した大店《おおだな》の主もいる。庄右衛門は役に立てなかった。店の体力としても不可能だったし、材木の伝手《つて》が弱かった。

元就が尼子を滅ぼせば、安芸や備後で同様のことが起きると廉太郎は言う。安芸での普請に使うのならば、石見よりも安芸の材木の方が有利である。そして安芸は播磨と、さらにはそこを経由して摂津と海路で結ばれていた。値段を脇に置いて考えれば、播磨だけでなく丹波や紀伊の材木も視野に入ってくる。

その時に備え、安芸で材木を扱う力を養い、大殿様つまり元就の役に立ちたい、と廉太郎は言っている。

もう十歳か、と庄右衛門は考えたが、まだ十歳である。早熟という評価では足りない。明らかに商才を持っていた。

だが安芸で、相手をしてはもらえないだろう。

十歳の子供である。

「考えておく」

と返事をして庄右衛門は息子を下がらせた。手元で学ばせるか、外で鍛えるか、考えねばならなかった。

庄右衛門は廉太郎を安芸へやることにした。ただし手代頭の作次郎に付属させるという体裁をとった。商談は作次郎にさせ、その側で学ばせることにしたのである。五、六年もすれば、安芸の商人たちも廉太郎と商いの話をしてくれるようになるだろう。巌流は二人の護衛としてともに安芸へいくことになった。

手代頭と息子を安芸へやるという届け出を、庄右衛門は鍋城に提出した。すると翌日、直正の家臣がやってくる。彼は直正の書状を携えていた。

この者どもは赤間関の商人原田庄右衛門の手代と倅《せがれ》である。庄右衛門は以前より忠義を尽くしてきた者であるから、安芸においてこの者どもが難儀せぬよう、取り計らってほしい。もしこの者どもに何かしらの嫌疑が掛かった場合は、一報もらえれば直ちにこちらの手の者を遣わし対応する。よろしく頼む。

このような内容の書状で、堀立壱岐守直正と署名してある。

「何もしてやれぬが、胸安めとして持っていってほしいと仰せじゃった。おぬしらが大きゅうなって戻ってくるのを、殿も我らも楽しみに待っておるぞ」

庄右衛門は板間に額を付けて礼を述べてから、書状を押しいただいた。家臣を見送ると、書状を箱に入れ、紐で結んで作次郎に持たせる。旅支度を調えた作次郎と廉太郎を座らせ、書状を大切にするよう言い付けた。

「殿からこのような書状を賜《たまわ》ったからには、お前たちは殿の臣と思って励まねばならぬ。常に殿の御《ご》前《ぜん》にあると思い、志を清く保ち、何事にも油断なく取り組むのだ。不精は不忠と心得よ」

二人は頭を低くして返事をし、赤間関を発った。東へ進み、安芸を目指す。道中すべて、毛利領国である。巌流が腕を披露する機会はなかった。

安芸では男三人で暮らすことになる。佐伯郡の五日市周辺で探した結果、無人になって久しい小屋が見つかり、そこに決めた。怪しい連中が住み着いたと思われては商談に差《さ》し障《さわ》るため、三人は念入りに掃除し、小屋を修繕する。それが済むと、方々へ挨拶回りをした。直正の書状のお陰で、どこへいっても粗略な扱いは受けない。修行が終われば赤間関に帰るものだと理解され、つまり商売敵にはならないと思われ、半ば客のような扱いで迎えられた。直正は元就の信任厚い武将であると同時に商人でもある。その影を、三人の背後に皆が見ていた。

三十路《みそじ》の巌流、二十歳《はたち》の作次郎、十歳の廉太郎が狭い小屋で同居を始める。朝は早い。陽の昇らぬうちから表に出て、巌流と廉太郎は素振りをする。冷えた朝靄を斬り裂きながら、巌流の大太刀が唸る。一振りとて、手を抜かない。その隣で、廉太郎も振る。陽が昇り、瀬戸内の海面が輝き始めると、木刀に持ち替えて打ち合った。かつて巌流がそうだったように、廉太郎は何度も地面を転がされ、口の中で土と血の味が混ざる。それでも立ち上がり、廉太郎は挑み掛かった。その様子もかつての巌流のようである。朝稽古が終わると質素な朝食を掻き込み、身支度をして三人で出掛けた。作次郎が商談するのを部屋の隅で、あるいは廊下で、場合によっては屋外の地べたで、廉太郎は正座をして見聞きした。巌流はその警護をする。

そういう日々が過ぎ、一年経つと、作次郎は五日市に集まる品々を吟味して買い付け、赤間関の庄右

衛門へ送り始めた。その品を売った金子で、庄右衛門は赤間関の品を作次郎に送る。これを循環させて利益を出し、資金が貯まると、作次郎と廉太郎は材木を買い付けて問丸《といまる》（問屋）に顔を売った。これを繰り返しつつ、材木の値が上がれば売りに出し、その金をとっておいて、値が下がった時に買い込んで数を増やす。

三年経つと、彼らは材木を商う者たちにすっかり覚えられていた。

廉太郎は十三になり、額に掛かっていた稚児髪《ちごがみ》を切った。庄右衛門が廉太郎を大切にしていることを、作次郎はよく知っている。赤間関に戻って元服させるべきか、彼は庄右衛門に伺いを立てた。すると彼にとっては意外な返答がきた。戻る必要はない、巌流殿に切ってもらうといい、身なりだけでなく真に大人になるよう廉太郎に申し付けてくれ、というものである。髪は巌流が切り、心構えは作次郎が説いた。巌流は廉太郎の剃刀親《かみそりおや》ということになる。武家であれば、生涯の親子関係となる強い結びつきだった。

庄右衛門が元服した息子を見たのは、それから半年以上後である。赤間関の商人たちに成人としての顔見せをするため、廉太郎が帰郷した時だった。三年半ぶりの赤間関である。この時まで、庄右衛門は正月にも廉太郎が戻ることを許可しなかった。

「お久しゅうござりまする。父上も、店の皆さんも、お元気そうで何よりでござりまする」

板間の上座にいる庄右衛門に、廉太郎は丁寧に挨拶した。彼の伏す脇には、腰から抜いた小太刀と打刀が置いてある。その二本を帯刀して、廉太郎は一人で戻ってきた。巌流は安芸で作次郎を守っている。広い板間には父子の他、タキ、それに店で働いている者たちが集まっていた。人数は全部で二十を越え

ている。その半数以上は、初めて廉太郎を見る者たちだった。

店はかつての姿を取り戻しつつある。三年半、庄右衛門も商いに専心していた。

「皆さんには、私から話をしてある。私は付き添わぬゆえ、お前が一人で挨拶をしてきなさい。決して粗相《そそう》のないように」

「はっ、承知致しました」

廉太郎は退席し、赤間関の商家一軒一軒に挨拶して回った。いく先々で、温かい言葉を掛けてもらった。彼らは皆、火事の前から庄右衛門を知っている。庄右衛門と廉太郎のために胸を痛めた者たちであり、その痛みの分、成長した廉太郎の姿に思うところがあった。

私などのことを、こんなにも気に掛けて下さるのか。

一軒ごとに、廉太郎は感動を覚える。

夕刻に戻ってくると、店先ではタキとその他数人が掃除と片付けをしていた。温かい胸を抱えて帰ってきた廉太郎は、彼らに声を掛けようと早足になったが、道の反対側から、ただならぬ雰囲気の男がタキたちに近付いているのを見付け、声を張った。

「お持ち下され」

若旦那の声だ、と思い、タキたちは廉太郎の方を見たが、廉太郎は彼らとは別の方を見ている。視線に力が入っていた。タキたちは振り返り、男を見る。途端、悲鳴を上げげた。男は腰の柄に手を掛けており、斬り掛かる寸前であった。

「誰かあっ」

と一人が声を上げる。タキは腰を抜かして座り込んでしまったが、廉太郎に向かって逃げるように叫んだ。

「お逃げ下さい。きっとこの男です、旦那様に斬り掛かったのは」

何だと、と廉太郎は早足で向かった。庇《かば》うようにタキの前に立ち、男の顔を見る。

髪も髭も手入れをしていない、薄汚れた牢人風の男だった。男は血走った目で廉太郎の顔を見る。食い入るようだったが、廉太郎は動じない。稽古の時の巌流の眼の方が、数段恐ろしかった。

「お前は、お前は」

と男が言う。喉を痛めているような、耳障りな声だった。

「この店の者で、原田廉太郎と申しまする。手前どもに御用向きならば、私が伺いましょう」

男は歯茎を見せて食いしばり、改めて腰の柄を握った。そして廉太郎を睨みながら怒鳴る。

「もう一度だけ訊くぞっ、お前は誰じゃあっ」

「原田廉太郎と申しまする」

「庄右衛門の息子なんだなあっ」

「いかにも」

男が抜いた。同時に廉太郎も小太刀を抜いた。男が振り上げると、その鐔《つば》に小太刀を押し当てて太刀を弾き飛ばす。男が太刀の飛んでいく先を気にした一瞬で、喉元に小太刀の刃を置いた。左手にも小太刀がある。男の腰から抜いて奪っていた。

「お帰りいただけるのならば、これはお返し致しましょう。続けると仰せならば、私も力の限り戦い

まする」

信じられぬ、という顔で男は視線を泳がせた。中条流と戦ったのは初めてだろう。勢源が仕合を禁じている以上、その使い手と見《まみ》えるのは戦場だけである。家中に属さぬ牢人であれば、野良仕合であり、その場合の相手は、勢源から独立した武芸者となる。巌流の他も、手練《てだ》ればかりが揃っており、この男は、そういう相手と戦ってきたようには見えない。もっとも、廉太郎は自身が中条流の使い手だという認識を持っておらず、男にも廉太郎の流派はわからないだろう。

子供に負けた、という事実が受け入れられないだけである。

泳ぐ目で左右に揺れる男の視界に、庄右衛門が現れた。騒ぎを聞いて、店先に出てきたのである。男は吠えた。

「庄右衛門、きさまあっ、殺してやるっ」

廉太郎は小太刀の刃を男の喉に触れさせた。殺すのではなく、最後の警告のつもりだったが、庄右衛門にはその差はわからない。

「ならぬ、廉太郎。斬ってはならぬ」

男は血走った眼を見開いて庄右衛門を睨み、その視線を下げて廉太郎を見た。喉元に小太刀を止めたまま、力のある、そして冷静な眼で見上げている姿は、とても十三歳とは思えぬ堂々とした雰囲気を纏《まと》っている。

男は乾いた小声を出した。

「わかった。帰る」

廉太郎は男の小太刀を返し、自分のものは鞘に戻した。すっと立ったまま、男がいなくなるまで見届ける。

こういう一件があったことを、廉太郎も庄右衛門も一切口にしなかった。見ていた者はいたが、火事のことがあったため、父子を気遣い、触れて回りはしなかった。庄右衛門も廉太郎も、前に進もうとしている。火事で子を失った牢人に逆恨みされていることを、周囲は気の毒に思っていた。進もうとする父子の背後に、過去から伸びる不気味な腕が迫っているようであり、何事もなければよいが、と商人仲間は案じていた。

安芸にいた巌流と作次郎は知らぬままとなる。これ以来、牢人が現れなかったこともあり、廉太郎も二人に伝えなかった。腕自慢をするようでみっともない、という気持ちもあった。安芸に戻った廉太郎は、挨拶回りと商いの報告だけをし、五日市での生活に戻ったのである。

廉太郎が一人で出ていったのを確認すると、作次郎は小屋に戻って巌流と膝を突き合わせた。昼前で、外には清々《すがすが》しい風が吹いていたが、作次郎は中で話したいと言う。

三人で暮らし始めて四年になっていた。巌流にとって、この作次郎も他人とは思えぬ人物になっている。

「どうしたのじゃ、いったい」

「旦那様に、報告せねばならぬ事態になっているやもしれませぬ」

「商いが上手《うま》くいっておらぬのか」

「いえ、そちらは問題ありませぬ、順調そのもので」

「では」

「廉太郎さんの、行状《ぎょうじょう》です。ここ数カ月、どうも女子《おなご》の影が」

「もう十四じゃ。いかんのか」

「いけません。修行中です。赤間関に戻った後、旦那様の認めた方と一緒になって店を継いでいただかねば」

「駆け落ちするわけではあるまいし、差し障りなかろう」

「巌流殿は廉太郎さんに甘い。稽古を付ける時の厳しさで、この件にも臨んでいただきたい」

巌流は後頭部を掻いた。作次郎はきちんと正座をして巌流の顔を見詰めている。真面目な、それはもう真面目な男だった。会合以外では一滴の酒も口にしない男で、博奕《ばくち》は論外、女遊びなど脳裏をよぎったこともない。

「で、廉太郎は、その女子とどうなっておるのじゃ」

「頻繁に会って」

「うむ」

「二人きりで」

「おう」

「話をしておりまする」

「ほほう、ん。それだけか」

「逢い引きですよ」

大変な自堕落だと言わんばかりに、作次郎は詰め寄る。彼が前のめりになった分、巌流は仰《の》け反《ぞ》った。

正直に言えば、巌流には男女のことがわからない。そしてそれは、作次郎も同じであった。わからぬ者同士で相談しているのであり、妙案が出るはずもない。

作次郎は女子の素性を調べていた。以前から五日市に出入りのある商家の娘で、歳は廉太郎と同じ十四。イロハ、という珍しい名の娘らしい。

「歌好きの家かのう」

「弘法大師にあやかろうとした、学問好きかもしれませぬ」

「どちらにせよ、商家の娘で歳も同じなら、問題なかろう。見聞を広めるためだと思い、放っておいたらどうじゃ」

「なりませぬ、もしもがあれば、旦那様に何とお伝えするおつもりですか」

「で、それがしにどうしろと言うのじゃ」

本当に問題のない間柄かどうか探ってほしい、と作次郎は言った。問題があれば叱ってほしい、と付け足す。

「私と廉太郎さんは手代と若旦那、しかし巌流殿とは師弟です。立場が強い。きつくお諫《いさ》め下りませ」

作次郎に押し切られて、巌流は廉太郎の素行を注視するようになった。護衛として付いて回っており、見ること自体は容易である。だが廉太郎は既に単独で商談に臨む場合があり、そうした時は、巌流は作次郎の護衛に回っていた。廉太郎は自分を守る術を持っている。それを持たぬ作次郎を放っておく方が

不自然であった。

数日経つ。廉太郎が一人で動く日がきた。巌流は作次郎と小屋の入り口で見送る。中に入り、頃合いになると、無言で頷き、巌流は一人で出掛けた。商談を終えた後、廉太郎はイロハに会うと思われる。その跡をつけるため、市の賑わいに紛れて待った。

商家から廉太郎が出てくると、巌流は距離を取って追跡する。遠くから背中を見ているだけでも、次にどちらへ曲がるのかだいたいわかった。廉太郎のことは、六歳の頃から知っている。ここ四年は狭い小屋に同居しており、二人の師弟関係は濃密なものであった。

女子とはのう。

ぼうっとするばかりだった廉太郎を見ている身としては、嘆くよりも喜ばしい気になっている。だが、作次郎の手前、確かめるだけ確かめねばならない。

廉太郎は市《いち》を抜け、川沿いに西へ進む道を少し歩いた後、土手を下って川原に入った。

道を外れたぞ、と思いつつ、巌流は見つからぬように土手の反対側に身を隠す。

廉太郎の前には背の高い草が一面に茂っている。そこに向かって呼び掛けた。

「イロハ殿」

すると草が揺れて娘が現れた。土手の反対側にいる巌流からは見えないが、おっとりとした、人の良さそうな顔をした娘である。

「その呼び方、慣れないわ。イッちゃんがいい」

「前も申した通り」

「そうだね、ごめんね。でも嬉しい、きてくれて」

イロハは取り留めもないことを少し話した後、草の茂る中に大きな石を見付けたと言った。そこに座って話そうと廉太郎を誘い、二人で茂みに入っていく。そのまま半刻近く出てこない。巌流は土手の反対側で聞き耳を立てていたが、二人の会話は聞こえなかった。

ようやく聞こえたのは、二人が茂みから出てきた音である。

「では、私は戻りまする」

「うん。またね、ジュンちゃん」

廉太郎は市の方へ戻っていく。イロハはそれを見送った。廉太郎が見えなくなるまでずっと立ち続ける。そのうちに、彼女の実家の者たちがやってきて、一緒に帰っていった。巌流は土手に上り、市の方と、イロハが帰っていった方を交互に眺め、わずかに首を傾《かし》げる。

腑に落ちぬ、という感想である。それを、次に廉太郎が不在になった時に、作次郎に話した。

狭い小屋で、膝を突き合わせる。

「廉太郎は、始めから廉太郎じゃったか」

「どういうことですか」

「おさな名は何という。六歳の時には廉太郎と呼ばれていたが、それより前は何という名じゃった」

「私が奉公に上がった時にはもう廉太郎さんでしたから、どうでしょう。旦那様なら御存知でしょうが」

巌流は顎に手を当て思案した。町人は、元服時に名を変える場合、変えぬ場合、両方ある。元服時の

改名は烏帽子親《えぼしおや》から一字を貰う習わしであり、何がどうあれ烏帽子を被らぬ身分の者には、原則的には縁のないものである。ところが町人も元服を機に名を変える場合があった。仮親《かりおや》を頼む風習は武家や公家と同じであり、その仮親を烏帽子親だと言い張って、武家や公家のように名を改めるのである。そういう場合もある、というだけで、名を変えぬこともあった。そのため町人は、子供に対し、大人になっても使える名前を始めから与える場合がある。武家の子のように、何とか丸とか、何々千代といった幼名があるとは限らないのである。

別れ際にイロハが言った「ジュンちゃん」が幼名だとしたら、彼女は巌流よりも前に廉太郎と知り合っていたことになる。それはつまり、廉太郎が思い出せなくなっている火事以前の廉太郎を知っている、ということである。しかしその場合、廉太郎はイロハを忘れているはずであり、二人が知り合いとして落ち合っているのは辻褄が合わない。廉太郎の警護役を任されて以来、巌流が知る限り、赤間関ではイロハと廉太郎は出会っていないのである。

逆か、と思い付く。

「イロハ殿の実家で、元服して名が変わったのか」

巌流が呟くと、作次郎の顔から血の気が引いた。庄右衛門の認めぬ娘を嫁にするどころではない。庄右衛門の与《あず》り知《し》らぬところで婿に取られたも同然である。

「一大事ではございませぬか」

「言ってみただけじゃ」

「それしか辻褄《つじつま》が合いませぬ。先方と話をし、取り返さねば」

思い付いたことを言ってみただけの巌流は、作次郎の狼狽ぶりに多少困惑した。もう少し考えてみれば、思い付いた話もどうも嘘臭く感じられる。イロハの父は五日市で活動する商人であり、それが仮親となって元服したのであれば、そのことや廉太郎の新たな名についてはこの辺りでは風聞になるはずである。作次郎も巌流も聞いていない以上、巌流の思い付きは外れていると考えるのが自然だった。

「落ち着け。まずは廉太郎と話してからじゃ」

「話すのですか」

「もう大人じゃ。知らぬところで自分のことを話されては、あいつも気分が悪かろう。大人同士の話をすればいい」

この日、夕食の後、巌流は廉太郎を座らせ、三人で話をした。

「イロハ殿とは、どういう女子じゃ」

三人の膝が突き合うなり、巌流は訊いた。あまりに単刀直入だったため、作次郎が驚いてしまう。廉太郎も目を丸くしたが、すぐに落ち着いて答え始めた。

「私のことを、知っているそうなのです。四つ五つの頃、私が忘れてしまった頃の私をです。その頃、私はこの辺りにいて、イロハ殿とよく遊んでいたそうなのですが」

「それはおかしくありませんか。廉太郎さんは赤間関で生まれ育ったはず」

作次郎が挟んだ言葉に、ええ、と頷き、廉太郎は続ける。

「そうなのです。私はここにはいなかったはずなのです。私はイロハ殿をイッちゃんと呼び、イロハ殿は私をジュンちゃんと呼んでいたとイロハ殿は。しかし、どうして私がジュンちゃんなのか、私には

さっぱり」

「ならば別人じゃろう。四つのジュンちゃんと今のおぬしが似た面差しをしておるだけで、イロハ殿が思い込んでおるのではないのか」

「私もそうだと思っていたのですが、イロハ殿と話していると、何となくこの辺りの景色を前から知っていたような気になるのです。ここで初めて声を掛けられた時も、何かこう、懐かしいような気がして。イロハという名も、胸に温かく響いたのです」

「まやかしです。それは色呆《いろぼ》けと申すものです。そのようなことで何となさいますか。赤間関では、旦那様や店の者たちが、廉太郎さんが一人前になって戻ってくるのを今か今かと待っているのですよ。それなのに、女子に現《うつつ》を抜《ぬ》かすなど」

それは言い掛かりだろう、と巌流は思う。廉太郎は色気づいたわけではない。女子に会いにいっていると言うよりは、昔の自分を訪ねているつもりなのだろう。

しかしそれだけだろうか、と巌流は気になっていた。廉太郎は早熟な人間である。見た目よりも、ずっと歳を取っていると思って相手をせねばならない。

「作次郎殿」

と呼び掛け、肩を一つ叩く。作次郎は巌流に顔を向けた。

「一度戻り、庄右衛門殿のお考えを仰ごう。廉太郎は間違わずとも、醜聞《しゅうぶん》が立つやもしれぬ。いっそ、そのイロハ殿を赤間関にお迎えした方が、丸く収まるやもしれぬ」

「廉太郎さんだけ、残していくのですか」

「ああ。いって戻ってくるだけじゃ、そんなに空けるわけではない。それくらいの間は、一人でも問題なかろう、廉太郎」

「はっ、留守はお任せ下さりませ」

「よし、では明朝発つぞ」

明朝、本当に二人は発った。ところが、巌流は途中で引き返す。作次郎は単身で赤間関を目指した。別れ際、巌流は作次郎の両肩を掴んで、懸命《けんめい》の時がきた、と言い聞かせた。

「よいか。戻ったら、それがしから言付けじゃと言って、必ず庄右衛門殿と二人だけになって、お伝えしてくれ。廉太郎が思い出した、それだけ言えば、庄右衛門殿はわかるはずじゃ」

「何を、思い出したのです」

おそらくすべてじゃ、と思っているが口にしない。

「よいから、それだけ伝えてくれ。庄右衛門殿にとっても、廉太郎にとっても、一大事じゃ。頼むぞ」

今度こそ巌流の考えは当たっていた。イロハが廉太郎を見掛けたのは偶然かもしれないが、彼女が一目で気が付いたのは二人の仲が良かったからだろう。廉太郎は幼少期、確かに五日市でイロハと頻繁に遊んでいた時期があるはずである。その記憶を火事で失っていたのだが、イロハと再会し、話を重ねるうちに取り戻したのだ。蘇った記憶はそれだけではない。廉太郎は彼自身が何故「ジュンちゃん」なのか、もう理解しているはずである。彼は本来「ジュンちゃん」だった。火事の後、廉太郎になったのである。つまり、すげ替えられた。本当の廉太郎は火事で死に、生き残った「ジュンちゃん」が廉太郎にされてしまったのである。やったのは、庄右衛門だろう。

巌流は駆けた。ここ数年、常に胸の中にあった思いが、いっそう強くなっている。

廉太郎を、守らねば。


土手の上に、廉太郎は立っていた。イロハと会う時の土手である。今日は下りずに、道に立っていた。向かい合って、もう一人立っている。赤間関で庄右衛門に斬り付けた牢人である。そして廉太郎の小太刀に敗北した牢人でもある。廉太郎が居場所を探り出し、呼び出したのだった。

牢人は廉太郎の立ち姿を見ながら、確かめるように何度も視線を上下させている。

「真《まこと》に、忘れておったのか。いや、よい。思い出せたのなら、何も言うまい。よう戻ってくれたな、淳之介」

牢人は血走った目を潤ませている。ひび割れたような声を震えさせながら、両手を前に出して、廉太郎に歩み寄った。

廉太郎は目を伏せていたが、決心して、牢人の顔を見る。廉太郎は、泣き出しそうな顔をしていた。泣かぬように堪えている。

「戻れませぬ。私は、廉太郎なのです」

「何を言う。お前は淳之介じゃ。それを、庄右衛門の奴が」

「育てて下さりました」

「違う。奴はお前を騙《だま》したのじゃ」

「父上」

振り絞るように呼んで、廉太郎は唇を嚙みしめた。その口元が大きく震えている。泣き声が漏れぬよう、必死に嚙んでいた。

「淳之介、苦しむな。もう苦しまずともよい。俺がついておるぞ」

「それが苦しませておるのじゃ、わからんか」

二人は目を見開いて声のした方を向いた。廉太郎の後ろから、巌流が歩いて向かってくる。まず牢人を見て、それから廉太郎を見た。廉太郎は斜め下に視線をやって目を合わせない。合わせられない。

「誰じゃ、お前は」

「巌流と申す。廉太郎に剣術を教えておる。元服の剃刀親もそれがしじゃ」

横まできて立ち止まり、大きな手のひらを廉太郎の頭に乗せた。

「廉太郎、おぬしは、この御仁に会ってどうするつもりじゃ」

「私は、店を継がねばならぬので、別れの挨拶をと思い」

「それはならんぞ、廉太郎。こやつは斬っておかねば、いずれ面倒になる」

頭上の手を払い、廉太郎は巌流を見上げた。怯《おび》えるような目をしている。巌流は冷たく見下ろしていたが、まるで相手にしないように視線を外して牢人を睨んだ。打刀《うちがたな》の黒柄《くろづか》を握っている。

「おぬしは廉太郎の邪魔じゃ。悪いが、死ね」

巌流は抜いた。

廉太郎は牢人の前に滑り込み、抜刀する。

「父上、お逃げ下さりませ」

激昂《げっこう》したように、巌流は怒鳴った。

「おぬしの父は庄右衛門殿であろうっ」

廉太郎は歯を食いしばり、巌流の眼を睨む。気圧《けお》されぬよう抗《あらが》っているのが、巌流には手に取るようにわかった。

「どちらも父にござりまする。万に一つも勝てないことを、廉太郎の心身はよく知っている。

「どちらも父にござりまする。あなたも、私には父にござりまする。だから苦しんでおり申した。今も、苦しんでおりまする。息子をなぶって、楽しいのですかっ」

「退《ど》けっ、廉太郎。そやつを斬って、俺は失《う》せる。おぬしは庄右衛門殿の下へ帰れ。それが一番なのじゃ」

「私は親を見捨てたりしない。そのようには、どの父からも育てられていない。先程から、太刀を握って怒鳴るばかり。それで私が臆するとお考えか。私は巌流の弟子、廉太郎。虚仮威《こけおど》しは通じぬ。退かせたければ、その太刀でやってみては如何か」

なるほどこやつは、俺の弟子じゃな。

巌流は踏み込んだ。左肩で廉太郎の身体を弾《はじ》き、よろけたところへ振り下ろす。稽古では見せたことのない速さであり、廉太郎は後ろ向きに倒れながら顔の前で刃を横にした。振り下ろしを受けるつもりでいる。

巌流は振り下ろした。刀身の砕ける音に、肉の斬られる音が続く。撒き散らしたように、土手の上を鮮血が染めた。刃の折れた太刀を捨て、牢人は脇差しを抜いた。袈裟斬りされており、出血が続いている。牢人が廉太郎を庇《かば》っていた。

「逃げよ、淳之介。逃げるのじゃ」

「父上」

「逃げよ」

巌流は斬り上げる。今度は廉太郎が前に出て受けたが、巌流の刀が上へ去った時には、廉太郎の刀にひびが入っていた。

教えられたように、瞬時に判断する。本差しを捨て、脇差しを抜いた。小太刀を握った廉太郎が、巌流の懐《ふところ》に飛び込む。

巌流は右手に刀を持ったまま左手で小太刀を抜き、廉太郎の小太刀を弾き飛ばした。その一瞬だけで、巌流の小太刀は鞘に戻る。

素手になった廉太郎の身体が、巌流の懐に残った。廉太郎の背中の上で、巌流の本差しが素早く回る。握り直し、背中を串刺しにしようとしていた。

廉太郎は倒れ込む。背中に、牢人が覆《おお》い被《かぶ》さっていた。まだ流れ続けている血が廉太郎の衣に染みて、背中に熱を感じさせた。実父の血だとわかっており、俯《うつぶ》せの廉太郎は両手に土を握りしめる。

「わかった、死ぬ。俺は死ぬ。だから淳之介は助けてくれ」

「父上」

「頼む、頼む」

巌流は納刀した。重なって倒れている二人に背を向け、歩き出す。

「帰るぞ、廉太郎。もたもたするな」

牢人は廉太郎の上から離れた。自分の傷には構わず、廉太郎を立たせて、土を払ってやる。無言で二度頷き、巌流の方へ押し出した。

泣くのを我慢しながら、廉太郎は歩いていく。

巌流が立ち止まった。振り返り、牢人を見る。牢人は廉太郎をじっと見ている。目に焼き付けようとしていた。

「こやつは、赤間関の商人、廉太郎じゃ。誰と間違ったか知らぬが、もう構うでない」

巌流の横で廉太郎が振り返る。元服し、大人になっているが、十四歳の少年である。大切に、大切に、胸にしまうように、牢人は見詰めた。

「参るぞ、廉太郎」

巌流が再び歩き出した時、牢人は大きく息を吸った。

「廉太郎殿っ、達者で。達者で」

深くお辞儀をして、廉太郎も背を向ける。眉間に力を入れ、唇を噛みながら巌流に遅れぬよう歩いた。

土手に膝をつき、牢人は見送る。廉太郎はもう、振り返らなかった。

廉太郎は赤間関に戻った。五日市へは別の者が遣わされ、作次郎とともに働いている。

庄右衛門の下で、廉太郎は鍛えられることになった。とは言え、十四とは思えぬほど場数を踏んでいる。安芸では三人だった。商いのできぬ巌流を除けば、作次郎と二人で、何事にも対処していた。

頼もしい、と店の者たちは口を揃える。働き過ぎを叱られることがあるほど、廉太郎は商いに打ち込

んだ。

根《こん》を詰《つ》め過ぎたかもしれない、と思い、廊下に出た。廊下は中庭に面している。そこに座って庭を眺めた。

ここで、初めて木刀を握ったなあ。

庄右衛門がやってきて、隣に座る。廉太郎は背筋を伸ばし、深く息を吸った。

「父上」

「どうした」

「思い出した中に、お伝えせねばならぬことがございます」

「何だ」

「あの火事の日、私たちはここの蔵で遊んでおりました」

「ああ」

「レンちゃんはいつもよい着物を着ていて、ぼろ一つしかない私は常々羨ましかったのです。あの日、いいなあっと言ったら、レンちゃんは、取り替えて遊ぼうと」

廉太郎は泣き始めた。泣いたまま続きを話す。

「あの日、取り替えていなければ、最初に助け出されたのはレンちゃんだったはずです。今ここにいたのは、私ではなく」

庄右衛門は廉太郎の肩を抱き寄せる。廉太郎は続けた。

「私が、レンちゃんから奪ってしまった。すべてを、私が」

庄右衛門は抱き締めた。その腕の中で廉太郎は泣いている。抱き締めながら、庄右衛門はゆっくりと首を振った。

「私はそう考えておらぬ。あいつが、お前を残してくれたのだと考えておる。確かにあの日、蔵に飛び込んだ私は、火の手と煙で目がよく利かず、着物を見て助け出す順番を決めた。だが、お前の考えているのとは違う。お前を助け出したのは、最後だよ」

腕の中で、廉太郎の身体がびくっと震えた。

「倅《せがれ》と思い、最後にした。そうしたらお前だった。最後に助けたお前だけが生き残った。あいつがわたしに、残してくれたんだと思い、手放すことができなかった。すまなかったなあ、廉太郎」

「父上」

廉太郎は庄右衛門の胸に顔を埋めた。声を出さぬように泣いていたが、堪えきれなくなり、号泣する。どれくらいそうしていたか、廉太郎はわからない。店に戻ろうとした時、泣き疲れて上手く立ち上がることができなかった。よろけてしまい、庄右衛門に笑われる。

「剣術をしているようには見えぬな」

「お恥ずかしい。これでは、巌流様に叱られてしまいまする」

「巌流殿は、豊前に渡った頃かのう。残ってもらいたかったのだが、いってしまわれたな」

二人は中庭を見た。ここで素振りを始めた時、廉太郎は六歳だった。もう八年も前になる。廉太郎は十四歳になった。巌流は三十四歳になっている。

庄右衛門の下を去り、九州に渡っていた。

第八章　丸目長恵

永禄十（一五六七）年の京。巌流はいない。彼は庄右衛門の下にいる。その頃の京である。丸目《まるめ》長恵《ながやす》は上泉信綱《かみいずみのぶつな》の門下になっていた。新陰流を学んでいる。歳は若かったが、達人揃いの上泉門下にあって抽《ぬき》んでた剣士になっていた。

信綱は新陰流の普及に努め、それにまつわる話がいくつか伝わっている。仏閣に新陰流を自讃する高札を立てたとか、将軍足利義輝の御前《ごぜん》で技を披露して感状《かんじょう》をもらったとか、その類いの話である。後者についてはおそらく捏造《ねつぞう》だろう。上杉謙信の陪臣《ばいしん》だった信綱は、守備する箕輪城《みのわじょう》が武田信玄に落とされたのを機に上洛しており、その年は永禄九年である。足利義輝が三好や松永に攻められて自刃《じじん》したのは永禄八年であるから、信綱が入京した時点で、義輝はもうこの世にいない。義輝の御前で信綱が新陰流を披露することは不可能である。作り話であろう。作り話なのだが、この話で興味深いのは、将軍の御前で信綱が武芸を披露する際、相手を務めた人物である。

丸目蔵人佐長恵《まるめくらんどのすけながやす》。

長恵である。信綱の門下であれば、他にも名のある者がいたはずだが、この話では長恵が師とともに

将軍から感状を賜る栄誉に浴したとされている。実はその感状が、代々丸目家に伝わっているという。長恵がもらった感状であるから、長恵の家に伝わっているのは自然なことなのだが、述べた通りで、この話は信綱の上京した年と義輝の没年の関係から真実とは思われない。

すると感状は偽作なのか。偽作とすれば、長恵が彼自身と彼の流派に箔を付けるためにやった可能性が思い浮かぶが、長恵は永禄九年から十年までは実際に京で信綱の門下だったのであり、この期間に義輝が在世していないことをよく知っていたはずである。こういう感状を作るだろうか。作ったのだとすると、長恵はある意味、非常に剛胆で恐れを知らない性格だったと言えるだろう。

感状が本物だとしたらどのように考えるべきか。永禄八年以前に信綱と長恵が京にいたと考えることになる。長恵はまあいいだろう。彼は永禄初頭に肥後国から上京し、永禄十年に帰っている。永禄八年以前に京にいただろう。問題は信綱である。上野《こうづけ》で箕輪城を守備する傍ら、折を見ては上京して新陰流の指南をし、義輝の御前で武芸を披露するということが可能だったかどうか。つまり箕輪城を取り巻く状況である。そういう二重生活を、信綱が主君長野父子から許されるような状況だったかどうか。

永禄は各地で激しい戦いが繰り広げられた時代であり、信綱の守った上野国（群馬県）箕輪城もまた然りである。この城は、北条氏康《うじやす》、武田信玄、上杉謙信が奪い合った。特に武田信玄の攻撃は激しく、信綱は主君長野業正《なりまさ》・業盛《なりもり》父子とともに懸命の防衛戦を続けていた。彼らは上杉勢である。長野業正は謙信の忠臣として語られることが多く、その反動か忠臣説は近世以降の創作だとも言われるが、事実として、業正は信玄の調略《ちょうりゃく》をはねつけ、上杉のためによく戦った。

箕輪城は政治的にも軍事的にも西上野の中核であり、関東を支配するには、手中にしておかねばなら

ない城である。榛名山《はるなさん》の南山麓に築かれ、城の西側を流れる榛名白川《しらかわ》、南に広がる榛名沼が自然の要害となっていた。この城の重要性は、歴代の城将を見れば想像しやすい。上杉謙信は長野業正に守らせた。永禄九年に武田の城となると、信玄は甘利《あまり》昌忠《まさただ》を入れる。その後も真田《さなだ》、浅利と有力家臣が守り、信長と戦う時には内藤昌豊《まさとよ》が守備についた。徳川家康が関東を抑えると、井伊直政に与えられる。そういう城である。

信綱が長恵とともに義輝の御前で武芸を披露したのが事実だとすると、その時期は永禄八年以前である。箕輪城は名将と謳《うた》われた先代城主長野業正を失い、続く業盛（業正の三男、長男はこれ以前に北条氏との戦いで死んでいる）の指揮で武田信玄の猛攻に耐えていた時期である。

信綱が武芸者まがいの活動のために城の守備を離れて京へいったとは、考えにくい。彼は業盛の下で箕輪城の防衛戦に身を投じていたはずであり、将軍の御前で演武をしていたのではないだろう。

将軍が義輝ではなく、義栄《よしひで》ならば、永禄十年の出来事として辻褄は合うが、伝えられている話では義輝である。剣豪将軍足利義輝に武芸を披露したという、いかにも箔が付きそうな話になっている。

高札を掲げたのは事実らしい。いくつか場所の名前も伝えられており、その一つは愛宕山《あたごやま》である。

行祐《ぎょうゆう》がいる。明智光秀と懇意にしている僧で、頭が切れ、多少口が悪い。その行祐が表に出てきて、高札が掲げられる様子を眺めていた。

下らんなあ、と言いたげな目をしている。

嫌な坊主じゃな、とは思ったが、立場上、長恵は挨拶をした。彼は師信綱の命令で、人足を率いて高札の設置に訪れていた。他の弟子たちも方々で同じことをしている。

「山内《さんない》に高札を掲げまするこ と、お許しいただき忝《かたじけな》い」

下げた頭を上げながら、長恵は行祐の顔を見た。利発そうな、それ以上に生意気そうな顔をしている。

その顔を傾《かし》げて長恵に向け、行祐は慈しむような笑みを見せた。

「いやいや、武芸とはよいものだな。ああ、兵法《ひょうほう》と呼んだ方がよかったか。しかしまあ、こういうものを立てて回れば強くなれるというのは、羨ましい。学問はそうはいかぬものでな」

いい笑顔で言い放つ。嫌みである。長恵は腹が立った。

金子《きんす》を払っておろう、下手《したて》に出ればいい気になりおって。

「剣術というのは、やり合わねばわからぬものでございますれば、こういうものを立てておくのも、まあ無駄な殺生《せっしょう》を避けるための手でござる。僧兵なんぞを抱えておいでであれば、それがしが腕を見て差し上げよう。札の文言がいかに控え目か、貴僧にもご理解いただけよう」

「強いのか」

「多少」

ほうっ、と唇を動かして、行祐は高札を眺める。馬鹿にしているような目元であり、長恵はいよいよ腹が立った。無視して、行祐は口を開く。

「腕が立つのなら、退屈であろう。強い者は皆、都を離れてしまった」

「どなたのことか」

「まずは明智光秀様じゃ。今は美濃におられる。信長公へは拙僧も書状を届けたことがあってなあ、縁《えにし》を感じておる。次は巌流じゃ。ただの武芸者だったが、腕は確かじゃった。西へいったかのう」

愛宕山の僧から巌流の名が出たことに、長恵は驚いた。都の武芸者どもは口々に、疾風《はやて》だ、巌流だ、と言っているが、それ以外の者からは聞かれなかった。巌流に、と言うよりも、武芸者に興味がいなくなって数年で、武芸者の間でだけ語られる人物になっていた。

「それがしは、巌流と仕合ったことがある。確かに強かった」

「勝ったのか」

「いや、分けた」

「あれと分けたのか。ならば腕は確かじゃのう」

こいつ、腹の立つ坊主だが、強い弱いはわかるのか。

「丸目蔵人佐長恵と申す」

「行祐じゃ。あいつの話が聞きたいなら、ここよりもよい場所がある。武芸者どもが出入りしておる店があってな、そこへいけ。拙僧は学問で忙しい。武芸者の相手はせぬ」

行祐は堂に引き上げてしまった。長恵は別に、巌流の話が聞きたいわけではない。強さは既に、実戦で見ている。巌流がどうこうではなく、自分自身を強くしたかった。そのために上京したのである。

翌、永禄十一（一五六九）年、織田信長は足利義昭を奉じて上洛する。光秀も入京する。以後、行祐は光秀と親しい関係を続けた。後の本能寺の変、その直前に光秀が設けた連歌の席に行祐がいる。光秀の次に詠んだ。光秀と比べると、だいぶ下手な歌である。頭は切れるが、文芸の才には恵まれなかったらしい。

永禄十二年になった。新陰流の相伝《そうでん》を授けられた長恵は肥後に帰っている。彼が九州に新陰流を広めた。だが、その新陰流に疑問を抱き始めている。武芸とは、詰まるところ実戦で敵を屠《ほふ》るための技術だ、と長恵は考えている。この考えと、新陰流とが一つになれない。

新陰流は戦国武人の上泉信綱が開いた流派であり、その点では間違いなく戦国の武芸、兵法である。だが長恵には、無駄があるように思えるのだった。例えば、竹刀《しない》である。信綱が考案したもので、後の四つ割り竹刀と区別し、袋竹刀《ふくろしない》と呼ばれる。割った竹を束ねて袋を被《かぶ》せたもので、信綱はこれで稽古をさせた。怪我をさせぬためである。怪我をさせぬように作られた得物《えもの》で打ち合うのだから、どちらかが動かなくなるということはなく、勝敗は判定によってのみ決する。袋に縫い目を付けて、ここまでが刃である、と仮定して打ち合わせるのだが、これがどうも性分に合わない。

木刀では駄目なのか。

と長恵は考えてしまう。戦闘技術の錬磨をしているのであり、その過程で怪我人が出ることを、どうして忌諱《きい》するのかが彼には理解できなかった。死人が出ても構わない、というのが長恵の考えであり、怪我人などは、気に掛けたこともない。

そもそも、と長恵は思う。

ここからここまでが刃、ということにどれだけの意味があるのか。柄《つか》で殴ろうと、鞘《さや》で叩こうと、それで敵を撲殺《ぼくさつ》できればいいのであり、必ずしも斬殺《ざんさつ》に固執する必要はない。仕留めることができるのならば、素手で殴っても構わないはずである。

さらに長恵を戸惑わせたのは竹刀の規定である。形状はまあどれも似たようなものであるが、長さや

色をわざわざ定める意図が理解できなかった。

実戦で選べるのは己の得物だけだ、敵のは敵が勝手に選ぶ。

そう考える長恵には、竹刀の規定は邪魔でしかない。決められた通りの得物としか稽古しない者が、実戦で働けるとはとうてい思えなかった。

始め長恵は、自身が無知なのだと信じた。修めればわかるようになるはずだと己に言い聞かせて稽古し、一年で新陰流の相伝を授かったのだが、肥後に戻って教える側に立ってみると、いよいよ合点がいかなくなってしまった。

この剣術は、稽古のための剣術じゃ。いや、もっとひどい。公家のやるお遊戯と同じではあるまいか。実はこのお遊戯らしさこそが、新陰流が近世剣術として興隆する要因なのだが、長恵にはただの甘やかしにしか見えない。

怪我をさせぬように工夫し、一定の規則の中で剣術をさせるという考えを、信綱は持った。信綱自身は戦国の武人である。彼の人生は北条や武田を相手にした戦いの連続であり、実戦云々については長恵にとやかく言われるような経歴ではない。箕輪城は業正と業盛二代にわたって、十年近く武田信玄の攻撃に耐えた。特に業正は、信玄を六度退けている。名将業正亡き後ならばと攻めてきた時も、業盛はこれを撃退した。最後、信玄は城を落とすのではなく、国を切り取る決意で攻め掛かった。兵数は二万と言われている。二万の武田軍に攻められて、なお業盛は戦った。しかし彼我《ひが》の戦力差は圧倒的であり、箕輪城に押し込められてしまう。城からは、見渡す限り武田の赤備《あかぞな》えがひしめいていた。箕輪城は落ちた。業盛は腹を切り、一族も後を追った。業盛は二十三歳だったという。城を落とされ、主家を失い、

信綱は上野を去った。武将ではなく、武芸者として生き直す。上京し、新陰流を開いた。怪我をさせぬよう工夫を凝《こ》らした、規則によって管理された剣術である。弟子に恵まれ、流派は栄えた。信綱は優れた兵法者として崇《あが》められ、都の貴人たちと交わっている。

晩年、信綱は上野に帰った。その後は不明である。いつどこで死んだかは、諸説あって定かでない。この頃の武芸者にはよくあることで、諸説あるだけまだましな部類と言える。

信綱の主家を滅ぼした武田家も、信長によって滅ぶ。その信長も本能寺で死ぬ。上野は徳川家康が支配するようになった。箕輪城は井伊直政の城になる。その井伊家の家臣に、長野業実《なりざね》という男がいた。箕輪城落城時、幼子だったため逃がされた、業盛の甥だという。井伊家中で出世を続けていた。井伊家が彦根へ移った後は家老になる人物で、箕輪時代はその栄達の途上である。信綱の魂は、業実の側へいこうとしただろうか。彼の没年は定かでないが、一説では天正十（一五八二）年とされる。武田氏滅亡を見届けた信綱の魂は、武芸者から戦国武人へと戻ったのかもしれない。あるいは武芸者だった時間、新陰流の開祖として持《も》て囃《はや》された時間が、彼にとっては仮初《かりそめ》だったろうか。彼が何を思って都を去ったのかは想像しようもないが、端《はた》から見れば武芸者として成功した信綱は、自ら去るようにしてその輝かしい栄華の中から消えた。その瞬間にこそ、彼自身が認めた彼の生きた価値があるはずだが、それはもう、信綱本人にしかわからない。

こういう信綱の人生のほんの一年だけ、長恵はともに過ごした。長恵から見た信綱は新陰流の師である。新陰流がどのようなものか、ということでのみ、長恵は師信綱を見ることができた。新陰流に、長恵は疑念を抱いている。

だいたい竹刀は軽すぎる、あんなものを振って、何の稽古じゃ。

長恵は新陰流の指南をやめた。彼の考える、実戦で役に立つ剣術を体系化することにした。結果から逆算して組み立てていく。つまり、敵を屠《ほふ》るところから考え始め、どういう屠り方があり、そのためにはどういう技術が必要で、それを可能にするためにはどのような稽古が望ましいかを考えた。

タイ捨流《しゃりゅう》という、新陰流とは似ても似つかない流派が編み出される。地形を選ばぬ肉体操作、徒手空拳《としゅくうけん》と剣撃の融合、空中での得物の駆使、どれも近世の道場剣術とは相容れないもので、紛《まご》うかたなき戦国の武芸であった。要するに、戦闘技術である。徹頭徹尾、眼前の敵を殺すための技術で構成されていた。

これだ、と長恵は確信する。

天下に普及させるべく、早速弟子を募り始めた。


豊前国小倉に巌流はいた。門司よりはやや南だが、豊前の中では北の端と言っていい場所である。庄右衛門の下を去った巌流は馬関海峡を越えて門司に上陸し、そこから少し南下して小倉に居着いた。毛利の領国ではあるが、毛利の領民だという意識の希薄な人々が住んでいる。門司城を巡って毛利と大友が争った時期には、大友の雑兵《ぞうひょう》として戦った者たちもいた。両家が講和しているとは言え、わだかまりは多分に残っている。

門司城を巡る戦いに参加した雑兵たちの中には、巌流を覚えている者もいた。他に見ないような長身で、大太刀を背負っており、その姿が視界に入れば、忘れかけていても記憶の底から蘇った。

蘇るのは戦場での巌流である。手当たり次第に大太刀で斬り掛かる獰猛《どうもう》な姿であり、思い出せば、顔は強ばり、仕草はぎこちなくなった。吐く者もいる。そういう者たちは、あの戦《いくさ》に出ていて、しかも巌流が見える場所で働いていた、ということである。

俺を知っとるな、と思うと、巌流は近付いて話し掛けた。

「あの戦で、長恵という武芸者に会った。あれがどこの男か知らぬか」

話し掛けられた男は、身体を折って吐き始めた。脳裏に、大太刀を取り回す巌流が蘇っている。大太刀は神速で唸った。一つ唸るたびに人の身体を裂き、臓物を撒き散らした。その光景が、鮮明に蘇っている。敵として戦った者にとっては悪い夢のようなもので、彼らは皆、一日も早く巌流に小倉を去ってほしいと願っていた。

「大丈夫か、しっかりせい」

腰を屈《かが》めて背中を擦《さす》ってやるのだが、巌流に触られて余計に身体の調子が悪くなる。吐きながらの苦しい声で、

「くるんじゃねえ、あっちへいけ」

と男は言った。遠巻きに見ている者たちも、どうして巌流がここに居着いているのか、まるで納得できない、理不尽に晒されているような気持ちでいた。

巌流には理由がある。長恵と仕合いたかった。そのためには、長恵の情報が必要で、それを集めるには小倉がいいと考えていた。毛利と大友の雑兵が混ざっている土地である。門司は毛利に偏りすぎていた。彼は小倉に空き家を見付け、住み着いている。毎日そこから出掛けては、長恵の居場所を探った。

聞いて回れば、情報は集まる。しかし得られた風聞は、巌流を混乱させるものだった。

都で修めた新陰流を九州各地で指南しているのが長恵ではないかという。あり得る話だと巌流は思った。別の風聞では、肥後でタイ捨流という剣術を広めようとしているのが長恵ではないかという。聞いたことのない流派であった。こういうものもある。肥後の相良《さがら》家の家中に丸目蔵人佐という者がいて、主家の許しを得て剣術修行に出ているらしい。その蔵人佐の名が長恵というのだそうだ。

修行中なのか自分の流派を開いているのか、武芸者なのか相良家中なのか、肥後にいるのか九州各地を飛び回っているのか、よくわからない。

タイ捨流とはどういう剣術か、と聞いて回っても、よくわからない。強いらしい、とか、袈裟斬りが得意らしい、という雑な情報しか入ってこなかった。長恵は強いし、袈裟斬りもするだろう。

そのまま小倉にいると、タイ捨流の噂はどんどん膨れ上がっていった。その強さは、天下無双だという。

そこまでの剣ならば長恵でなくとも構わぬ、と巌流は思った。逆に風聞を撒き散らす。

「俺には勝てまい。勝てると思うなら、そのタイ捨流とやらの使い手は小倉にこい。この巌流が斬り伏せてくれる」

そう触れて回った。小倉中を歩き回り、いく先々でそう豪語した。およそ武芸者と関わり合いのない場所、例えば女物の小物を商う店にも入り、タイ捨流の使い手をどのように斬り倒してやるかを大声で話した。店は迷惑である。店の者に銭を握らされ、外に出された。

「そういうつもりではない」

銭を返そうとしたが、

「やるから、もう入ってこないでくれ」

そう言われると、無理に押し入ることはできない。隣の店に入り、同じことをした。

タイ捨流の強さが噂になるほど、巌流は張り合うように小倉を練り歩く。

あの武芸者は死にたいのか、と小倉で噂になった。かつての大友の雑兵たちは、巌流が死んでくれるのならありがたいと思い、自発的に噂の拡散に一役買った。それが巌流の知るところとなる。連中が純粋に好意からそうしてくれていると思い込んだ巌流は、彼らを引き連れて大店《おおだな》の旦那衆が出入りする料理屋に入り、この頃には珍しい、畳の座敷を占拠した。

男たちは萎縮《いしゅく》している。彼らは足軽以下の者たちであり、拾い食いをすることはあっても、料理屋で食事をするなど夢にも見たことがなかった。巌流だけが堂々としている。

店主が現れると、巌流は懐から巾着《きんちゃく》を出して畳に置いた。赤間関《あかまがせき》を去る時、庄右衛門がまとまった額を持たせてくれており、その一部である。巾着は太っているが、所詮巾着である。中に入る量は高が知れていた。銭が入っていると思った店主は訝《いぶか》しげに紐を解く。

中を見たまま、固まってしまった。

「足りぬか」

と巌流は訊く。店主はぎこちない動きで顔を上げ、首を横に振った。もう一度巾着の中を見る。銀が詰まっていた。庄右衛門は銭ではなく、銀を扱うところまで盛り返していた。

「めっそうもない。いえ、あの、お代の分だけ、計って頂戴致します」

「うむ。飯と酒を頼む。皆の衆、遠慮せずにやってくれ。天下一の武芸者巌流が、タイ捨流を蹴散らす前祝いじゃ」

酒が入ると、男たちはドンチャン騒ぎを始めた。

兵法は巌流が天下一。タイ捨流など何するものぞ、と昼間から大はしゃぎした。巌流は男たちを引き連れて二軒三軒と梯子し、その様子を耳目に晒した。これに類したことを続けながら、巌流はたまに男たちを連れてそこそこの店に入り、酒を呑ませて風聞を撒き散らした。男たちにとっては、憂さを晴らすほとんど唯一の機会になっていた。

男たちはすっかり巌流に懐《なつ》く。暇があればやってきて、何かやることがあるかと聞くようになった。触れて回ってくれ、と巌流は頼んだ。そのうちに、この努力が実を結ぶ。

「旦那あっ」

と男の一人が、巌流の小屋に飛び込んできた。タイ捨流の連中がやってきたと言う。連中、と言うからには一人ではない。巌流は口の両端を持ち上げ、駆け出していった。

「巌流とかいうのは、おぬしか」

他より一つ前に出て頭立《かしらだ》つ男は、眉を顰《ひそ》めて巌流を見上げている。小倉の町外れ、野辺で向かい合った。全部で五人いる。三十前後の歳をした、いずれもいい面構えの、よく鍛えられた剣士のように見えた。

「それがしが巌流じゃ。おぬしらが天下無双かどうか、確かめてみたくてのう」

巌流は腰の刀を抜いた。大太刀は背負ったままにしてある。刀の切っ先を、頭らしき男の顔に向けた。口元は笑っているが、眼は鋭く冷たい。

「手出し無用じゃ、下がっておれ」

男も抜刀する。少し睨み合い、同時に踏み込んだ。二つ打ち合って、巌流はいささかがっかりする。

こんなものか。

巌流は男の刀を弾《はじ》き飛ばした。喉元に刃を置き、睨み付ける。素手になった男は、喉を庇《かば》わず、巌流の刀を奪おうとする。巌流は柄から右手を離し、男の顔を殴った。剛力で振り下ろすような一撃であり、男は気を失って倒れる。後ろに控えていた四人が響《どよ》めいた。それを見渡しながら巌流は納刀する。

「おぬしらの流派に長恵という男がおるか。おるなら小倉へこいと伝えてくれ。仕合いたいのじゃ」

返事を待たずに巌流は引き上げた。

四人は倒れた男に駆け寄り、起こそうとする。意識は戻らないが、息はしており、担いで帰っていった。

半月後、小倉に一人でやってきたのは長恵ではなかった。どう見ても元服したての、十代前半の少年であり、それが自ら聞いて回って巌流の小屋までやってきた。

戸口で向かい合った時、巌流は思わず表情を曇らせてしまった。長恵ではない、と落胆したのである。

色白で、身体も細く、背も人並みである。身なりが良く、上品な顔立ちをしている。大事に育てられた少年のようにしか見えない。違うとすれば、腰の得物だった。本差しは反《そ》りの強い野太刀《のだち》、脇差しはこの時代にあまり見ない直刀《ちょくとう》の長脇差しである。個性の強い形状の本差しを二本携えているようであっ

た。使いこなすのだとすると、技の手数は多そうであるが、如何せん、若すぎる。

「巌流と申す」

名乗って一礼する。すると少年は機敏な動作でお辞儀をした。

「蔵人佐様《くらんどのすけ》の門弟、藤井続長《ひでなが》と申しまする。先だっては我が流派の者どもが大変なご無礼を働きまして、真《まこと》に申し訳ございませぬ。我が師との仕合をご所望と伺いましたが、あいにく他国に出ておりますれば、この続長めがお相手を務めまする。それがしは小倉に留まり申すゆえ、お支度が調《ととの》いましたら、お声掛け下さりませ」

きびきびと言い終えると、生真面目そうな足取りで去っていった。その背中を見送りながら、どうしたものかと巌流は考える。

本人は大人のつもりなのだろうが、巌流から見れば子供である。それと仕合うかどうか、決めかねた。勝っても名折れになるのではないか、と思われるのである。

翌日、巌流は続長が宿としている寺を訪ねた。続長は顔を明るくして腰に二本差し、転がり出るように現れる。

「早速のお声掛け、嬉しゅうございまする。何処《いずこ》で仕合いまするか」

「いや、今日は仕合わぬ。飯でもともにと思うてな。長恵の話も聞きたい」

目に見えて、続長は落胆した。それでも巌流について町に出、飯屋に入った。向かい合って座り、飯を食う。続長は仕合いたくて仕方がないという素振りである。話しを聞くと、師である長恵にも仕合を申し込んでいた。長恵が応じてくれず、それが不満らしい。師の不在に巌流の伝言が届き、肥後からや

ってきたという。無論、長恵はこれを知らぬであろう。

これは、肥後に帰した方がよかろう。

と巌流は思った。多感な年頃の続長を刺激せぬよう、言葉を選んで帰国を促した。

「それがしは一度、長恵と仕合っておる。その続きを望んでいるのであって、誰でもいいから仕合いたいと申しておるのではない。巌流が仕合いたいと申しておると、伝えてもらえぬか」

箸を持つ続長は、悲しそうな視線を椀の中に落とした。

豊前まできたのに、という無念が細い身体から溢れ出ている。師への伝言を預かることになった続長は、とぼとぼと帰路についた。町を出るところまで、巌流は見送ってやる。

「では」

と寂しそうな声で言って、南へ向かう。

そこへ、殺気立った男たちが現れて、続長は足を止めた。巌流は、ゆっくりと歩いて続長の隣に立つ。

男たちは十人前後いた。

「巌流とはおぬしか」

という言葉で始まったやり取りで、男たちがタイ捨流の者だとわかった。長恵は九州各地を教えて回っていた。彼の意識は一点、戦闘技術としてのタイ捨流を仕込むことに傾注《けいちゅう》されていた。一門を統制しようという気はまったくない。巌流の撒いた風聞に接すると、気の短い者たちは勝手に連んで豊前を目指した。ある意味、実に戦国の武芸者らしい者たちである。今後も、こうした連中が九州各地から集まってくるだろう。

続長は説得した。師への伝言を預かっていること、徒党を組んでの襲撃は流派の名を汚すこと、そういうことを、少年らしからぬ理路整然とした言葉で説いた。が、男たちもわざわざ他国からやってきている。子供に諭《さと》されて帰ったりはしない。理非を論じる続長に対し、男どもは口々に怒声を浴びせ、終《しま》いには、退《ど》かなければ同門であっても斬るとまで言った。男たちの怒声は止まない。

続長は唇を噛んで男たちを見渡し、説き伏せることが叶《かな》わないと見ると、体格からは想像できない大声を発した。

「黙れっ。タイ捨流の面汚《つらよご》しどもがっ。我が師蔵人佐の名に懸けて、貴様らはこの続長が斬るっ」

続長は野太刀を抜いた。低い姿勢で駆け寄り、左右続けて袈裟斬りする。その太刀行きが速い。剣線《けんせん》が同時に見える。野太刀を、続長は巧みに操った。反りが強く、連撃《れんげき》に向いている。それを身体の近くでしならせるように振りながら、次々と男たちに向かっていった。

最初の、ほんの一瞬だけ、巌流は助太刀をと思ったが、すぐに思い直した。見てみたい、という気が勝ったのである。

身体の操作が面白かった。続長の体格には、彼の野太刀は大き過ぎる。だがそれを、右腕一本で完全に使いこなしていた。振るだけの力がついているのは間違いない。だが続長は、野太刀に振り回されるような動きを挟《はさ》んでいた。故意にそうしている。運動の軸が二つあった。続長を軸に野太刀が動く場合と、野太刀を軸に続長が動く場合がある。後者はさらに、野太刀が遅れて斬撃《ざんげき》し、相手の拍子を外す場合と、左手で殴ったり目潰しをする場合とに分岐した。

もう五人斬っている。

残りに向けて続長は突進する。相手に一人、野太刀をいなせる者がいた。二度防がれ、軸を変えてもついてくると見るや、続長は野太刀を離して脇差しを抜いた。直刀の長脇差しで、彼の体格にすれば本差しでもいい長さである。

持ち替えた途端、動きが変わった。それまでの回転を使った動きから、直線を切り返す動きになる。別人に入れ替わったように、まったく別の動きをした。得物が軽くなった分、より速く動く。瞬《また》く間《たま》に、残りを始末した。

二本を鞘に納めた続長は肩で息をしながら巌流に駆け寄り、同門の非礼を詫びた。

巌流はもう、それについてはどうでもよくなっている。

「続長殿」

少年の細い両肩を摑み、今晩も小倉に泊まるように言う。明日にでも仕合いたいと言うと、続長は少年らしい、輝くような笑顔になった。顔に返り血を浴びている。血の臭いをさせながら、続長は無邪気に礼を言った。

巌流と続長は町を離れ、人目につかぬ野辺で仕合うことにした。

二人とも小袖袴《こそでばかま》で、具足は付けていない。巌流は腰に打刀《うちがたな》と小太刀、背中に大太刀の、いつもの得物である。続長は野太刀と直刀の長脇差しだった。

続長はまだ幼さを残した愛嬌のある顔で、腰の柄を交互に触り、どちらから抜くか考えている。命が懸かっているという認識がないように見えるが、腕はある。昨日の立ち回りを見る限り、相当にできる。

あれほどの技量がある以上、武芸者として場数を踏んでいないはずはなかった。

命よりも、剣術が大事になっている。元服したての少年が、峠を過ぎて仕官を諦めた武芸者の境地に至っているようで、危うさがある。この危うさが、追い込まれた時にどういう剣を見せるのか、巌流は引き出してみたかった。

打刀を抜き、正眼に構える。

続長は野太刀を選んだ。

巌流が仕掛ける。振り下ろした。それを途中で振り上げに切り替える。続長は誘われた。振り下ろしを避けたつもりが、避けさせられた。そこへ、居合いのような速さで斬り上げがくる。野太刀で受けたが、弾き飛ばされた。巌流が踏み込んでくるのを感じ、飛ばされながら野太刀を捨て、長脇差しを抜く。続長の着地と同時に、巌流はもう一度振り下ろした。今度は続長は左右には動かない。肩を斬られる覚悟で突進した。巌流の腹に脇差しをねじ込むつもりである。

おかしい。

と続長が思ったのは、肩を斬られないからだった。

巌流は小太刀に持ち替える。打刀は宙に浮いていた。続長の眼が、巌流の右手が小柄《こづか》を握るのを捉える。

押し切れる、と続長は直感した。彼は身体ごと飛び込んで刺突《しとつ》しに掛かっている。今さら小太刀を抜いても急所を逸《そ》らすのが精一杯のはずだった。続長の経験上はそうだった。

巌流の小太刀は見えなかった。見えなかったが、続長は本能的に刺突から防御に転じ、小太刀の連撃

を防いだ。長軀《ちょうく》に似合わぬ素早さで踏み込みながら、巌流は小太刀で攻めた。常人なら一つしか放てない間に、三つ四つと技を重ねてくる。続長は眼で追わず、反射で受けた。それができる才を持っていたが、刀身を砕かれる。

徒手空拳の技に移ろうとした時、巌流の腰に小太刀が戻っていた。

頭上から殺気がのし掛かる。

宙に浮いていた打刀が巌流の右手に握られていた。

斬られる。

と感じても、続長は相討ちを狙う。踏み込んでいる巌流の膝に飛び乗って、喉笛に嚙み付こうとした。

巌流は振り下ろす。直後、後方に飛んだ。飛びながら刀を薙《な》ぐ。刀身のぶつかる音がして、小太刀が弾き飛ばされる。巌流のものではない。たった今、巌流に向けて投げつけられたものである。それを巌流は弾《はじ》いた。飛んできた方に眼をやると、もう太刀の間合いに男が駆け込んでいる。

振り下ろすと、受け止められた。

鍔《つば》迫《ぜ》り合《あ》いになる。巌流と鍔迫り合いながら、男は片足を上げて続長を蹴り倒した。その一瞬で巌流の力に押し潰されそうになったが、両足を地に着けると押し返してくる。

「久しいのう、巌流。おぬし、俺と仕合いたかったのではないのか」

「おぬしは次じゃ、長恵。仕合の途中じゃ、待っておれ」

「そうはいかん。これは俺のとっておきじゃからな。今斬られると困る」

「知ったことか。待たぬのなら、このまま二対一で仕合うまで」

「上等じゃ。と言いたいところじゃが、まずは納めろ。肥後から駆けてきて、力が出ぬ。明日相手をしてやるから、今は終いにしろ」

睨み合い、互いに押し合った。どちらも押し切ることができない。同時に口元を笑わせ、二人は素早く納刀する。

長恵は続長の小袖の襟を摑んで引っ張り上げると、顔を殴って地面に叩き付けた。

勝手をするなと叱り始める。続長は額で地を擦《こす》って詫び、師に赦しを請うた。赦免の条件として、肥後への帰国を命じられる。続長は帰っていった。

その晩、長恵は巌流の小屋に泊まった。

長恵の流派、タイ捨流について語り合う。

どういう剣じゃ、と巌流は訊いた。

「ただひたすら、勝つことを求める剣じゃ」

と長恵は言う。そのために、一切の迷い、あらゆる束縛、すべての規定を捨て去ることを志向すると言う。

タイ捨のタイは、体であり、対であり、待であり、はたまた太でもあり、というように、多くの意味を持たされている。漢字で書くと特定の側面だけが強調されるので、あえて仮名書きにしたらしい。

「使えるようになれば、強いぞ。まあ今のところ、あの続長くらいじゃがな。あいつだけ才がある。まだ未熟じゃが、俺の次はあいつじゃ。俺が西海道をタイ捨流の下に組み敷き、あいつが天下へと広げる。見ておれ、そのうちに越前も、富田流ではなくタイ捨流になるぞ」

長恵は興奮していた。彼自身は十分すぎるほど強くなっている。驕《おご》りではなく、事実としてそうだった。その強さを流派として継承させようとしており、実際に藤井続長という類《たぐ》い稀《まれ》な剣士を得ていた。

巌流には、自分の流派がない。中条流で鍛えられており、小太刀は確かにその技を駆使するが、大太刀については何流というものでもなかった。彼の剣術は、彼の恵まれた肉体と、剣術に関する天賦の才能が融合して成立している。どちらが欠けても崩壊するもので、他者に継承させることは不可能であった。居合いに匹敵する速度で切り返す連撃などは、稽古で身につくものではない。肉体の性能がなければ絶対に実現しないのであり、そういうことに、巌流は感付いている。独立後、彼は腕を磨き、名を上げようとはしたが、自身の剣術を流派にしようとはしなかった。

無理じゃ。

とよく理解していた。巌流には、長恵の剣も同じものに思われる。続長ほどの才能でなければものにできないような剣術は、流派にはならない。続長のような剣士は、稽古で量産できるようなものではなく、それ一つ限りの傑作品だと考えるべきである。

「おぬしと続長だけでは、天下は取れまい」

「まあ見ておれ。この強さは他にはない。天下の剣士がこぞってタイ捨流の門を叩くぞ」

果たしてそうなるだろうか、と巌流は考える。富田勢源《とだせいげん》の下で稽古に明け暮れた日々を思い返していた。二十人中、一人くらいはものになるような歩止《ぶど》まりでなければ、流派にならぬのではないか、と考えている。長恵の剣は、確かに強いだろう。続長も、既に並の武芸者とは別の領域に踏み込んでいる。どちらも千人に一人も出ないような剣士であり、言ってしまえばタイ捨流と出会わなくても、勝手に強

くなったであろう者たちである。そういう者でなければ習得できないとなると、それは強くなるための流派ではない。才能のない者を振り落とすための仕掛けである。極端に量より質を求めるならばそれでもよいが、その場合、量は断念せねばならない。天下の万人が門下に集うことはないだろう。

そういうことを巌流は考えていた。意気揚々と話す長恵が幾分憐れにも思える。そしてそれ以上に、自分が惨めになった。長恵は続長を得たが、巌流は何も摑めていない。長恵は自分が相良家で禄《ろく》を食《は》んでいることを言わなかったが、巌流は風聞でそれを知っていた。長恵は剣術を指南して生計を立てている。自分の流派を開き、見込みのある弟子もいる。その流派に無理があると言ってみたところで、負け惜しみになる気がして、巌流は思ったままを語れなかった。

巌流は三十代半ばになっている。武芸者として名は響いていた。だが仕官の口はない。少年のような屈託の無さは、あまり表情に出なくなっていた。

先に長恵が眠った。巌流も寝ることにする。灯りを消そうとした時、板間の隅にある包みが目に入った。都で作った木綿の直垂《ひたたれ》が入っている。二十歳前後の頃、名を上げて仕官したい、という夢は何の混ざり気もなく輝いていた。三十代半ばになると、そうはいかない。夢を思う時には必ず、それを実現できていない惨めさが付《つ》き纏《まと》った。何を話すにも言い訳がましくならぬよう気を遣ってしまうし、そのことに気が付いた瞬間、負け犬根性が板に付いてしまったのではないかと不安になりもする。

直垂の入った包みは、巌流の焦燥感を煽《あお》る。それを睨み付けながら、巌流は灯りを消した。

寝るから消すのじゃ。見たくないからではない。

灯りが消えてからも、巌流は少しの間、包みの方を睨んだ。気が済むまで睨み、それから横になって

眠った。

翌日、二人は仕合わなかった。同等の才に恵まれ、同等の腕を持っているが、今は別々の世を生きているような気がして、巌流は意欲を削がれてしまった。それを感じ取り、長恵は何も言わず、朝のうちに帰っていった。


長恵は肥後に戻った後、再び九州各地でタイ捨流を指南した。巌流は相変わらずの武芸者暮らしで、小倉を拠点にしつつ、九州のあちこちを仕合って回った。互いに、互いの風聞が耳に入る。

タイ捨流は巌流の予想に反して九州全域に広がった。九州の男たちは剣術に対する熱意が高く、強くなれると思えば門を叩いた。丸目蔵人佐長恵の名は、九州の隅々まで知れ渡った。その高弟として、藤井続長の名も響くようになる。長恵は続長に独立を許し、二人はそれぞれ門人を集めてタイ捨流の普及に努めた。

そんな彼らの耳に、巌流の風聞が入る。巌流は格が違う。そういう風聞である。西海道の剣壇はあの大太刀一振りの下に、完膚《かんぷ》なきまでに伏せられている、というのが九州で剣に携わる者の常識になった。

互いに不満がある。

巌流は仕官できずにいた。勝てど勝てど、声が掛からなかった。

どうして俺は召し抱えてもらえぬ。という不満が、常に彼の胸中にくすぶっていた。

タイ捨流は、九州全域に広まった。だが、長恵は満足していない。天下の剣術になっていないことも
だが、それよりも巌流だった。長恵は無双の強さを追求している。ところが、世人の評価は巌流を第一

としていた。それも九州を上げて満場一致である。どこの誰と話しても、第一は巌流であった。タイ捨流は、二番手の雄《ゆう》だと思われている。

奴を斬るしかないかのう、と思ったりもしたが、そういう機会のないままに年月が過ぎていった。

信長の時代が終わり、秀吉の時代になっても、この状況が続く。巌流も長恵も、歳を取っていった。

織田信長の時代は、武芸者には冬の時代だった。信長は武芸や兵法《ひょうほう》と呼ばれるもの、武人が個々で習得する戦闘技術、これを重視しなかった。日本に武士が誕生して以来、こういう人物が中央政権を掌握したのは初めてである。信長本人は、よく自身を鍛錬した人物なのだが、織田軍をどのように強化するかという規模の話になると、個々の戦闘技術の向上にはまったく期待をしなかった。それとは別の、物理的な条件の改善に力を注いだ。より動きやすい胴丸《どうまる》を開発させたり、敵よりも長い槍を揃えたり、つまり、よりよい装備で実戦に臨むという、近代戦争の基本理念と同じ考え方を持った。

鉄炮も同じで、撃ち手の命中精度については議論しない。

毛利元就《もとなり》が使い手を育成しながら数を増やしたのは、質を考慮したからである。武芸の一つとして鉄炮を認識しており、そのために技量を問題にした。極論すると、一撃必中の名手を作ろうとしたのである。これが、本来の武士の思考である。

信長は違った。数を揃えて、同じ時に同じ方向へ撃たせた。面で制圧しようとするもので、個々の命中精度には期待していない。当たりさえすれば、面のどの点に敵が掛かってもいい。つまり、誰の撃った弾が手柄を立てたかは議論しないのであり、伝統的な武人の感覚では、武勇の否定である。信長は指

揮官となる将たちには有能であることを求めたが、雑兵たちの武勇には期待しなかった。信長にとって雑兵は、量で勘定するものでしかない。装備の面で敵を凌駕《りょうが》しておけば、人が入れ替わっても優位は保たれるのであり、個人の肉体とともに滅ぶ戦闘技術に期待するよりも、遥かに合理的だった。

物質的優位性を実現し、維持するためには、強靱《きょうじん》な経済力が不可欠であり、そのために日本史上ほとんど類を見ない重商主義的な性格の政権を作った。この政権の性格と一致した戦略を持ち、その戦略から外れぬよう軍を運用した。物量で圧倒できるまでは戦端を開かないのである。将兵の武勇に期待して仕掛ける、ということをしなかった。一騎当千などという幻想は完全に排除されている。秤《はかり》の両側に彼《ひ》我《が》の戦力を乗せてどちらに傾くかを見定めるのであり、信長が考慮したのは徹底的に量であった。質については議論しない。

武芸は兵の質の向上を担うものである。したがって、信長の軍制では無視された。信長が京を抑えた時期、そこには上泉信綱からならず者まがいの連中まで、武芸者たちがいたが、彼らは信長から無視され続けた。

やりたい奴は勝手にやれ、というのが信長の武芸に対する姿勢であり、織田家中が積極的に武芸者と接することはなかった。それどころか、売名にきていた連中は駆逐《くちく》されてしまった。信長は京内部の治安維持に異常な執念を見せ、敵と対陣中の軍内に課すような厳しい規律を常時発動させていた。喧嘩や盗みは言うに及ばず、店で値切ったり、道行く女性に声を掛けることすら禁止されていた。武芸者の奇行などは、無論許されない。規律を守れないものは死罪である。武芸者は激減し、例外的に品のよい者たちだけが留まっていた。

兵を量に換算し、質を無視する信長が覇者《はしゃ》となったことは、武芸者たちにとっては不都合であった。覇者たる信長がそうであるために、他家にも影響がある。武芸者たちは時代によって存在を否定されたようなものであり、個々人が剣術の腕を磨くことの必要を弁明せねばならぬような風潮が生じつつあった。九州には関わり合いのない話かと思われたが、島津家が信長を上様《うえさま》と呼び始め、自力で獲得し維持してきたはずの領土の安堵《あんど》を願い出ると、巌流や長恵のような者たちでも、信長の時代がくるのだと実感した。

武芸者の冬は続く。

豊臣秀吉が、信長の後継者となった。やはり重商主義的な政権で、軍事については質より量を貴ぶ価値観であった。

俺たちは、時代遅れなのか。という思いを抱きながら、巌流も長恵も歳を取っていく。

永禄が終わり、元亀《げんき》も終わった。天正十（一五八二）年に信長が死に、秀吉の時代になる。天正は十九年まであり、文禄は四年で終わる。慶長になった。

巌流は豊前の小倉で武芸者をしている。仕官の口はない。小倉の者たちとはすっかり馴染んでいたが、それは彼の本願《ほんがん》ではなかった。ごく稀に長恵が訪ねてきて、剣術の話をする。最近は示現流《じげんりゅう》のことばかりだった。長恵のタイ捨流は九州全域に広まったが、天正の最後の頃に示現流が開かれると、取って代わられてしまった。この示現流が、長恵は気に入らない。開祖がまた、長恵の孫弟子だった。続長の門下にいた東郷重位《しげかた》という薩摩出身の男が開いている。強いと評判のタイ捨流が席捲《せっけん》していた九州に開い

たわけだから、よほど自信があったのだろう。

腕があるならよいではないか、と巌流は思うのだが、長恵には腹の立つ理由がある。示現流には、タイ捨流を仮想敵とした構えや技が備わっていた。つまり、タイ捨流から九州を奪ってやろうという意図がある、と長恵は思っている。

「まどろっこしい奴じゃ。仕合えばよいだけではないか」

そう言う長恵を宥《なだ》める資格が、実は巌流にはない。彼は、かつてタイ捨流に対してやったのと同じように、示現流を相手に風聞を撒き散らしていた。そのため、ここ数年にわたり、示現流の剣士を相手に仕合い続けている。ただ、思慮深い者や立場のある者はこないのであり、示現流の中では、下っ端の部類とだけやり合っていた。それでも連戦連勝で、巌流は九州一の武芸の使い手と噂されている。

「旦那あっ、まただあっ、十人いるぞおっ」

町の者が駆け込んでくると、腰を上げて外へ出た。長恵も続いて出る。

筋骨隆々とした男たちが並んでいる。巌流は鋭い眼で見渡した。口の両端を持ち上げている。

「どっちじゃ」

「でかい方じゃ、でかいのが巌流じゃ」

「こまいのは誰じゃ」

「ほっとけ、他は構わんでいい」

無遠慮にこういうやり取りをしてから、男たちは勝負しろと言った。

せっかくきてくれたからのう、と思い、巌流は背中の大太刀を抜いた。その隣で、長恵も抜刀してい

る。

巌流と仕合いにきた、と男の一人が言うと、長恵は切っ先で十人の顔を順々に指した。

「十対二じゃ、文句はなかろう。それからなあ、俺は丸目蔵人佐長恵じゃ、冥土の土産に覚えて逝《ゆ》け、たわけどもが」

蔵人佐じゃっ、と男たちが発すると、長恵は踏み込んだ。巌流も仕掛ける。

腕が違い過ぎた。二人はすぐに四人ずつ斬ってしまう。残った二人は逃げ出した。巌流たちは追い掛ける。その様子を小倉の人々が見ていた。報せた者がいるらしく、示現流の二人を追い掛ける巌流と長恵を、さらに毛利勝信《かつのぶ》の家臣が追った。安芸の毛利家ではなく、秀吉の家臣にいた毛利家である。後に大坂の陣で活躍する毛利勝永《かつなが》は勝信の子である。この頃は、この毛利家が小倉を治めていた。

「ご老人、刀をお納め下され。もう逃げておるではございませぬか」

後方からの叫び声に、長恵は振り返って怒鳴る。

「誰がじじいじゃっ、うぬから叩《たた》っ斬《き》るぞっ、くそガキがっ」

「やめろっ、長恵、前の二人にせい。後ろはならん」

「前もなりませぬ、そのまま逃がしておやりなされ」

示現流の二人は、文字通り命懸けで走っている。それを、巌流と長恵は得物を右手に追い回した。この時、巌流は六十歳を越えている。長恵も、もう少しで六十になる。人生五十年と言われた時代であるから、二人とも、いつ逝《い》ってもおかしくはない。ただ二人とも、無類の壮健であった。衰えは感じている。会うとそれも話題になった。「最近、跳《と》んだり跳《は》ねたりすると息が切れるんじゃ」とか、「五人まで

なら続けて相手できるんじゃが、それ以上は疲れる」とか、そういうことを衰えとして話題にしていた。要するに、武芸者として現役である。

何でじゃ、このじじいども、何でこんなに動けるんじゃ。

示現流の二人は納得できない気持ちを抱いて走り続けている。毛利家臣の後方から馬が駆けてきた。勝信の別の家臣が乗っている。巌流たちの横にきて、馬上から話し始めた。

「巌流殿、小倉に住む以上、我らに従って下され。二人逃がすだけでござる。武名の疵《きず》にはなりますまい。蔵人佐様も、お立場をお考え下さりませ。今ならば相良の御家《おいえ》に伏せておきまする。どうか刀をお納め下され」

二人は顔を見合わせ、仕方がない、と立ち止まった。それぞれ納刀する。示現流の二人はすぐに見えなくなった。それくらいの速さで走っていた。

巌流は相変わらずの武芸者暮らしである。世の中は大きく変わっていたが、巌流は変われなかった。変われぬまま六十を越えてしまった。


さらに時が過ぎ、もう一度、世の中が変わる。秀吉の死後、関ケ原の戦いがあった。論功行賞《ろんこうこうしょう》で、大名たちの配置換えがある。豊前一国が細川忠興《ただおき》に与えられた。明智光秀とともに足利義昭《よしあき》を支えた細川藤孝《ふじたか》の息子である。忠興の妻ガラシャは、光秀とヒロの娘だった。関ケ原の戦いで石田三成の人質になるのを拒み、自ら命を断っている。ガラシャの自決により、細川家は家康につくことができた。忠興は黒田長政とともに石田三成の本隊に攻め掛かり、武勲を上げている。その結果、豊前が忠興のものに

なった。

光秀とヒロに縁のある殿がやってくることに、巌流は年甲斐《としがい》もなく感情を揺さぶられた。忠興の中津入城を、巌流は小倉から出掛けていって見物した。

忠興の統治が始まる。それまで豊前で決して中心地ではなかった小倉の城を、忠興は改修した。何のためなのか、巌流にはわからなかったが、慶長七（一六〇二）年、忠興が移ってきたことで合点がいった。忠興は小倉城を政庁とし、三十九万九千石の領地を治めることにしたのである。小倉の町も、城下町としての整備が始まった。

巌流の小屋も立ち退《たちの》かねばならなくなる。

忠興の家臣、つまり小倉藩士の数名が、巌流の小屋にやってきた。

立ち退き一つに仰々《ぎょうぎょう》しいのう、と思っていると、まったく別の用件であった。忠興は小倉藩の初代藩主である。藩としての体勢を整えねばならない。そこで剣術指南役を設けることになったという。

それがしを、召し抱えて下さるのか。

巌流は期待しつつ、しかしぬか喜びかもしれぬと自分に言い聞かせた。誰かを紹介してくれという話かもしれない。呼吸を整え、耳を澄まして聞き間違えぬように集中する。

「どうじゃろう、巌流殿。小倉藩の剣術指南役、引き受けてくれぬか」

巌流は手を付いて伏《ふ》した。

「謹んで、お引き受け致しまする」

巌流は六十九歳になっていた。十八歳で師から独立して五十年以上が過ぎている。やっと、やっと仕

官が叶《かな》った。

藩士たちが去ると、巌流は髪結いを訪ねた。長髪を切り、月代《さかやき》にする。多少白髪が混ざっているが、七十目前とは思えぬ、黒く強い髪をしている。

指定された日時に、巌流は登城《とじょう》した。小倉城の門前に長軀の老剣士が現れる。大太刀は小屋に残し、本差しと脇差しを帯びている。深く黒光りする赤紫の直垂を纏い、五十年も武芸者をしていたとは思えぬ颯爽とした所作で門を潜った。

主君忠興への挨拶も、名門細川家の家臣たちが感心するほど洗練されていた。所作も言葉も、累代《るいだい》の臣《しん》のようである。

「当家は新しき者たちを召し抱えている最中じゃ」

と忠興が言うのは事実である。加増《かぞう》と転封《てんぽう》で、家臣が必要だった。

「兵法のおぼつかぬ者もおろう。細川の侍として相応しく鍛えていかねばならぬ。剣術指南はそちに任せる。政《まつりごと》から遠いと思わず、当家のために尽くしてくれ」

「ははっ」

よい返事をするな、と忠興は思った。忠興が退室し、巌流も下がる。巌流は細川家中となった。整備される城下町に移り住むことになる。その指図をする藩士から、

「東側じゃがお気を悪くなさらぬよう。実はそれがしも、東側でござる」

と言われた。忠興の整備する城下町は東西で町の性格を分ける。西側は家老以下累代の臣たちが集められ、武家屋敷が連なった。町人と下級武士は東側である。屋敷ではなく、小屋が並んでいた。

東西で、雰囲気がまるで違った。細川家の重臣には、室町幕府の旧幕臣たちがいる。本来は忠興の父、藤孝の同輩だった者たちであり、家格も人物も、他家の家臣にはまずいないような面々である。そうでない者たちも、信長の時代以来、藤孝の下で幾度も危機を克服してきた者たち、あるいはその息子たちであり、今度の加増で召し抱えられた新参たちとは見るからに別の人種であった。気骨があるとは、こういう者たちのことを言うのだろう、と巌流は会う度に感心する。

累代の臣が集められた西側は、常に陣中にあるかのような研《と》ぎ澄《す》まされた空気に満ちていた。笑ったりはしゃいだりするような声は一つも聞こえてこない。彼らの息抜きは学問だったり茶の湯だったりで、耳を澄ますと、紙を走る筆の音や、茶を点《た》てる茶筅《ちゃせん》の音が聞こえてくるようだった。そういう音が、西側に屋敷を持つ者たちにとっては、ほっとする、憩いの音である。極めて上質で、洗練された世界が形成されていた。

東側は緩んでいる。町人がのびのびと暮らしており、そこに下級武士が混ざっていた。分けて住まわせたのは、双方にとってよかっただろう。東側の庶民には西の世界は息苦しかったろうし、もし庶民が混ざってしまえば、西の世界は濁って醜く腐るだろう。

巌流は東である。禄も少なく、二百石ない。それでも不満はなかった。新参の剣術指南役としては十分な扱いである。長恵は相良家で百七十石を与えられている。政治にも軍事にも関与しない剣術指南役などは、その程度の者に任せられていた。武芸者になった時から、高禄《こうろく》を食《は》もうとは思っていない。五十年も牢人した。ようやく仕官できた。豊前小倉藩剣術指南役、という役目を得たのである。

十分であった。

第九章　宮本武蔵

武蔵はいつ生まれたのか。天正十（一五八二）年に生まれたとも、十二年だったとも言われている。生国《しょうごく》も播磨《はりま》と美作《みまさか》、二つの国名が上がる。

武蔵は禄を得て天寿を全《まっと》うしており、いつどこで死んだかはわかる。武芸者――と括られるのを武蔵は激しく嫌うだろうが――としては極めて恵まれた晩年だった。武蔵自身は無論、歴史に残るべくして残った人物であるが、武芸者としての評価と、その人生が詳《つまび》らかになるかどうかとは、必ずしも一致しない。例えば、新陰流の開祖上泉信綱《かみいずみのぶつな》は、没年とその場所について諸説あって判然とせず、一刀流の伊藤一刀斎に至っては、霧が風に吹かれたように消え、浮説一つない。一刀斎の剣術は残った。徳川秀忠の剣術指南を務めた小野忠明《ただあき》は一刀斎の弟子であるし、これとは別の弟子により、美濃の大垣藩にも剣は継承された。それでも、一刀斎自身がどうなったかはわからない。彼らに比べれば、正保二（一六四五）年五月十九日に熊本で死んだとわかっている武蔵は恵まれている。養子の宮本伊織《いおり》が出世したこともあり、武蔵の記録は江戸時代を通じて叙述、整理された。それでもいつどこで生まれたのか、一つには定まりきらない。

武蔵は己の出生について大っぴらには語らなかった。語る場合も、事実を述べたわけではなく、彼は彼が思う、望ましい出生を語った。本人は播磨の生まれを称している。実際には美作で生まれた。彼の生地として知られる宮本村は、美作国の東の端である。百姓ではない。武士の子で、姓は平田である。宇喜多《うきた》家に仕える新免《しんめん》家に、平田家は仕えており、武蔵の家はその平田の一族として平田《ひらた》宗家《そうけ》に仕える立場だった。大名である宇喜多秀家から見ると、新免が直臣《じきしん》、平田宗家が陪臣《ばいしん》であり、武蔵の家はそのさらに下に位置する。ただでさえ下級武士の家だったが、武蔵の父はその立場さえ失い、牢人していた。不正や不忠があったわけではなく、家中で孤立したようで、武蔵の父はどうも家臣団の結束に差し障りのある人柄だったらしい。母は実家に帰されており、武蔵の家には、武蔵とは血の繋がらない別の女が父の妻として暮らしていた。禄を失った、性格に難のある父と、その女がいる家で、武蔵は幼少期を過ごした。今日的な言い方をすれば、家庭環境に恵まれなかったのである。

その父に、幼少の武蔵は殺され掛かったという。父の武芸についてあれこれと質問し、合点がいかねばしつこく訊《き》いたらしい。牢人中の父は、息子に武芸をなじられたと感じたのか、会話の途中で逆上し、抜き身の刀を手に追い回したそうである。武蔵は逃げた。国境を越え、母の実家に逃げ込み、以後、父に捨てられた生母の下で成長した。その後も、宮本村へは立ち入っている。同じ宮本村の中で嫁にいった姉がおり、その家へいくことはあった。だが父のいる生家には戻らなかった。母の実家が武蔵の家になる。幼少期のこうした経緯は、成人後も武蔵の人格や、そこから生じる言動に影響しただろう。

母の実家が播磨だった。武蔵は自身の出生地を美作だとは言わず、播磨だと言い張っている。

俺は播州人《ばんしゅうじん》じゃ。というのは、俺は母上の子じゃ、という意味であろう。客観的事実としてどこで生

まれたかは、他者が気にすることで、武蔵自身は言われなくてもわかっている。播磨も美作も隣同士ではないか、と他人は思っても、武蔵は地理とは別の基準で己の生国を主張し続けた。

播州で生まれた、と武蔵は言う。作州では駄目なのである。

また武蔵は、当然と言えば当然だろうが、平田の姓を名乗らなかった。武蔵の本来の姓が平田だということは、もはや調べなければわからないほどである。

宮本武蔵、として世に知られている。宮本村の武蔵である。その程度の出自であったが、武蔵自身は天才だった。その才能を六十二年、または六十四年の生涯のうちに発揮している。だが本人は、自分自身を世人以上に高く評価していた。

世の中の武蔵への評価は、類《たぐ》い稀《まれ》な天才剣士、という点に一致を見る。武芸者または兵法者として天才だったという評価である。どちらの呼び方をした場合でも、兵としての評価である。

武蔵自身は将になることを望み、また自分はその器であると信じて、猟官運動《りょうかんうんどう》にも精を出したのだが、これは遂に成功しなかった。声が掛からなかったわけではないが、待遇面で折り合えない。例えば、中条流の富田《とだ》重政《しげまさ》は加賀前田家で一万石以上の大身である。これは剣術が達者だということではなく、武将としての働きが認められた結果であるが、武蔵は自分にはそういう待遇が相応しいと思い込んでいた。

才能はあったかもしれない。しかし実績がなかった。生まれて初めて経験した戦《いくさ》が関ヶ原である。負けた西軍の一角、宇喜多軍の末端で足軽働きをしただけで、高禄に値する経歴にはならない。大坂の陣では豊臣方に加わった——と言われている。徳川方にいてもおかしくない人間関係はあったが、その後も牢人を続けており、徳川方だったとすると腑に落ちぬ点は確かにある。本人は、軍功を上げた、見て

いた者も多い、と主張しているが、真《ま》に受けた家はなかった——参加して手柄があったとは言うが、どちら側でどういう手柄だったかを武蔵は言わない。豊臣方が掻き集めた十万の雑兵《ぞうひょう》どもの一人だろう、と判断された。それ以上の評価に改めさせる材料を、武蔵は相手に示すことができなかった。

自己認識は将の器でも、実績はただの兵に過ぎない。

将ではなく、武芸者として声が掛かる。禄は二百石前後であり、武蔵の望みとは折り合わない。一刀斎の弟子小野忠明が、将軍秀忠の剣術指南役として召し出された時の待遇が二百石であるから、武蔵は武芸者としては最高の評価を得ている。丸目《まるめ》長恵《ながやす》は相良《さがら》家で百七十石だった。徳川と相良の体力差を考えれば、長恵の待遇はこれでも武芸者としては立派である。財政にゆとりのある家であれば、五百石を越える場合もあるが、それでも仕えながら徐々に加増してもらって五百に届くのであり、いきなり五百をもらえるわけではない。小野忠明も二百から始まって六百になった。

富田重政は一万石を越えている。自分はそれ以上の人物だ、と武蔵は自負していた。要求もその自己認識に基づいたものになる。

ところが、一万石で武芸者を召し抱える主家など、見付かるはずがない。猟官運動は行き詰まった。現実を知って、武蔵は条件を下げる。彼にとっては、自分の才能に見合う最低限のところまで下げた。

三千石でいい。

その辺りの河原で仕合って死ね、とまともな武人は思っただろう。何の軍功もない、チャンバラができるだけの牢人が、三千で我慢するなどとほざくのである。

武蔵は武芸者としては自他ともに認める天才だったが、将としては生涯、他者から認められることが

なかった。能力の有無以前に、武蔵以外の人間は皆、武蔵を将だと認識していない。事実としても、武蔵は将ではなかった。武芸者である。

最後、彼は客分として肥後の細川忠利《ただとし》に迎えられた。忠興《ただおき》とガラシャの子である。忠興隠居後の細川家を率いて領地を治め、また正確且《か》つ適切な進言で幕政をも支えていた。家格も能力も、一大名以上のものがある。その細川忠利だが、威張る、という下品な振る舞いはしない。父忠興から厳しく躾《しつ》けられていた。

殿と呼ばれて弛《ゆる》むようではならぬ。いついかなる時も、どのようなことを致す場合でも、その一挙一動について上様《うえさま》から詰問《きつもん》されても申し開きができるようにしておかなければならない。一つの所作に、一つの言葉に、知恵を巡らせ、情を通わせ、正義に照らし恥じるところのないように努めよ。

こうした教育方針で育成された。掛け声として掲げただけではなく、実践を伴う。忠利の判断、振る舞いについて、隠居した忠興は常に目を光らせ、理由を問《と》い質《ただ》し、時には激しく叱責した。鍛えられる。この鍛錬に休みはない。忠利が江戸にいる時にも、忠興は書状を送って指導している。鍛え抜かれた。

藤孝《ふじたか》の孫である。忠興とガラシャの子である。血筋として、聡明でないはずはなかった。三男でありながら、忠興が選んで嫡子《ちゃくし》にした才覚であり、持って生まれたものと、その後の教育の両面から、卓越した名君になっていた。人の心の形がわかる人物であり、武蔵のことも、まるでずっと彼の人生に寄り添ってきたかのように気遣《きづか》えた。

そのような忠利が、武蔵を迎える。

客分として、武蔵を家臣の序列の外に置いた。誰も下にいないが、上にもいない。待遇は三百石であ

る。武蔵の希望する最低限の、そのまた十分の一だが、武蔵はこれで我慢した。我慢してくれ、と忠利が言ってくれたことで、そしてそれを家中に知らしめたことで、武蔵は我慢できた。

迎えられた五年後、武蔵は死ぬ。それまでの間、書をやり、画を描き、剣術をし、『五輪書《ごりんのしょ》』をまとめた。いずれにも才能がある。確かに天才だった。

新免武蔵藤原玄信《しんめんむさしふじわらのはるのぶ》、という名で死ぬ。

これが、彼の主張する彼の名である。新免は彼の主筋であって彼の家ではないし、ましてや宮本村のタケゾウが藤原氏の血を引いているとは思われないが、武蔵本人は彼自身をこれくらいの人物だと思っていた。そのまま死んだ。

天才なのは間違いない。その才能を、自分で理解できたことが彼の不運である。誰よりも高く自分の才能を評価したため、自己認識と世間の評価とが乖離《かいり》して猟官運動に失敗した。

一介の武芸者で終わるはずのない男なのじゃ、俺は。

という思い込み、彼にすれば正しい認識、それが彼の後半生を不遇にした。

前半生は光り輝いている。暗い幼少期を過ごした宮本村のタケゾウが、宮本武蔵として諸国を巡りながら天下一の剣士へと昇っていくのである。その上昇の頂点は慶長十七（一六一二）年、世に言う巌流島の戦いであり、その相手が巌流である。武蔵が勝った。だがその後、彼は天下一の剣士と謳《うた》われながら猟官運動に敗れ続けた。

熱光《ねっこう》を放ち、上昇するだけの武蔵しか巌流は知らない。

武蔵の輝きは、彼が十三歳の時に煌《きら》めき始めた。

逃げ込んだ母の実家で育てられ、十三歳になった。彼がどうしてここにいるのか、周囲の人間は皆知っている。それが嫌でたまらない。だが、戻るのはもっと嫌だった。そもそも、戻れない。自分を殺そうとした父と、その女が住んでいる家に、どう戻るのか。

つまらない。

という不満が常に心にこびりついていた。

一応は武士の子であるので、最低限の読み書きはできた方が後々よいだろうと母に言われて、土地の寺に習いにいっていたが、これがまた苦痛だった。読み書きを習得するのはいいのだが、同じように通ってくる他の子供らと一緒にいるのが嫌だった。

皆が俺を低く見ている、という劣等感がある。

低く見られる理由は知っているのだが、それはタケゾウ本人には責任のないことである。タケゾウは生まれつき自尊心の強い少年だった。ところが、それを満たしてくれるような現実は身の回りに一つもない。タケゾウの身辺に転がっているのは、家中を追われた父であり、その父に捨てられた母であり、つまり、見下されるか、憐れまれるか、どのみち惨めな思いをするものだけであった。

読み書きが終わると帰る。その道すがら、子供らは木の枝を木刀に見立てて打ち合うことがあった。タケゾウは混ざらない。体格はよい。体力もあった。幼少期、彼を殺そうとした父は、平田無二斎《むにさい》という武芸者である。その攻撃を凌《しの》ぎ、追跡を振り切って国境を越えたのだから、タケゾウは並の子供ではない。あれから数年、十三歳になり、大人を圧倒するような肉体に仕上がっていた。

よい足軽になる、と母方の祖父に身体を褒められている。その度に、タケゾウの自尊心は踏みにじられた。

足軽か、と思う。

「なあなあ、タケゾウもやろう。なあ、俺は今日で終《しま》いなんじゃ、最後じゃと思って、なあ」

と、せがまれた。読み書きを習いにきている一人である。元服《げんぷく》し、大人の世界へいくらしい。もう一緒に遊べないから、最後に混ざってくれというのだった。

嫌だったが、父子揃って人付き合いのできない奴だと思われたくなかったので、タケゾウは混ざった。

枝を握ると、腕の筋肉が躍った。

おおっ、と子供らが声を出す。

子供の遊びだったのだが、打ち合おうとすると、タケゾウの身体は勝手に動いた。誘ってきた少年を押し倒し、彼が枝を離しても打ち続けた。どうしてか止まらない。武芸者の血が濃いのか、自覚もなくこの相手を憎んでいたのか、タケゾウにもわからない。

大怪我をさせてしまい、祖父と母が土下座して謝る事態となった。

「これはもう大人じゃ。自分で誘って負けたのだから、子供を責めたりはせぬ」

と向こうの親は許してくれたが、タケゾウは孤立した。生い立ちではなく、彼自身の振る舞いで疎《うと》まれるようになった。

ますます、つまらなくなる。

そんな時、村に武芸者がやってきた。仕合う相手を探しているという。流派は新当流《しんとうりゅう》で、後の武蔵の

回顧によれば有馬喜兵衛という者だった。

木刀というほど丁寧な造りではない。棍棒のようなものを持って、タケゾウは有馬の前に立った。

さすがに有馬は、やめておけ、と言った。生きる憂《う》さを死んで晴らして何とする、と諭《さと》そうとした。

ところがタケゾウは聞いていない。

「殺しても、いいんだよな」

と暗い影のある眼で見詰めてくる。

仕合うことになった。タケゾウは勝った。文字通り、叩き殺した。頭の砕けた有馬が本当に死んだかどうか、その死体を乱暴に揺さぶって確認し、死んだと理解すると棍棒を捨てた。有馬の刀と小太刀を奪い、自分の腰に帯びる。

仕合は村の者たちが見物していた。彼らの前で、タケゾウはこれをやった。

村の者たちは化け物を見るようにタケゾウを見ている。遠巻きに悪く言うくせに、タケゾウが見渡すと目を逸《そ》らした。タケゾウには愉快でない。

村の者たちの中に、一人だけこちらを見ている者がいた。気味悪がるような顔ではない。心配して、胸が苦しくなっている顔だった。

母上。

タケゾウは少しだけ、母の顔を見た。その後、黙って一礼し、力一杯駆けて村を去った。

以後、宮本武蔵と名乗る。父の平田は名乗らなかった。彼自身が生まれた美作の村の名前を使っている。母の村は播磨の西の端にあり、佐用村《さよむら》という。武蔵は播州人だと言い張りながら、美作の村の名を

用いた。佐用村も、彼には名乗りたくなるような場所ではなかっただろう。あるいは安心できる郷里のない彼は、諸国を渡り歩くにあたって、宇喜多家中新免家の領内の出だと言っておきたかったのか。それくらいしか、彼を守ってくれそうなものがない。

武蔵には、心から故郷だと思える土地がない。十三歳の少年には悲しいことであろう。

十三歳で有馬を倒した武蔵は、その後も武芸者と仕合いながら各地を移動し、十七歳で関ヶ原の戦いに参加した。

この頃既に、自身の武芸に自信がある。彼は武芸とは言わず、兵法《ひょうほう》と言ったが、彼の自意識が何であれ、要するに兵としての技術には自信があった。

一介の兵で終わりたくない、終わるはずはない、という思いを強く抱いている。

彼がそう思う根拠がないわけではない。彼は平均的な武芸者とは異質な面を持っている。二刀流のことではない。大袈裟に言えば、武蔵には戦略があった。

状況が許すならば、敵の武芸を分析し、対策を練って仕合に臨んだ。それができるだけの頭がある。なぜあの得物《えもの》なのか、なぜあのように動くのか、を考えた。敵のものの考え方を想像し、そういう者が最も苦手とする戦い方で対応しようとした。考えた結果によって武蔵の戦い方は変わる。それが可能なほど、思考が柔軟で、剣にまつわる技術の幅が広かった。

訪ねていって名乗るなり仕合うような従来の武芸者たちには、真似のできない芸当である。この能力を、武蔵は彼特有の才能だと認識し、研ぎ澄ました。この才能で勝ち続ける。自信を深め、関ヶ原に臨

んだ。

結果はどうにもならなかった。宇喜多家が属した西軍は敗れ、その足軽として働いていた武蔵は功もないまま敗走を余儀なくされた。宇喜多軍の足軽となっていた他の敗残兵と一緒に九州まで逃れ、地縁に縋《すが》って今度は東軍の黒田如水《じょすい》に加わった。東軍の黒田家は、息子長政《ながまさ》が関ヶ原で戦う一方、父の如水は九州で西軍の大友氏と戦っていた。如水は播州《ばんしゅう》の出である。新免氏に付属する播作《ばんさく》国境地域の武士たちとは同郷と言えた。無論、今となっては雲泥ほどの身分違いになっているが、彼らはこの縁を頼った。武蔵は父と隔絶しており、その父も牢人であったが、地縁としては新免麾下《きか》の者たちと同類である。彼らと一緒に如水に望みを掛けた。おそらく、武蔵の父もこの集団にいただろう。再び禄《ろく》を食《は》む絶好の機会であり、黒田軍の末端で手柄を立てようと意気込んでいたはずである。武蔵と顔を合わせたかはわからない。九州へ渡る舟で偶然に向かい合って座っても、会話はなかったと思う。目が合っても、互いに無視しただろう。

如水は軍に加えてくれた。ところが、戦《いくさ》そのものがすぐに終結してしまい、目を引くような武功は立てようがなかった。武蔵を含む牢人集団は、九州でやることがなくなってしまう。一応、如水の下で戦はした。彼らのごく一部は、黒田家の禄を食むようになった。が、あらかたはもとの牢人になった。武蔵もそうなる。彼の才能は、戦場では役に立たなかった。そもそも、足軽では頭を使う局面がない。勝負の大勢は関与できぬところで決してしまい、その後になってから目の前の相手と槍で突き合うだけである。

足軽では自分の才能が発揮できない、と武蔵は思った。もっと高い身分で使ってもらわねば、自分の

価値を示せない、というのが武蔵が関ヶ原で得た教訓である。問題はどうやって高い身分を得るかだった。そのまま九州で牢人する者たちもいたが、武蔵は都を目指した。

都で名を上げれば、という、掃いて捨てるほどの武芸者どもが散々やってきたのと同じ手段をとった。馬鹿ではない。若いだけである。十七歳だった。こういう部分は年相応の凡人である。さすがの武蔵も、何から何まで天才というわけにはいかない。

凡人と言ったり天才と言ったり都合がよいのだが、武蔵はやはり非凡である。京で、吉岡道場と仕合った。室町将軍の剣術指南を務める格式高い組織であり、かつて巌流は門前払いされている。仕合に引き摺り出したことが、もう並の武芸者ではない。

確かに巌流の頃とは時代が変わっていた。巌流が京を去った後、織田信長が上洛した。信長は兵を量で勘定したので、質の向上にしか役立たない武芸を無視した。京内《きょうない》の治安維持のため、麾下に対し、極めて厳しい規律を課し、その峻厳な規範法則にわずかでも抵触《ていしょく》した者は斬り殺した。家臣でなくとも、秩序の敵は許されない。奇行に励む武芸者たちは一掃され、行儀のよい者たちだけが残る。門弟を集めて稽古をつけ、印可状《いんかじょう》を出すような者たちが京における武芸者の主流となった。つまり、吉岡道場の模造品のような小集団が京やその周辺に散見するようになった。

信長によって将軍にしてもらった足利義昭は、兄の義輝とは違い、剣術に情熱がない。その義昭すら、信長に追放されてしまい、その後遂に、室町将軍は現れなかった。室町兵法所は将軍の剣術指南という公的な性格を喪失し、ただの剣術道場になってしまった。その吉岡道場の周囲には、例えば新陰流《しんかげりゅう》が

あり、宝蔵院流《ほうぞういんりゅう》があり、新当流《しんとうりゅう》があって、それぞれ門人を得て稽古をつけていた。これら新興の流派は、格式の点では劣るものの、世間の評判では決して吉岡一門に引けを取らない。京の武芸はもはや一強多弱ではなく、諸派が互いを意識し競い合う様相を呈しており、吉岡道場はその中の雄《ゆう》という程度の高さまで降りてきていた。

だから手が届いたと言っては武蔵に悪い。降りてきたとは言え、吉岡道場である。人の意識は一つ前の時代に囚われる。吉岡道場に格式を認める風潮は健在であった。自他ともにである。本来、宮本村のタケゾウなどは相手にしてもらえないはずだった。

武蔵は風聞を流した。

吉岡道場当主、吉岡清十郎《せいじゅうろう》が仕合う。

という風聞を、場所と日時も付けて流布させた。その内容を、佐用村の寺で習った文字で書き、高札にして京内の橋の脇に勝手に立ててしまう。高札は衆目を集め、清十郎は仕合わねば体面を失うように追い込まれた。

風聞《ふうぶん》に囁かれる仕合の前日、武蔵は吉岡道場の門前に立ち、威圧するような声色《こわいろ》で叫んだ。

「宮本武蔵でござる。確かに承《うけたまわ》った」

それだけ叫んで引き上げた。

道場内は慌《あわ》てる。駆け足で門人が報告にきた。清十郎は落ち着いており、部屋まで聞こえていた、と言って門人を下がらせた。

宮本武蔵、というらしい。

清十郎は明日の相手の名を胸中で呟《つぶや》いてみた。

これだけなり振り構わず向かってくるのだから、何か理由があるのだろうと清十郎は考えたのだが、どうも聞き覚えがない。

何処《いずこ》かで会っているのか、と思い出そうとしても駄目だった。武蔵は清十郎と会っていない。ただ名が通っているから倒したいだけなのである。より正確に言えば、清十郎ではなく、吉岡道場の当主を倒したかったのであり、清十郎という人間には執着していない。

本来は、清十郎が武蔵に構ってやる道理はなかった。ところが明日、仕合うことになっている。これが一つ、武蔵の非凡さである。出てこないはずの敵を引き摺り出す知恵があった。戦略と言っていいのなら、武蔵には確かに将の素質があったようである。

仕合は見世物になってしまった。風聞と高札のために、いつどこで仕合うのか、皆が知っていた。

武蔵は木刀を持って立っている。棍棒ではない、歴《れき》とした木刀である。武蔵が自分で作ったもので、仕上がりがよい。彼の自尊心が許すなら、工芸で生きていくことも、この多才な男には可能だったろう。

木刀を一本、右手に握っている。構えずに、だらんと下げて持っていた。

流派を悟らせぬためか、と清十郎は考える。彼は武蔵の仕合にかける執念から、当然真剣での立ち合いになると考えていたが、得物は木刀であり、武蔵の構えはまったくやる気の感じられないだらけたものである。

考えれば考えるだけ、相手がわからなかった。

武蔵は、それはもう清十郎を研究していた。どういう考えで、どういう動きをする剣士なのか、噂を

集めて頭の中に再現していた。

正直な剣である。正直と言えばよい響きだが、武蔵に言わせれば、工夫がない剣、そして工夫に弱い剣である。

武蔵は工夫して挑んだ。力の抜けた足取りでふらふらと間合いを詰めた。その意図を清十郎の頭が考えようとした瞬間、急に素早くなって正面から迫り、木刀の先を突き出す。意表を突かれながらも、慌てることなく清十郎は突きをいなそうとした。途端、武蔵の木刀は突きから転じて振り下ろしに変わる。それが脳天を捉え、清十郎は倒れた。

武蔵は立って見下ろしている。影のある、陰鬱《いんうつ》な眼をしていた。倒れた清十郎を見下ろしながら、武蔵は口を開く。

「俺の勝ちでいいか」

返事はない。しなかったのではなく、意識がなかった。

武蔵は、強靭《きょうじん》な肉体を引き絞って溜《ため》を作り、清十郎の頭にもう一撃加える。頭の鉢が割れたのではないかと思われる、鈍く嫌な音がした。

吉岡の者たちが一斉に駆け出して武蔵を取り囲む。その中心で武蔵は咆哮《ほうこう》した。

「仕合じゃあっ、文句があるかっ」

武蔵を取り囲む吉岡一門は、四方から衆目を浴びていた。ここで武蔵を襲うことはできない。清十郎の身体《からだ》を担ぎ、道場へ引き上げていった。

当主清十郎が敗れ、吉岡道場の評判は下がった。その分、武蔵の名が上がる。清十郎は一命を取り留

めたが、意識が戻らない。

清十郎には伝七郎という弟がおり、これも剣術が達者だった。兄の仇《かたき》を討つべく、武蔵がやったように、噂を流し、高札を立てて武蔵を呼び出した。

当主はもう下した。今さら弟なんぞを相手にしても。

というのが武蔵の胸中である。弟を倒して当主を引き摺り出すという順番ならば、武蔵は伝七郎と仕合う意味を見出せる。ところが今は逆だった。おまけだけが後から出てきた格好であり、武蔵には有り難くも何ともない。しかも仇討《あだう》ちである。伝七郎はやる気に満ちていた。そのやる気が、武蔵には煩《わずら》わしい。

武蔵は自分の才能を理解していた。天才だと、自負している。その才能を発揮するために栄達しようとしているのであり、清十郎は昇っていくための踏み台だった。彼を倒して武蔵は一つ昇ったのである。だが伝七郎はどうか。これは踏み台にならない。それどころか、踏み終えた台の仇を討ちたいと意気込んでいる。

武芸者は、互いを踏み台にしながら上昇しようとする生き物である。その生き物としての本能に、武蔵は従っただけだった。

意気込んでいる伝七郎を見ると、生命の本能にケチをつけられたような不快感を感じる。たとえ自分では認めなくても、武蔵は武芸者だった。その本能が、伝七郎を許さない。

仕合った。今度は殺した。武蔵は伝七郎の命を奪い、武芸者の本能を守った。

吉岡一門の仇討ちは続き、あの一乗寺下《いちじょうじさが》り松《まつ》の戦いへ向かっていく。武蔵が一人で、吉岡一門を壊滅

させ、宮本武蔵の名を一躍轟《とどろ》かせたあの戦いである。当主清十郎は廃人に、弟伝七郎は死人になっている。この戦いで吉岡を背負ったのは又七郎といった。清十郎の子で、元服もまだまだ先の幼子である。

さて武蔵は、勝たねばならない。生き残るためでもあるが、それとは別に、伝七郎の時とは事情が違った。

吉岡道場にとっては、単なる仇討ちではなく、この後も吉岡が武芸の名門として残っていけるかどうかを懸けた戦いになっている。今度は、吉岡一門は総力をあげて挑んでくるだろう。これに勝てばどうなるか。誰を倒したということではなく、一門をまとめて屠《ほふ》ったということになる。それを成した武芸者が、果たしているだろうか。しかも相手は吉岡道場である。在所の些末《さまつ》な流派とはまるで違う。古くて大きく、強くて格式高いと信じられている、室町将軍の剣術指南を担った、あの吉岡道場である。

どうやって勝つか、という点を武蔵は考えた。

連中は吉岡一門を守ろうとしている。ではその志を挫《くじ》いてやればよいだろう。

結果、どうしたか。

武蔵は一乗寺下り松で待ち構える吉岡一門の様子を観察し、その構えの手薄なところを強襲した。数人斬り殺して自ら包囲の中心に駆け込む。そこには又七郎がいた。この名目上の当主、幼子の又七郎を、武蔵は殺した。頂門《ちょうもん》の一針《いっしん》、というよりも、これで決着した。吉岡の断絶を目の当たりにした門人たちは戦意を挫かれてしまう。それを順番に、武蔵は平らげた。

以後、武蔵は触れて回る。

吉岡一門はまとめて俺が倒した。

彼の名は響いた。一気に響き渡った。室町幕府の崩壊とともに役目を失って衰退していった吉岡道場は、最後にその歴史的使命を果たした。

武蔵を世に出すこと。

まるでそのためにこれまでの栄華があったかのような最期であった。

武蔵は二十九歳までに六十数回も仕合い、一度も負けなかったという。自分でそう書いている。連戦連勝だった彼が、二十九歳で仕合うのをやめた、より正確には、可能な限り仕合わぬように振る舞い始めたのは何故《なぜ》か、というのが武蔵を考える上で一つの取っ掛かりになるだろう。

仕官が叶《かな》った武芸者であれば、そこが転機になるのはわかる。仕官のために売名が必要で、そのために目ぼしい相手を探して仕合うわけだが、仕官してしまえば、今度はその地位を守らねばならない。負ければ失うのであるから、負けぬようにせねばならず、確実な方法は、仕合わぬことであった。それまで散々、腕に覚えがあるなら仕合え、俺が怖《こわ》くて逃げるのか、と喚《わめ》き散らしてきた者が、一転して、賢《さか》しげなふりをし、みだりに抜刀に及ぶのは武人として如何なものか、などとあれこれと言葉を並べて仕合を避けるようになる。出で立ちも家中に相応しい常識的なものに改まり、もちろん奇行からは足を洗う。野垂れ死ぬ多くの武芸者からすれば、仕官できた者は幸せである。だがその幸せなはずの者たちも、摑んだ地位を失わぬために、自身の前半生を自ら全否定するような変貌を遂げて、少ない禄にしがみつかねばならない。どのみち、そういう哀《かな》しい生き物だった。

武蔵の場合はこれとは違う。彼は仕官できていない。負けたわけでもない。だが、二十九歳で変わっ

たのである。

二十九歳、彼は巌流と仕合って勝った。巌流にとっては人生最後の仕合であるが、武蔵にとっては何が特別だったのか。それがわからなければ、巌流島の戦いはただのチャンバラになってしまう。

巌流との勝負を含むそれまでの仕合を振り返り、武蔵は彼が勝ち続けた理由についてこう言っている。


兵法至極にしてかつにはあらず。おのづから道の器用有りて、天理を離れざる故か。又は他流の兵法、不足なる所にや。


武蔵の中で、武芸（彼の言う兵法）が変質したのだろう、と考えている。

「兵法至極にしてかつにはあらず」。武芸を極めたから勝ったのではない。これは、武蔵は断言している。

「おのづから道の器用有りて、天理を離れざる故か」。才能があって、武芸の道理を踏み外さなかったからだろうか。これは自問するような書き方である。

「又は他流の兵法、不足なる所にや」。または相手が未熟なだけだったのか。

つまり武蔵は、自身の勝利の理由がわからないと言う。兵法を極めたから勝ったのではない、ということを確信してはいるが、では何が理由で勝ち続けたのか考えると、それはわからないのだと言う。

その答えを探すために、この後の人生を使ったと記す武蔵が、答えを見付けたのは五十歳を越えてからだった。そう武蔵が書いている。その答えを記したのが『五輪書』である。

答えは何か。となると『五輪書』を読み解いて事細かに解釈を述べることになるのだが、そんなことをしていては紙幅がいくらあっても足りない。

武蔵の言い分を突き詰めると、剣術という技術の集合体の根底に、体系化された思想があった点で、武蔵は他の武芸者と違っていたという。

得物の選び方、その操作方法、足の運び方、さらには目に見えぬ判断、それらすべてに理に適《かな》った根拠が必要で、そうした根拠が一つの思想のうちに矛盾なく収まらねばならないと言う。これを満たしたのが、武蔵だけだったという主張である。

ほとんど、合っているのだろう。少なくも武蔵としては、そういう理解をせねば腑に落ちなかったのだろう。

武蔵の思想には、今日の感覚に照らせば、思想と呼ぶほどの深遠さはない。根拠に基づき、確信を持って臨みなさい、ぶれずに一貫しなさい、という程度の説教、悪く言えば小言《こごと》である。だが、武蔵以前にはこれがなかった。武蔵以後はある。近世の道場剣術は、技術と精神の両面を説く。江戸も中期になると、泰平の世が板について、技術としての剣術は現実の必要を失ってしまい、むしろ精神こそが流派の本体であるような様相を呈する。

武蔵の思想は本体ではない。武芸、彼の言う兵法と不可分のものである。であるから、武蔵は自分の剣術に宿っていた思想に気付かぬまま勝ち続け、二十九歳でようやく違和感を覚えた。その違和感の正体を知ったのは五十過ぎである。

巌流島の戦いは何だったのか。

時代に先駆けて思想を帯びた武蔵の剣が、純粋な技術として磨き上げられた巌流の剣と衝突し、その内なる思想の存在を感じ取った戦いだったのだろう。となると、巌流の剣は、武蔵の剣から、その表層を成す技術を相当に削《けず》り取《と》り、思想が脈打つ深奥を剝《む》き出《だ》しにしかけたはずである。

「兵法至極にしてかつにはあらず」

従来の武芸の枠組みの中で、技術に勝《まさ》っていたからではない。という意味だろうか。

武蔵の剣は、戦国の剣術と近世剣術の狭間にある。単なる技術ではなく、かつ思想に乗っ取られてもいない。

武蔵と巌流、二人の剣士の戦いは、剣術における中世の終焉《しゅうえん》であり、そして近世へ渡河する船出であったろう。

第十章　真説　巌流島

豊前《ぶぜん》小倉藩初代藩主細川忠興《ただおき》。彼が率《ひき》いる小倉藩、すなわち細川家は、名門中の名門である。加増転封《かぞうてんぼう》により新参の召し抱えがあり、巌流のような者も家臣の末席に加えられたが、彼ら新参が細川家中で上昇していくことは極めて困難だった。

実績も、能力も、家柄も、藩主になってもおかしくないような人材が幾人も揃っていた。室町幕府の幕臣出身者も多い。家老たちが集まると、かつての室町幕府の中枢をなすような顔触れであった。新参の者たちは少しずつまとめられ、そうした累代《るいだい》の家老格の者たちに振り分けられ、細川の臣として育てられながら働いていた。

武蔵は関ヶ原の時、黒田如水《じょすい》を頼って豊前に上陸している。新免《しんめん》ゆかりの者たちと一緒だった。戦《いくさ》が終わると、武蔵は都へいったが、そのまま九州で牢人した者たちもおり、その中から細川家に召し抱えられた者たちもいた。彼ら新免衆を預かったのは筆頭家老の松井康之《やすゆき》である。康之引退後は、息子の興《おき》長《なが》が引き継いだ。この父子が細川家中を束ねて忠興を支えている。

今、慶長十七（一六一二）年である。この慶長年間終盤にあって、松井康之の経歴は特筆に値する。

最初の主君は、室町将軍足利義輝だった。その頃は、忠興の父藤孝《ふじたか》(幽斎)と同輩の関係である。室町幕府崩壊後は信長に仕え、信長の死後は藤孝に請われて客将となり、その後、細川家中の要《かなめ》となった。本来は同輩の間柄であったから、藤孝は康之を決して粗略にせず、主従の関係になっても、常に敬意を払って遇した。康之もまたそれに甘えて驕《おご》ることなく、軍事においても政治においても、一命を賭して藤孝を支えた。信長の時代、敵兵の攻め寄せる塀によじ登り、藤孝と並んで鉄炮を撃ったこともある。海上に出て、毛利水軍を討ち破ったこともあった。豊臣政権下、秀次《ひでつぐ》謀反の一件で忠興に嫌疑が掛かった際、奔走して疑いを晴らし、細川家を守ったのもこの康之である。その政軍両面での活躍は他家にも響き、豊臣秀吉は十八万石で取り立てようとしたが、康之は辞して細川家中に留まった。幽斎と力を合わせて戦国乱世を駆け抜けた武人である。経歴から言えば、忠興の時代にはとっくに退いて幽斎と隠居生活を楽しんでいたはずの人物だが、幽斎に頼まれて忠興の側に残った。関ケ原では主君忠興不在の九州に残っている。黒田如水とともに九州における東軍の双璧をなし、西軍の大友氏を押さえ込んだ。

二年前の慶長十五(一六一〇)年、幽斎は逝《い》っている。一年前、慶長十六年、ようやく康之は隠栖した。隠退しても、忠興の康之への信頼は揺るがない。細川家中にあって、主君忠興が師のように仰ぐ臣であった。石高は二万五千石である。小藩の藩主を遥《はる》かに凌《しの》ぐ高禄であり、雄藩の家老でもこれだけもらっている者はほとんどいない。

彼、康之のような実績があれば、武蔵も望む家に一万石で召し抱えられただろう。働き通しの康之にも趣味はあった。茶を嗜《たしな》む。我流ではなく、きちんと習った茶の湯だった。師は千利休である。何から何まで格が違った。康之の下に預けられた新免衆は、この筆頭家老の前では地に伏すばかりである。出

世して、いつか追い抜けるなどとは爪の先程も思わない。声を掛けられでもすれば、感激と畏怖《いふ》で心《しん》の臓《ぞう》が裂けるように躍った。同じ細川家中とは言え、雲上の存在であった。

去年康之が隠退し、今は息子の興長が跡を継いでいる。天正十（一五八二）年の生まれであるから、この時、三十一歳だった。武蔵とほぼ同年である。武蔵が自ら記した『五輪書《ごりんのしょ》』によれば、どうやら彼は天正十二年の生まれらしいので、武蔵の方が二つ若い。ほぼ同じと言っていいだろう。興長はこの時点では相続直後の若手であるが、後々、父に見劣りせぬ活躍を示して細川家を支えていく。その詳細は省略するが、活躍した結果、興長はどうなったか。

彼は主君忠興の娘を妻に迎えた。養子や猶子《ゆうし》ではなく、実の娘である。彼の時代にあってはもう随分と古い話になるが、かつて信長が足利義昭を追放した時、藤孝は室町幕府の名門である細川の姓を取り下げ、長岡を名乗った時期がある。この長岡姓を、興長は許された。一門の扱いである。後に細川家が豊前小倉から肥後熊本に加増転封されると、興長も加増され、三万石になった。さらには幕府から許可され、八代城《やつしろじょう》をもらう。隠居した忠興の城だった。忠興の死後、幕府は破却を命じず、興長の城とした。以後明治まで、代々松井家の城となる。三万石の城持ちであるから、実態としては、大名であろう。長岡佐渡守興長という。幕府中枢で、単に「佐渡」と言えば興長を指したと言われるほど、中央政界でも存在感を放った。

この父子に、新免衆は預けられていた。今は息子の興長である。去年家督《かとく》を継いだばかりであるが、だからと言って新免衆が気安く交われる相手ではない。

この若き筆頭家老松井興長に、巌流と仕合えるよう取り次いでくれ、と武蔵は新免衆に依頼した。武

蔵はこの時、牢人である。

武蔵の名は響いていた。武蔵を知らぬ武芸者は、天下に一人もいない。そのことは同郷の新免衆にとって誇らしいことであったが、武芸者としての名声だけで跨《また》げるほど、松井家の敷居が低くないことを新免衆は知っていた。しかもこの場合、同郷の牢人を家中の剣術指南役と仕合わせてほしいと頼むことになる。

新免衆についてはある程度わかる。新免家は、主家である宇喜多家を失った後、黒田家に召し抱えられた。だが、これは新免の中核だった者たちだけであり、多くの家士は散り散りに九州各地で牢人する。このうち、豊前小倉で牢人していた者たちが細川家に召し抱えられており、その頭目は内海《うつみ》孫兵衛《まごべえの》尉《じょう》、という人物である。孫兵衛尉に、彼と同時に召し抱えられた五名を加え、新免六人衆というのが、細川家中における新免衆の最初の面子《めんつ》である。他の五人も皆、何々丞《じょう》という名になっているので、おそらく普段は、内海孫兵衛、と呼ばれていただろう。この孫兵衛たち六人衆が、順次増加した新免衆のまとめ役となったようである。待遇は、孫兵衛が千石、他の五人が二百石ずつだった。その他はさらに低かっただろう。千石では指揮官にはなれない。それに付属する部隊長の扱いである。新免衆で一部隊を編成し、それを丸ごと誰かの指揮下に入れて使うつもりで孫兵衛に千石を与えたと思われる。彼の役割は指揮ではなく、上長の命令を隊に伝え徹底させることである。だが、千石である。関ヶ原で功を立てられず牢人していた孫兵衛は、忠興に感謝しただろう。細川家への忠勤に励み、二度と牢人の憂き目にあわぬよう懸命に働きたいと思ったはずである。また彼がそうしなければ、新免衆全体の印象が悪くなる。彼らは皆、忠興に拾ってもらった者たちだった。

新免衆の頭目、内海孫兵衛は千石の部隊長である。指揮官でないため軍議には参加できない。政治においてはなおのこと、である。細川家の政策に、関与するような立場にない。

松井興長は違う。筆頭家老である。軍事でも政治でも、彼抜きには話が始まらなかった。その興長に、武芸者の仕合のことを取り次げ、と武蔵は言う。

孫兵衛は困った。と言うのは、彼は武蔵と親しくなっていた。同郷から天下の武芸者が出たのである。孫兵衛は喜び、新免衆の者たちと申し合わせて、武蔵と交わっていた。具体的には、豊前と江戸、双方に詰めている新免衆が、機会があるごとに武蔵を泊めて語り合っていた。

武蔵は、彼の方からべらべらと喋る男ではなかったので、つい新免衆の口数が多くなる。また、昔の話をすると、武蔵が目に見えて不機嫌になったため、慌ててこれからの話をすることもあった。

巌流のことは、新免衆が武蔵に吹き込んだようなものである。武蔵は天下に響く剣士になったが、九州では、巌流が天下一と言われていた。そのことを、江戸で武蔵に話した。巌流は小倉藩の剣術指南役であるから、新免衆は彼を見掛けている。背は高く頑強な肉体のようではあるが、何せ齢《よわい》八十に迫る老人である。しかもその稽古は、ただひたすらに木刀を振らせるというもので、指南らしい指南をしていないと噂になっていた。

「昔はどうだったか知らぬが、ただの耄碌《もうろく》した老いぼれよ」

と一人が言った。江戸における彼らの宿所で、武蔵を囲み、酒を呑んでいる。武蔵は新免衆に用があったわけではないが、この頃、江戸には武芸者が集まってくるようになっており、武蔵もよく江戸を訪れていた。そのついでに彼らの誘いに応じたのである。新免衆の方が、武蔵に会いたがっていた。

別の者が続ける。

「あれが天下一だと誰もが言う。我らが武蔵を知らぬからじゃ。武蔵、小倉にきて、巌流と仕合ってくれ」

「そうじゃ、あの老いぼれを叩き出して、お前が細川家にきてくれ」

武蔵は反応しない。黙って呑みながら、何か考え始めていた。ちょうど江戸にいた孫兵衛もそこに座っていた。酒の席とはいえ、という思いがあり、孫兵衛は杯を置いた。

「よせ。同じ御家中であるぞ。細川家は常に一つ、その和を乱すような言は酒の勢いでも許されぬ」

そう言うと、場が沈んでしまった。彼ら新免衆は細川家に拾われた。幸運であった。だが細川家中での出世はない。その現実は、彼らの胸中にある種の陰鬱さを持たせた。酒が入ると、それが外に放たれる。武蔵の名が響くことに、彼らは慰められてきた。巌流を倒してより名を上げてくれれば、より慰められるだろう。それを願うことは、果たして旧交を温めるということだろうか。

わしらは惨めじゃ、と皆が我に返りかけていた。

孫兵衛は居づらくなってしまい、

「すまぬ、明日は早いのだ」

と言って部屋を出た。その後、どういう話があったか、孫兵衛は知らない。翌朝、宿所を出る時、孫兵衛は武蔵に声を掛けた。

素直な心持ちで、牢人中の武蔵に何かしてやれればと思い、

「何かあれば頼ってくれ。わしは今、新免衆の番頭《ばんがしら》のようなものじゃから、少しならものを言える。

おぬしが当家に気持ちがあるのなら、わしは喜んで御家老様に頼むぞ」

と言った。

数カ月前のことである。仕官するなら、というつもりの話であったが、武蔵は今、巌流と仕合いたいと言ってきている。小倉に逗留《とうりゅう》し、返事を待つと言う。

頼んでみる、と言って武蔵を帰したが、孫兵衛は困った。

筆頭家老の時間を奪うような話題ではない、と恐ろしくなっている。新免衆が興長に預けられている以上、孫兵衛は興長以外の重臣に先に伺いを立てることができない。言うとすれば、筆頭家老の興長に言うしかなかった。興長には言わずに、駄目だったと武蔵に返事をすることも、人によっては可能だったろう。それをやるには、孫兵衛は不向きであった。根が誠実にできている。

武蔵には、我ら新免衆はよく慰められた。武蔵のために禄を失う覚悟で、わしは言わねばならん。そのための番頭じゃ。

そのように自分に思い込ませようとした。完全に浸み込むよう、自分に術を掛けるように何度も心で唱えた。思い込まねば、こんな用件で興長の前に出ることはできない。

懇《ねんご》ろに我が身に暗示を掛けた孫兵衛は、意を決して興長に武蔵の件を頼もうとした。ところが、間《ま》が悪かった。

興長の父、康之が逝《い》ったのである。

それを聞かされた途端、孫兵衛の自己暗示は解けた。

俺は、御家老様に何を言おうとしていたのじゃ。

興長は主君忠興の下へ報告に上がっていると聞かされ、孫兵衛は松井の屋敷の門前で姿勢を低くした。片膝を地に着け、見上げるようにして門番の目を見る。

「それがし以下、新免衆一同、御家老様の御《おん》ためならば、万事懸命に勤める覚悟。直ちに新免の者どもを集め、御屋敷の門前に控えさせますれば、どのようなことでも、何なりとお命じ下さりませ」

孫兵衛は新免衆を招集した。動ける者はすべて、興長の屋敷の前に集めた。出入りの邪魔にならぬよう、塀の一番端から詰めて並ばせる。全員、片膝をつき、正面をじっと見ている。私語はない。

孫兵衛以下新免衆は、まるで陣中に在るかのように黙している。その彼らの視界に、静かに雪が落ち始めた。よく冷えた硬質の空気の中を、ゆっくりと落ちていく。その中のどの一片をも目で追うことなく、孫兵衛はただ正面を見据えていた。

康之ほどの大身であれば、その死後、連絡せねばならぬ相手は途方もなく多いだろう。しかも連絡先には、様々な身分の者がいるはずである。相手によっては家格のある者を使者に選ばねばならないはずで、そうした手配のために、興長の臣はおそろしく多忙になる。些末な仕事には構っていられなくなるかもしれない。そういう些事《さじ》に手が回らなくなった時が、

我らが忠節を示す時ぞ。

と孫兵衛は考えている。累代の細川の臣のような働きはできずとも、いやできぬからこそ、自分たちにできることは懸命にやらねばならぬ、と孫兵衛は考えていた。

門の中で、興長の家臣が言い交わす声が微《かす》かに聞こえる。何やら不測の事態が生じたようだが、詳細はわからない。

一人出てきて、門から孫兵衛を見た。孫兵衛は新免衆の中で、一番門に近い場所に控えている。孫兵衛は塀を背にして正面を見ているが、視界の隅で、興長の家臣が自分を見ているのを捉えていた。いや、頼むことではない。

という顔をして家臣は門に消えようとする。

「何なりと、お命じ下さりませ」

正面を向いたまま、孫兵衛は言った。白い息が、短く舞う。澄んでよく通る、気持ちのいい声だった。

家臣がやってきて、孫兵衛の前に膝をつく。

屈《かが》んだまま、顔を合わせた。

「遠方からも、多くの方がおいでになる。その方々ごとに、御家中や使用人をお連れになる。彼らは長く歩いておいでになるだろう。草鞋《わらじ》が傷《いた》むはずじゃ。お帰りの際、新しいものを、お連れになった人数分お渡ししたい。だが、数が揃わぬ。どうにかして草鞋を集めたいが、いや、草鞋のことじゃ、武人のすることではない。どうか、お気になさらず」

「我らにお任せ下さりませ」

「そなたらは細川の侍じゃ。下男ではない。新参だからと、御身《おんみ》を低くすることはない」

「草鞋といえど、御家老様のお客人の草鞋でござりまする。どうか我らにお任せ下さりませ。必ず、揃えてご覧に入れまする」

家臣は折れ、孫兵衛に頼んだ。

新免衆は松井の屋敷の前を発つ。孫兵衛は直ちに、新免衆を豊前全域に放った。草鞋を掻き集めなけ

ればならない。ところが、領内から集めてどれだけになるか試算してみると、足りないことがわかった。

ならば作らせねばならぬが、領民を勝手に使役《しえき》するのは謀反である。報酬を払う取引であれば、向こうがいいと言えばよい。そういう交渉のために、六人衆から二人割《さ》いた。二人は心当たりを訪ねるべく出立する。これから交渉するのであり、間に合うように作らせることができるかどうか、わからない。交渉が上手くいかない場合に備える必要がある。

それがしが編む、と孫兵衛は言った。新免衆の中では、孫兵衛の家が最も広い。そこへ、手元に残した者たちを連れていくことにした。

御家老様の御屋敷へいく、と言って出掛けた孫兵衛が、新免衆の何人かを連れて、それも仲良く藁《わら》を背負って帰ってきたので、孫兵衛の祖母は仰天した。牢人に戻ったのかと思い、孫兵衛に詰め寄って、何をしたかっ、と摑み掛かった。

「御家《おいえ》のためでござる」

と答えた孫兵衛は、他の者たちを家に上げて、黙々と草鞋を編み始めた。彼は、本来ゆかりのないこの豊前で牢人した時、想像を絶する困苦に喘《あえ》いだ。六人衆は同時に召し抱えられたのだが、なぜ六人一緒だったかと言えば、それは六人が一つの小屋に住んでいたからである。その小屋も、探さねば見付からないほど見窄《みすぼ》らしい小屋で、男が六人入ると、誰も横になれなかった。その中で六人は、馬に履《は》かせる草鞋を編んで食いつなぎ、仕官の口が掛かるのを待ち続けた。美作で孫の帰りを待っていた祖母は、新免衆が黒田家のお抱えとなったと聞き、早速訪ねていったのだが、孫はいない。聞いて回ると、士官先を求めて小倉へいったとわかり、その足で小倉を目指した。小倉で、新免の牢人はいないかと聞き回

ると、もしかしたらあの者たちか、という噂を得て、向かってみる。そこで見たのは、荒《あば》ら家《や》で草鞋を編んでいる孫ら六人の男であり、気性の激しいこの祖母は人目を気にせず怒鳴り散らした。彼女が怒りにまかせて地を踏みつけると小屋の壁が揺れる。倒壊を恐れた六人は、それぞれ決まっている自分の持ち場に手を伸ばした。風が強い日などは、六人がそれぞれ所定の場所を支えて小屋を守っていた。こうした暮らしぶりであった。孫兵衛の祖母がきて、生活はさらに困窮する。この祖母は必ず横になって寝た。そのため、六人は日ごと交代で二人ずつ野宿になる。野辺の草をむしり、煮炊きもせず食うこともざらだった。驚くほど貧しい牢人たちがいる、と噂になっていく。その噂に触れた時、忠興はすぐに家臣に命じて六人の様子を探らせた。

鳥獣と大差ない暮らしをしながら、言葉も所作も丁寧で、薄汚れたなりをしつつ、瞳は大志を宿したように輝いている。誰もが六人を貧しいと言うが、嫌だと言う者は一人もいない。

報告を受けた忠興は、その場で六人すべて召し抱えると決めた。

六人が仕官する時、実は細川家では新免衆で一部隊を作るほど増えるとは思っていなかった。後にそうなれば誰かにまとめさせればよいのであり、まずは六人をただの歩卒《ほそつ》で召し抱えようとしていた。待遇は、六人で千石である。割れば一人二百もない。それでも孫兵衛たちは喜んだのだが、祖母は怒った。

うちの孫が二百石に満たぬとはどういうことだ、と細川の家臣に詰め寄り、孫兵衛の有能さを弁舌し、忠興に直談判《じかだんぱん》させろと迫った。仕官の話が飛びかねない事態であり、孫兵衛ら六人は必死にこの怒れる祖母を宥《なだ》めたが、収まる気配がない。困った細川家臣は一度話を持ち帰り、忠興の側近に諮《はか》った。人事の問題であるから側近も独断できず、忠興の判断を仰ぐ。

忠興は短く思案した。短い間に、多くのことを処理できる頭がある。

宇喜多家中の新免家に属した者たちならば、気骨はあろう。彼らの他にもこの辺りで牢人しているだろうから、いっそ集めるか。

「新たに千石用意し、それで内海孫兵衛をとる。始めの千石で残りの五人だ。すまぬが明日、もう一度人を遣《つか》わしてくれ」

「内海だけ千石になりますが、よろしゅうございますね」

と側近が訊いた。忠興の考えは理解できている。その上で、今後増やしていくであろう新免衆の頭目が内海でよいのかと念を押したのだった。

「そういう祖母に育てられたのであれば、忍耐の利く男のはずだ。内海に束《たば》ねさせる」

祖母が小倉までやってくる以上、親はいないのだろう。内海孫兵衛はその祖母を養わねばならない。その点でも、他の者より押さえが利く。数を揃えるとどうしても昔のくせが出る。新免衆を宇喜多から細川の行儀に躾直《しつけなお》す過程で、彼らは不満を抱くだろう。それをよく散らしながらこちらの命令に従う者に束ねさせたい。

そういうことを、ほんの一つ息をする間に考えて、忠興は孫兵衛を千石にした。この千石は、祖母がもぎ取ったと言っていい。

孫兵衛は草鞋を編み続ける。食いつなぐためではなく、忠義を示すために編む。自分が編む草鞋の一足一足に、新免衆全員の行く末がかかっていると思っていた。

先代の筆頭家老松井康之が死んだのは慶長十七年の一月二十三日である。そこから多忙になった松井家中がそれなりの落ち着きを取り戻したのは三月に入ってからだった。興長は父の死後、一つの手落ちもなく働いてくれた家臣らを労《ねぎら》い、これからはいっそう力を合わせて細川の家を支えていこうと結束を呼び掛けた。そういうやり取りの中で、新免衆が草鞋を用意したことを知り、あの日の門番を呼んで詳細を確認した。

あの日、孫兵衛がどのように動いたかを、興長は知る。

忠義の者だ。

興長はすぐに使いを出し、孫兵衛を呼んだ。興長が呼んでいると告げられると、孫兵衛の祖母は、やはりか、と思った。草鞋を編まされるなど、遠回しに出ていけと言われているようなものである。居座り続けてきたが、その日がきてしまったのだと思った。

私が腹を切るから勘弁してもらえないか、ということを言い出し、興長の使いを驚かせている祖母に、生きて待つように言って、孫兵衛は家を出る。

急いでやってきた孫兵衛は、左右に松井の家臣が居並ぶ中、興長の前に平伏した。興長は立って数歩進み、孫兵衛の前に座り直す。そして孫兵衛の手をとった。

「草鞋のことを聞いた。この手で、編んでくれたそうじゃな」

「ははっ、数を揃えるため、それがしどもが編んだものもございまする」

「草鞋の件までは、門の外に控えたと聞いておる」

「御家老様のお許しなく敷居を跨ぐわけには参りませぬゆえ」

「一月の末じゃ。寒かったであろう」

「鍛えておりますれば、風雪は苦に致しませぬ」

興長は無言で頷き、孫兵衛の手を離した。孫兵衛は改めて平伏《ひれふ》す。それに対し、面《おもて》を上げるよう興長は言う。

孫兵衛はゆっくりと身体を起こした。目の前に興長がいる。これほど近くで見るのは初めてだった。興長は優しい目をしていたが、急に、鋭い武人の目になった。そして命じるような声色《こわいろ》で話し出す。

「孫兵衛、今後は俺についてこい。無論、立場は殿の臣であるが、俺の側を離れるな」

「もとより、無二にその覚悟でお仕えしておりまする」

「気構えのことではない。今後、俺が江戸詰の時は、お前も江戸だ。俺が国元ならお前もそうだ。殿にお願いして、お前を俺の側に置く。俺の側を離れるな。そのままの意味だ。俺の側で学び、俺の側で働け」

夢でも見ているのか、と思ってしまう。一瞬、返事が遅れた。はっとして、孫兵衛は板間に額がつくほど伏した。

「有り難き幸せにござりまする。一命を賭してお仕え致しまする」

興長はまた無言で頷いた。そして左右に座している家臣を見渡す。

「聞いたな。今後、孫兵衛は身内と思い、よくしてやってくれ」

ははっ、と左右から聞こえる返事すら、他家とは違う名門の響きがするようだった。筆頭家老松井家は、孫兵衛たちとは何もかも格違いの家である。既に記したそれに、もう一つ加えるなら、松井氏は源

氏である。後に武蔵が藤原を自称するのとは違う、正真正銘の清和源氏である。細川も清和源氏である。小倉藩の上層部には、そういう家が集まっていた。今左右で返事をした中にも、聞けば畏《おそ》れ多くなるような者たちがいる。そういう中に、孫兵衛は出入りすることが可能になった。

この席が解散になった時、興長は孫兵衛を残して、少し話をした。累代の臣ではない孫兵衛が気後《きおく》れせぬよう、気を遣ってくれたのだった。

「これからは毎日のようにここにくるのだ。そう、おどおどするな」

「ははっ」

「孫兵衛、おぬしの忠節、嬉しく思うぞ」

「勿体なきお言葉、痛み入りまする」

「今日だけ特別じゃ。何か望みはあるか」

「お側にお仕えできるだけで、幸せにございまする」

「今日だけじゃ、明日はない。遠慮せずに申せ」

言うなら、今しかない。

そう思って孫兵衛は恐る恐る武蔵の話をした。宮本武蔵の風聞は興長も耳にしており、人物の紹介はせずに済む。

武蔵が小倉にきている、と言うと孫兵衛は息を継がずに続きを話した。言葉が休めば、仕官の話だと思われるだろう。

「当家の剣術指南役と仕合いたいと申しておりまする」

「宮本殿は、それをなぜ、おぬしに頼む」

「武蔵は我ら新免衆と同郷にござりますれば」

「おぬしは、仕合わせたいのか」

「お許しいただけるのであれば」

「わかった。巌流と話す。巌流がよいと言えば、殿に頼む。この件は俺が預かる。宮本殿には、俺の預かりになったとお伝えせよ」


筆頭家老から屋敷にくるよう命じられた巌流には、心当たりがない。いや、まったくないわけではない。三年素振りの続いた者にしか技術を教えない彼の指南を、よく思わぬ者たちもいた。巌流に言わせれば、素振りもできぬ者に技を仕込んでどうするのか、ということだが、彼の役目は小倉藩の剣術指南役である。藩士に剣術を指南するのであり、武芸者を輩出するのではない。剣術がまったくできぬ者が、多少できるようになれば、それでよかった。

実はもう一つ、心当たりがある。ほんの数日前、素振りばかりではないかと不満を言ってきた若造を、叩きのめしていた。ならば稽古を付けてやると言って仕合の形をとり、二度と刃向かわぬように痛めつけてやった。その痛めつけ方が凄まじい。もうすぐ八十になろうかという巌流だが、若い藩士をまったく寄せ付けなかった。一の太刀で相手の木刀を弾き飛ばし、続く二の太刀で鎖骨《さこつ》を砕く。膝をついた若侍のこめかみを薙《な》ぎ払《はら》って意識を奪い、気絶して倒れている身体を滅多打ちにした。その一撃一撃が、老体から放たれているとは信じられないような速さと鋭さであり、若造の身体は、本来は曲がらないは

ずの箇所から曲がり、地にめり込んでいった。

見ていた者たちも、思わず木刀を落としたり、嘔吐しそうになって遠くへ駆けたり、巌流の尋常ならざる剣撃に衝撃を受けた。巌流の指南を受けている彼ら若い藩士たちは、早くても天正年間末の生まれであり、大半は文禄の生まれ、特に若い者は慶長になってから生まれている。戦国の世に極稀《ごくまれ》に現れる規格外の肉体を、知識としては知っていたが、目の当たりにしたのは初めてだった。いや、ずっと眼前にあったのだが、そうとは知らずに過ごしていた。

歳のわりには達者な爺さんだな、という程度の認識で、ひたすらに素振りを要求してくる指南役を見ていたのである。

見る目が改まった。

陸奥守もこういう御仁だったろうか、という認識になる。この場合の陸奥守は毛利元就ではなく、佐々《さっさ》成政《なりまさ》である。七十代で厳冬深雪の佐良峠《ざらとうげ》を越えた男で、この時代にはもう死んでいたが、さらさら越えの話はよく知られていた。今もよく語られる。佐良峠は飛騨山脈、立山連峰にある。日本アルプスである。冬の日本アルプスを、七十代の男が越えた。天正年間は今よりも気温が低い。さらには、現在のような装備もない。蓑に笠、木製の杖、藁で編んだ履き物で、成政は越えた。七十代の男を集め、同じ条件で挑ませれば、千人中千人死ぬだろう。一万人投じれば、一人はやり遂げるかもしれない。そういう常識外れの肉体が、稀にであるが、戦国の世で躍動した。この後で言えば、加賀前田家中の富田重政《とだしげまさ》だろうか。利家・利長・利常の三代にわたって仕え、隠居後に駆り出された大坂の陣で、十九の首を上げている。富田勢源《せいげん》の実弟、富田景政《かげまさ》の婿養子であり、流派は無論、中条流である。達人だったこと

は間違いないが、剣術だけでなせることではない。肉体の性能が凡人とは違っていたはずである。巌流も、そうした肉体に恵まれていた。それを見せ付けることで、一罰百戒《いちばつひゃっかい》の効果を期待したのだが、多少、やり過ぎたかもしれない。

周囲で見ていた他の者たちは、心が入れ替わったように素振りに励むようになったが、やられた当人は目が覚めず、巌流がその者の家まで担いで運び、放り込んで帰ってきた。ほんの数日前のことであり、その後、彼が目を覚ましたかどうか、巌流は知らない。呼び出されたのは、この件かもしれなかった。咎《とが》められるかのう、と思いながら、巌流は面《おもて》を上げた。彼の前方には、筆頭家老松井興長が座っている。

「当家での剣術指南、よく行き届いておる。隠さず申せば、素振りばかりだと悪く言う者もおるが、まず振り込ませるのは道理であろう。細川の侍は、人並みではならぬ。取り組むからには、覚悟をもって臨むべきじゃ。今のまま、指南してくれ」

「ははっ」

と巌流は平伏す。平伏しながら、これを言うために筆頭家老が動くのか、と疑問に思っていた。無論、本題はここからである。

宮本武蔵を知っているか、と興長は訊いた。巌流は正直に、噂には聞いているが面識はない、と答えた。

今小倉にきていると言った興長は、遠回しな言い方はせず、こんと叩くような調子で訊く。

「おぬしと仕合いたいと言っておるそうじゃ。俺の側にいる内海孫兵衛と同郷で、孫兵衛が取り次い

できた。返事はしておらぬ。おぬしの意向を確かめておきたい」

「殿のお許しがいただけるのであれば」

「辞退したいか」

「いえ、仕合ってみとうござりまする」

「わかった。では、俺が殿に頼む」

松井の屋敷を出た後、巌流は自分の家に戻りながら、宮本武蔵、と唇を動かした。声は出ていない。

巌流はもう、仕官している。名を上げる必要はなく、したがって仕合う必要もない。むしろ、仕合わぬ方が都合のよい立場である。だが、興長から話を向けられた時、ほとんど反射的に仕合いたいと思い、思慮せぬまま返答してしまった。驚くことに、後悔がない。

仕合か。

もう随分と懐かしい響きのする言葉だった。それを、やはり唇だけを動かして、確かめるように唱えてみる。

仕合う、俺が、武蔵と。

周囲が賑やかになっていたことに、巌流は気付かなかった。彼は松井の屋敷を出てから、自分の家に向かっている。西の洗練された世界から、東の馴染んだ界隈《かいわい》へ戻ってきていた。

「旦那、どうされたんです」

と、もう数十年も前から知っている男に声を掛けられて、我に返った。男は小倉の町人である。巌流が牢人していた頃から面識があった。

「おぬしか。どうとは、何じゃ」

「いえね、旦那が、珍しく口元を緩めておいででしたから、何かいいことでもあったのかと」

「ふむ。俺は笑っていたのか」

「ええ、口元だけですが」

「そうか。ならば、よいことなのじゃろう」


細川忠興は藩を預かる者として、統治機構としてどうなのかという文脈に乗せてこの件を考えた。そして彼の思ったことを、そのまま興長に話した。場所は忠興の自室である。そこで二人で話した。

「当家の藩士を、どうして牢人と仕合わせるのだ。一度それを認めれば、当家へは禄を求める牢人たちが間断なく押し寄せ、藩士は一々仕合い、仕合わねば誹《そし》られ、本来の勤めが疎《おろそ》かになるのは必定《ひつじょう》。百害あって一利なしじゃ。断れ。武蔵かどうかは問題ではない。藩士と牢人である点が問題だ」

仰せの通りである、と興長は思った。だが下がらない。

「ならば宮本殿を、それがしの客分とし、当家の内輪での仕合とすれば如何でしょうか」

「武芸者同士の仕合を、当家が執り行う道理がない。我が細川家は、そのような家風ではない。それはおぬしも知っておろう。興長ともあろう者が、何を申すか」

「宮本殿は天下一の武芸の達人と謳《うた》われておりまする。当家の巌流もまたそのように。その二人を揃えて仕合わせれば、武芸、兵法に関心のある家から一目置かれましょう。例えば、徳川様も、武芸を嗜《たしな》まれると伺っておりまする」

「見え透いた方便を使うな。わしに通用すると思うておるのか。どうして、仕合わせたい。おぬしが二人に仕合をさせようとするわけを申せ。それを聞いて判断する」

「宮本殿の望みをそれがしに取り次いだのは内海孫兵衛でござりまする。我が父康之が身罷《みまか》り申した際、それがしの目の届かぬところで忠節を働き申した。それがしは後になって偶然、孫兵衛の忠義を知り、今は側に置いておりまする」

「知っておる。わしがそれを許したのだ」

「孫兵衛に褒美を取らせようとしたところ、同郷の宮本殿の望みを叶《かな》えてほしいと申したのです」

「健気《けなげ》である。そなたが側にほしがるだけの男じゃ」

「既に巌流に問いましたところ、巌流も殿のお許しが出るのであれば仕合いたいと申しておりまする。決して、それがしがそう言わせたのではござりませぬ」

「そうであろう。おぬしは無理に言わせぬし、巌流も無理に言わされたりはすまい」

「まずは孫兵衛へ褒美をやりたいと思い申した。今は、双方が望んでおりますれば、叶えてやりたいと考えておりまする」

「それだけか」

「それだけにござりまする」

「わかった。ならばよい。武蔵をおぬしの客分にし、巌流と仕合わせる。ただし見世物にはせぬ。わしの巌流と、おぬしの武蔵が、当家の内輪で仕合を致すように調《ととの》えよ」

「有り難き幸せ」

「任せる。子細定まれば報せよ」

「はは」

小倉藩の領地に、船島という無人島があり、場所はそこに決まった。関門海峡にあり、陸地から見えるところに浮かんでいる。日取りは四月十三日と定められた。

それまでの間、武蔵は客分として興長の下に留まった。細川家が内輪で執り行う仕合の、興長側の武芸者となる。当日、船島へは、興長が用意した船で渡ることになっていた。

巌流は忠興の武芸者という扱いである。忠興の船で島に渡る。

検分は、忠興と興長が揃って行うように興長は考えたのだが、これは忠興に却下された。忠興の代わりに家老の有吉内膳《ありよしないぜん》が興長と検分することになった。

当日まで、一月もない。

武蔵は彼が常にそうしてきたように、巌流の剣術を調べようとした。ところがよくわからない。流派は中条流らしいが、集めた風聞では大太刀を得意とするようで、技と得物が嚙み合わない。中条流は小太刀の剣術である。他は、速い、とか、強い、という役に立たない風聞だった。何がどのくらい速いのか、どのように強いのか、それが聞こえてこない。

小倉に連れてきていた門人どもに命じて、巌流の様子を探らせた。これも武蔵にはよくわからない報告が上がってくる。何も変わった様子がなく、ただ剣術指南役として日々を過ごしているという。ただ稽古は、ひたすらに木刀で素振りをさせるだけだという。何か普段の稽古を見せたくない理由があるの

かとも思ったが、情報を集めると、かつて新免衆から聞かされた通り、本当に素振りをさせる稽古らしい。

実績さえなければ、阿呆なのだろう、という結論を出すところだが、この巌流が九州の剣壇《けんだん》を押さえ付けているのは事実である。強すぎて外に置かれている風すらある。巌流を除外した上で、何流の誰々が、という話をしているようにも、余所者の武蔵には見えた。除外せねば、話し始めると同時に結論が出るのだろう。それほど、一人別格の強さになっている。

もうすぐ八十のじじいです、と弟子の一人が言った時、二十九歳の武蔵は、

「だから何じゃ」

と訊き返した。

弟子は、下調べせずとも武蔵ならば勝てると言いたかったようだが、武蔵は年齢と剣術に相関関係を認めていない。

五里十里と駆け比べるのではない。一撃、たった一撃、相手の命に届けばよいのである。若々しい動きである必要はない。その直前までかたかたと身体を震えさせていても、一つ放つ間だけ相手を仕留め得る動作がとれれば、それは剣士であった。静から動へ転じる瞬間を見極めるのに、肉体の老若は関係ない。老いてなお最強と呼ばれるのであれば、勝敗の分岐する一点を見極める力に、ただならぬものが潜んでいると見るべきである。それがわからない門弟どもに腹が立った。師の機嫌をとろうとするおべっかだとしたら、いよいよ不快である。

もう一つ、武蔵の理解できぬことがあった。巌流が、武蔵について調べている様子がないのである。

まったくない。武蔵のような分析能力はなかったとしても——武蔵は彼以外には誰も持たないと信じているが——、気になって調べ回るのが人である。それをしないとは、どういうことか。

どのような剣術を敵にしても通用する、必殺の一撃があるのか。だとすれば、その技が聞こえてこないのはおかしい。

どうでもいい噂がもう一つ入った。巌流が都にいた頃、疾風《はやて》という異名だったらしいというもので、だから何だ、という以前に、真偽からして疑わしい、仮に真だとしても、何十年も前の話だった。今の巌流を検討する役には立たない。

結果的に、武蔵は事前の分析ができなかった。この場合どうするか。自身の武芸を信じて場当たりの勝負で雌雄を決する、というのは凡人以下の考えである。天才である武蔵はそれはしない。よくわからぬ敵にどうやって勝つか。武蔵はそれを考え、工夫した。

四月十三日、仕合当日。

巌流は小袖袴《こそでばかま》という、一昔前の普段着とも言うべき出で立ちで浜に現れた。腰に二本、背中に大太刀で、まともな家中とは思われない。頭が月代《さかやき》でなければ、武芸者の頃の出で立ちである。違うと言えば、小袖の上に袖無しの陣羽織を羽織っていた。緋色の小袖の上に白の袖無し陣羽織が映える。無い袖の口が黒で縁取られており、小袖の緋色《ひいろ》と組み合わされると派手な色合いであった。久しぶりに仕合うことになり、目立とうとする武芸者の感覚が目を覚ましたようである。

浜に並べた床几《しょうぎ》に座る二人の家老、松井興長と有吉内膳は、ふむと頷いた。巌流は時間通りにきてい

る。細川の家臣として当然のことであり、その当然が守られたことを確認して頷いた。

それにしても、と二人の家老は巌流の背負う大太刀が気になる。

大太刀にしても、長過ぎではないか。

その様子を感じ取った新免衆の内海孫兵衛は、興長の側から静かに進み出て、巌流に深々と一礼し、声を掛けた。

「仕合の前にご無礼仕りまする。見事な大太刀でござりまするな。長さはどれほどござりまするか」

まだ相手もきていない。船にも乗っていない。巌流はまったく嫌な顔をせず、ああ、と大太刀の柄《つか》を握って見せた。抜きはしない。

「四尺でござる」

孫兵衛は、純粋に驚いた。彼の腰にある刀は二尺一寸である。この場合、刀身の話をしており、柄も入れるとさらに長い。柄も入れれば、巌流の大太刀は、この時代の成人女性の身長に匹敵する長さであり、徒士《かち》でこの長さを取り回すのは、かなり現実離れした、それ自体を芸当と言ってもいいものだった。

巌流自身が六尺を越す長身であるが、それでもこの大太刀は長い。

そんなものを操れる者がいるのか、と思いながら、興長の側に戻り、膝をついて控えた。巌流は七十九歳である。その老剣士が、ぴんと伸びた背にそのような大太刀を背負っていた。

さて、浜には二艘の船が泊められており、出発を待っている。一艘は忠興が用意した船で、乗せるべき巌流は到着している。もう一艘は興長が用意した船だが、乗せるはずの武蔵が現れない。

「床几を持て」

と興長が言うと、孫兵衛はすぐさま用意し、巌流に座って待つよう言った。

武蔵がこない。

このことに、孫兵衛は不安を覚え始めた。もう半刻《はんとき》は、約束の刻限を過ぎている。この仕合は武蔵が望み、孫兵衛が取り次ぎ、興長が願い出て、忠興の許可の下、行われるものである。武蔵がこなかった場合、孫兵衛は自分を抜擢《ばってき》してくれた興長の面目を潰すことになる。

俺の腹などでは、いくら切っても償えぬぞ。

という思いが生じていた。いよいよになれば、同じ新免の侍として、孫兵衛自身が興長の武芸者となって巌流と仕合うことが可能かどうか、そんなことまで頭をよぎっていた。

そこへ、武蔵から頼まれたという男がやってきた。武士ではなく町人であり、武蔵から興長宛の書状を預かったと言っている。海峡の向こう側からきたらしい。かつての赤間関《あかまがせき》、この頃の下関である。どうして下関の者が武蔵の書状を預かり得るのか、浜にいる一同にはわからない。

男が言うには、武蔵は昨晩、下関に泊まったのだという。今朝、その下関から自分で雇った船に乗り、既に船島へ渡っているらしい。なぜそのようにしたかについて、書状にしたためたので届けるよう頼まれた、と町人は言う。

興長は書状を読んだ。武蔵の言い分は次のようなものである。

巌流が忠興公の船に乗り、それがし（武蔵）が御家老様の船に乗って仕合うとなれば、どちらが勝っても細川家の内部に禍根《かこん》が残ってしまいます。そこでそれがしは仕合の前日、下関に渡りました。そこ

から自分の船で参ります。これならば、勝敗どちらに決しようとも、細川家に禍根は残りません。

何じゃこれは、と興長は思った。

後の煩わしさを避けながら家中と牢人を仕合わせるために、興長が忠興に相談して誂《あつら》えた体裁を、その牢人が、それでは細川家中に禍根を残すなどと嗜《たしな》めるような口を叩いて勝手に壊したのである。

興長は表面上、極めて冷静な所作、柔和な表情で書状を閉じた。だが胸の中では呆れ返っている。

そもそも、牢人風情が細川家中云々とは、それ自体、思い上がっている、と思っている。

取りやめじゃ、と言いたかったが、その許可を得るべき忠興がこの場にはいない。興長は考える。

早馬を出して、いや、お許しをいただく際の条件が崩れたのだ、取りやめでいいだろう。

取りやめだと言おうとした時、巌流は船に乗り込んでいた。出してくれ、というようなことを船頭に言っている。

待て、と言おうとした時、小倉の町人たちが浜に駆け出し、巌流の乗る船にしがみついた。

「いっちゃ駄目だ。旦那、いったら殺される」

「わしら見たんじゃ。武蔵は弟子を大勢連れて渡ってる」

「一人でいったら、殺されちまうよ」

「いかねえでくれよ、旦那」

彼らは小倉の町人である。城下の東側に住み、巌流たち下級の藩士と交わりのある者たちである。巌流は武芸者時代も含め、長く彼らと交わっていた。親子二代で巌流と親しい者もいる。剣術指南役に取り立てられてからも、それは変わらずに続いていた。

彼らの声は興長たちにも聞こえている。

「孫兵衛」

と呼ぶ興長の声は冷静である。視線は船に群がる町人たちを見ていた。

ははっ、孫兵衛は返事をする。

「武蔵はそういう男か」

「いえ、それがしが知る限り、そのような男ではござりませぬ」

「では、我が領民たちが、偽りを申しておるのか」

孫兵衛は返答に困った。言葉に詰まったが、すぐに思い付き、願い出る。

「それがしを渡して下さりませ。この目で確かめまする。もし武蔵が一人でなければ、それがしが成敗致しまする」

もしそうなれば、孫兵衛は武蔵に殺されるだろう。こんなことで、この誠実な臣を失うのは馬鹿馬鹿しい、と興長は思っている。武蔵はおそらく、孫兵衛を利用した。孫兵衛を挟むことで、武蔵自身が誠実な人格であるような錯覚を細川家中、取り分け興長に与えようとした。興長は短い時間ならば何度か武蔵と会ったのだが、孫兵衛の取り次ぎだという印象を先に敷いて見てしまった。

何たる未熟、家老の地位を与えられながら、このような無様《ぶざま》があろうか。細川の臣にあって、無能は不忠ぞ。

興長は自身に腹が立っている。この三十一歳の若き筆頭家老は、孫兵衛に怒ってはいない。この事態を招いた責任は自分にあると考えており、それを防げなかった彼自身を責めている。同時に彼の鋭利な

頭脳は、どこで防ぎ得たか、どうすればよかったかを検討し、二度と同じ轍《てつ》を踏まぬよう、この進行形の事態を、経験として蓄積し始めていた。

孫兵衛は、血の気が引いている。

武蔵にすれば、孫兵衛はこの仕合を実現させるための道具の一つだったろう。武蔵は天才だが、孫兵衛は違う。真面目なだけで、あとは特徴がないことが特徴であるようなこの男には、武蔵は血の通った気持ちを掛けていない。仕合の件を興長に取り次いでもらうための道具であるから、仕合が決まれば用はない。孫兵衛の体面などは、武蔵は一顧だにしなかっただろう。

巌流は、動じていなかった。

「受けた仕合じゃ、反故《ほご》にはできぬ。なに、我らの仕合は、常に一対一というものではない。こういうことは、あるのじゃ」

船頭に船を出すよう言い、船島へ渡ってしまった。

船島の下関側に、確かに武蔵たちはいた。武蔵は苔を払った岩に座り、弟子たちは立って屯《たむろ》していた。

巌流が現れると、

本当にきたぞ、

という、やや侮蔑を含んだ表情をした。これは弟子たちだけである。武蔵は、じっと巌流を観察していた。影のある眼をしている。武芸者にはたまにこういう眼の者がいるが、武蔵のはその中でも特別だった。影の底に狂気が横たわっているような、そんな恐ろしさを感じさせた。

面白い眼じゃな、と巌流は思った。

腰の打刀《うちがたな》を抜いた。それを正眼に構える。

「では始めるかのう」

と巌流が言っても、武蔵は腰を上げない。微動だにしない武蔵の代わりに、弟子たちがじりじりと寄ってきた。人数は二十。

三十代前でこんなに門人がおるのか、と巌流は間の抜けた感想を持ったが、それは一瞬である。彼の眼が武芸者のそれになった。

武蔵は事前には巌流を分析できなかった。であるから、今から分析しようとしている。巌流の剣術を見るために、まずは弟子たちと戦わせようとしていた。巌流が謳われているような剣士であれば、弟子たちの手には負えぬだろうから、結局武蔵は仕合うことになる。だがその時、武蔵は巌流を知った上で戦える。

もし弟子に討たれる程度の剣士であれば、それはそれまでである。武蔵が仕合うに値しない。

武蔵は弟子たちに、討ち取れと命じている。討った者には印可状《いんかじょう》を出して独立させてやると言ってあった。弟子たちは喜んだ。彼らは自身の人生を摑むために、巌流を斬ろうとしている。

最初の一人が間合いを詰めた。巌流はこの一人だけを注意するわけにはいかないので、この者には正対せず、武蔵の弟子たち全体に対して、その中心に自身の正面を向けた。最初の一人は、無視されたような格好になる。

なめておるのか、じじい。

一人が踏み込む。振り下ろしている。巌流は避けるとも受けるとも見せず、いよいよ白刃が肩に迫る。そこでやっと動いた。

荒縄が千切れたような、およそ剣術では耳にしない音が鳴った。

武蔵から見ると、巌流の身体は斬り掛かった弟子の奥に消えたようだった。踏み込んで斬るのではなく、踏み込みながら斬ったようである。だが直前には、弟子の刀が巌流の肩を捉えつつあった。完全に先を取られていた。あそこから後の先を取ったのだとすると、速さがある。それも神速《しんそく》と言っていい。そして鋭さである。あの荒縄が千切れたような音は、弟子の両手首と首が同時に切断された音だった。弟子の死体には首と手がない。一刀であれをやるのは、刀剣の切れ味だけでは不可能である。卓越した技があるのは、間違いなかった。

立ったままの死体を巌流は蹴り飛ばした。死体は飛んだ。一丈《いちじょう》は飛んでから落ちた。

七十九歳だと思って掛かれば、もうその時点で術に嵌《は》まったようなものである。判断力で肉体の衰えを補うような老剣士ではない。これは、特別な肉体だと思わねばならない。

武蔵が観察する中、弟子たちは次々に巌流に斬られた。弟子を斬る巌流の動きを見ながら、武蔵は巌流の剣術の正体を暴こうとしている。だがどうも、弟子たちではそれすらできそうにない。

半分死んだところで、残りの半分は気持ちが折れてしまった。もう誰も、巌流に向かって踏み込まない。巌流が一つ出ると、揃って二つ下がる体《てい》たらくだった。

巌流は打刀を構えている。小太刀と大太刀は抜いていない。抜かせるところまで、追い込めていなかった。

これでは確かに、と武蔵は思う。

これでは確かに凡人どもでは、速い、強い、と言うしかあるまい。どういう剣術か見せてもらえるのは、よほどの者だけじゃろう。

武蔵が立ち上がる。

「下がれ」

と言う声に凄味がある。肉を食らう獣が喉を鳴らすような、いくぶん命の危機を感じさせる声だった。

弟子たちは納刀し、武蔵の後方に下がった。

「武蔵じゃ」

「巌流と申す」

武蔵は抜いた。太刀一振りである。巌流ほどではないが、武蔵の身体も大きい。六尺を境にして少し出るのが巌流、少し届かぬのが武蔵である。彼の太刀は刀身三尺。巌流の大太刀より一尺短いが、平均的な太刀よりは八寸ほど長い。体格との比較で言えば、武蔵にはこれがちょうどいい本差しなのだろう。

巌流は正眼に構えている。武蔵は、右手で柄を握り、だらんと垂らしている。構えなのかどうなのか、そこからしてよくわからぬ姿勢だが、武蔵はそのままふらふらと間合いを詰めてきた。そして急に速くなる。様子見ではなく、斬るために振り下ろした。

先を取られてから、巌流は先を取り返す。これは弟子に対してやっており、武蔵は見ていた。速いのは知っている。速さに自信があるから、相手に仕掛けさせてから動くのである。

武蔵が振り下ろし始めてから、巌流は薙ぎ始める。振り下ろされる前に薙ぎ払える自信があるのだと

武蔵は理解している。そこで、振り下ろしながら、その速さのまま、太刀を逆手《さかて》に握り直した。ほとんどの剣士にはできぬ芸当だろうが、武蔵はやった。斬り下ろしから、突き下ろしになる。刀身の長さの分、速く届く。

巌流の薙ぎが振り上げに転じた。武蔵の突き下ろしは弾《はじ》かれる。そのまま巌流は突こうとしたが、武蔵が太刀を順手に直した瞬間、その突きが振り上げに変化した。武蔵は下がる。下がって紙一重で振り上げをやり過ごしてから、反撃するつもりだった。巌流の振り上げは、武蔵の胸の高さで薙ぎに変わり、薙ぎ切らぬうちに突きになる。突いて間合いを詰め、それも額がぶつかり合うような至近距離まで詰め、その近さから斬り上げた。

近さのため、斬り上げの始動は視界の外である。眼で追っていれば、斬られただろう。武蔵は頭脳で追跡していた。

どうしてここまで詰めたのか、ここから何に転じ得るか、ということを瞬時に考えて、斬り上げを受けた。

武蔵は受けながら巌流の剣撃の力を使って後ろに下がる。意図的にそうしたが、武蔵が考えた以上に後方へ押《お》し遣《や》られた。

互いに間合いの外となる。

今のを防ぐのか、と巌流は意外に思った。巌流は、武蔵と比較すれば、凡人である。剣術に関しては同格だろうが、それ以外では武蔵の足下にも及ばない。画や書や文筆もであるが、今この場に関わる部分で言えば、戦略を持たない。彼自身が戦略を持たないため、敵の戦略を把握することができない。で

あるから、武蔵が先に弟子を嗾《けしか》けてきた意図がわかっていなかった。武蔵は巌流の剣術を裸にし、その上で戦い方を決めるため、弟子に戦わせた。巌流はそれに気が付いていない。武蔵のような方法をとる武芸者は、巌流の経験上は存在しなかった。したがって、弟子に取り囲ませた方が容易に勝てると踏んだのだろうと、そのように考えた。そのため、武蔵自身の強さは、弟子二十人分に満たないだろうと思ったのだが、今の一撃を受けたとなると、話が変わる。

できるな。それも、相当に。

巌流は正眼に構える。鋭い眼で、武蔵を見た。

武蔵は武蔵で、巌流の剣術に驚いていた。だが、単に驚嘆して終わらないところが彼の非凡なところである。

こいつの剣術は、と武蔵は考えた。

疾風ではない、というのが武蔵の理解である。

こいつのは、稲妻じゃ。

そう武蔵は理解した。仕掛けさせて仕掛け返す、後の先を基本とする。だが、速いだけでそうなっているのではない。分岐の多様さがある。その多様な分岐から最善の一手を選び、その一手に向けて変化できる。どの技から、どの技へも変えられる。そのため、特定の連撃《れんげき》の型に嵌《は》まらない。相手の剣、相手の体勢を見てから、変えることができる。その自在で多様な変化を、神速でこなす。そしてどれだけ変化を重ねても保たれる技の鋭さがある。それが巌流の剣術だ、と武蔵は分析した。

だから疾風ではなく、稲妻だと武蔵は考える。

野に獲物が現れてから、稲妻が落ちる。獲物が避ければ、稲妻から枝が分かれる。さらに避ければ、さらに分かれる。細かく枝分かれした果てであっても、稲妻は稲妻である。打たれれば獲物は死ぬ。そういう剣術だ、と武蔵は見抜いた。見抜いたと思った。

であれば、と武蔵の分析は続く。

小太刀と大太刀も分岐のためじゃろう。

分岐のためだ、という理解は、武蔵にとって巌流が常識の外にいることを示す。武蔵の言い分では、得物が剣士を拘束する。小太刀を使えば、間合いを詰めたい、懐に飛び込みたい、という思いに支配され、逆に大太刀であれば、自分の間合いの内、且《か》つ相手の太刀の届かぬ距離を保ちたくなる。そうした思いが剣士の枷《かせ》となる。場合によっては相手を斬ることよりも間合いをとることに執着してしまい、ひいては敗北の原因になるという。

じゃがこいつは、と武蔵は巌流を見る。

武蔵の予測では、巌流は敵のとる間合いに応じて得物を使い分ける。打刀を基本とし、詰めてくれば小太刀を、下がれば大太刀を抜くだろう。その後も、間合いが変われば持ち替え、相手のとりたがる間合いで勝負する。どの間合いでも勝つ自信があるから、自分から特定の間合いを求める必要がない。その分、他の剣士より一つ自由になっている。その自由を、分岐に注ぐことができる。

こういう相手には、どうやって勝つ。

武蔵は考える。

分岐を封じればどうなるか。最初の一人のように、分かれる前の太い稲妻に打たれる。一刀で両手首

と首を刎《は》ねるような、常識外れの一撃を浴びる。仮にそれをいなしても、分岐する。分岐が始まれば、後はもう、迅雷耳《じんらい》を掩《おお》うが如きであり、対処が追いつかなくなるまで際限なく変化を続け、いずれ仕留めてくる。

分岐を封じようとすれば、巌流の剣術に支配されるだろう。巌流の剣が分岐したがるのを利用して仕留めなければならない。利用するためには、分岐の際、何をどう考えて技を選択しているのかを知らねばならないが、そこを知るためには、分岐させて観察することを、繰り返さねばならない。

分岐させながら観察するとなると、それは武蔵自身にしかできぬであろう。弟子どもでは、必要な観察を終える前に皆殺しにされてしまう。

見切ってしまえば、武蔵には自信があった。

見切れば勝てる、と思っている。

じゃが、見切る前に斬られるやもしれぬ、とも思っている。

仕合の最中にしては、武蔵はかなり長く思案したが、巌流は仕掛けてこない。

やはり、仕掛けさせる剣術じゃ。

と、武蔵は自身の分析に確信を持った。であれば、分岐させて観察せねばならない。

武蔵は仕掛けた。今度は最初から速い。工夫を捨て、正面から挑む。外連《けれん》を用いる余裕はない。際限なく変化する技を凌《しの》ぎながら、巌流という剣士を見切らねばならない。遥か前方にあるはずの光射す地平を信じ、疾風怒濤《しっぷうどとう》の中を征《ゆ》く、一羽の飛燕《ひえん》のようである。

この燕を、巌流は斬れるかどうか。

巌流は振り下ろす。その剣撃は激しい。武蔵は太刀を横にして受ける。すると巌流は薙ぐように構え、そこから突いてくる。掠《かす》らせるように避けると、武蔵の耳元で突風が唸る。その音で突きの強さを感じてはならない。それをやれば、その分だけ遅れ、次を凌げなくなる。

巌流は次々と繰り出した。一つ一つが、技と呼ぶに値する研ぎ澄まされた剣撃である。だが、どうだろうか。その剣撃が、一つとて武蔵の身体に届かない。四つ、五つ、六つ、七つと技を重ねても、武蔵は躱《かわ》し、逸《そ》らし、受けて、凌《しの》いだ。不思議なことに、巌流はまったく焦っていない。面白い、と思ったのが人間らしい最後の感覚で、そこから先は、眼底から昇ってきた鈍い輝き、刀身のような輝き、それと精神が同化してしまった。人から少しはみ出して、より武芸者という生き物になる。

こういう奴を斬らねばな。

巌流の唇の端がわずかに持ち上がる。

老剣士の纏《まと》う雰囲気が少し変わった。それこそ疾風のような颯爽《さっそう》とした雰囲気だったのだが、そこに、濁ったおぞましい風が混ざったようだった。

仕掛けてくる、と武蔵は判断した。その直後、巌流は振り下ろしてくる。今度は避けた。避けたが、もう胸元に斬り上げがきている。いないはずの場所から居合いを放たれたようだった。

武蔵は受けた。武蔵だから受けることができた。だが、剣撃は凄《すさ》まじく、弾き飛ばされ、地面を転がされた。すぐさま立つ。立って巌流を見る。両者間合いの外にいる。随分と弾き飛ばされた。巌流は正眼に構え、武蔵を見ている。その眼が、凍《い》てつくように冷たい。そして六尺を越す長軀《ちょうく》に、不気味な風を纏っていた。

武蔵は睨《にら》み返《かえ》す。睨み合いながら、両者動かない。

また後の先か。

と武蔵は思った。だが武蔵には有り難くもある。考える猶予となった。

今のは、まったく別の剣じゃ。

と武蔵は考えている。避けたのを追ってきたのではない。二連撃だが、二つ目が本命で、最初の振り下ろしはその餌《えさ》に過ぎない。本命の振り上げの位置へ、追い込むための振り下ろしである。これは分岐ではない。分岐のように見えるが、考え方が違う。

相手を見て技を変化させる分岐の場合、その精神の基本姿勢は受動である。今のは斬りたい場所へ追い込もうとするもので、能動である。

この能動から出る巌流の技を、武蔵は今、初めて見た。

まだ分岐を見切っていない。だと言うのに、分岐とは別系統の技を持っているとわかった。しかもその技の厄介さは、分岐以上である。今は受けられたが、次《つぎ》受けられるかはわからない。

凌ぎながら観察せねばならぬことが増えた。一つ増えたのではなく、倍に増えた気がしている。まったく別種の技を持っているのだから、倍と言えば倍であろう。その二つの系統をどうやって使い分けているのかも見極めねばならない。

飛燕は征《ゆ》く。勝利の地平はまだ遠そうである。

武蔵と巌流の応酬を、武蔵の弟子たちは見ていた。師宮本武蔵がここまで手こずるのを、彼らは見たことがない。言い換えれば、巌流のような武芸者を見たことがなかった。八十のじじいだと馬鹿にして

いたのはつい先刻のことだが、それがもう、遥か昔のことであるかのような不思議な感覚に支配されていた。

武蔵は攻め立てた。短い鍔迫《つばぜ》り合《あ》いを挟みながら執拗に攻め、間合いを短く詰めた。その短い間合いを、岩に食らい付くような必死さで保つ。

視界の外から仕掛けてくるはずじゃ。

と武蔵が考えた通り、巌流は足下から振り上げた。武蔵は太刀で受ける。右手だけで握っていた。左手で脇差しを抜き、右手の太刀と二本で巌流の打刀を挟み込む。

この技はもう覚えた。

武蔵は一つ、巌流を知る。

だが予想外のことも一つ発覚した。巌流の腕力が、想像以上に強い。武蔵は挟んだ瞬間、巌流の打刀を絡《から》め取《と》ったと思った。だが巌流は打刀の黒柄《くろづか》を握ったまま、武蔵の太刀をはね除けようとしてくる。

その力が、強い。

ふざけるな。と武蔵は意地になって押さえ込んだ。彼は二十九歳である。単純な力勝負で、七十九歳の巌流に負けるわけにはいかない。

巌流は巌流で、勝つつもりでいた。体中の筋肉を隆起させて武蔵を圧倒しようとする。が、武蔵を押し返すことができない。

三十とは言わぬ、もう二十若ければ、このくらいの奴に押し負けなど。

悔しさはあったが、押し切れないと判断するや、巌流はあっさりと柄を離した。

よし、と武蔵が思った時には、巌流の右手は腰の小柄を握っている。それを見た瞬間、武蔵は一瞬前のささやかな満足を胸中から消し去った。巌流が小太刀を抜く。

雷光《らいこう》が迸《ほとばし》った。

速いなどというものではない。人外《じんがい》の神速《しんそく》である。手のつけられないような連撃が始まり、武蔵の脇差しはすぐに弾き飛ばされた。太刀で凌ごうとするが、得物が小さい分、巌流は速さを増しており、少しずつ武蔵は遅れていく。しかも重い。右手一本の小太刀を両手持ちの太刀で受けているのに、押し込まれるようであった。

速くて重い。重くて速い。

どちらを主として警戒すべきか、武蔵は判断が付かぬまま凌ぎ続ける。こういう経験は、武蔵にはなかった。武蔵がこれまでに戦ってきた相手は、どのような手練《てだ》れであっても、武蔵の分析によって裸にできる相手だった。しかも大半は、仕合う前に裸にできた。だがこの巌流はどうか。次から次へと異なる一面を輝かせ、その一つ一つが分析困難なほど高い練度で完成されている。

武蔵は後ろに跳《は》ねた。たまらなく間合いをとった、という格好である。後の先を狙う巌流は小太刀で詰めてはこないと判断していた。確かに巌流は追わなかった。二人の身体には距離ができる。だが巌流は武蔵が後方へ跳ぶのと同時に、小太刀を投げていた。

着地と同時に、武蔵は太刀で打ち払う。

キィン、と鳴った。その音に、刃が毀《こぼ》れた音が混ざった。

まさか、と思う。

武蔵は自分の太刀を見た。確かに刃毀れがある。

伯耆《ほうき》安綱《やすつな》だぞ、と武蔵は彼の太刀の銘を言った。心で、である。口は動かず表情も変わらない。だが胸中、穏やかではない。古代、日本の刀は直刀《ちょくとう》だった。平安中期になって反《そ》りが生じ、その後の日本刀へと育っていく。伯耆安綱は、平安後期の刀工であり、日本刀の初期段階における名匠と言えよう。腕は抜群にいい。武蔵は牢人でありながら、これを手に入れていた。この頃、彼の他には徳川家康が佩刀《はいとう》している。

事前の調べで、武蔵は巌流の得物について大まかには把握していた。大太刀は富田勢源から下賜されたものだというから、真《まこと》であれば名のある一振りに違いない。だが他は無銘だという。巌流ほどの剣士が、無銘の大小を腰に帯びるというのは解《げ》せぬことであったから、武蔵は弟子に命じてよくよく調べさせたが、それでもやはり無銘だということになった。となると、刀剣の力を借りず、純粋な腕で天下一と呼ばれる高さまで昇ったことになる。俄《にわか》には信じがたかった。筒の曲がった鉄炮で百発百中とはならぬように、安刀では腕がよくても早々に限界がくる。達人ならば、自分の技に応えてくれる一振りを探し求めるはずであり、それすら必要としない剣士がいるのであれば、それはもう従来の剣士の枠組みに入れておける人間ではない。完全な異形《いぎょう》の者《もの》である。

何度も聞き回ったが巌流の太刀は無銘らしい、という弟子たちの報告を、武蔵はそれでよしとした。だが、疑念は残った。

そんなことがあり得るのか、と武蔵は遂に得心がいかなかったのだが、やはりである。

伯耆安綱を削ったのじゃ、あの小太刀は、無銘ではない。打刀も、これだけ俺と打ち合って刃毀れせ

ぬ。俺のと同等の刀のはずじゃ。

巌流は打刀を拾い上げ、鞘に戻す。物質の形状としては、彼の刀は間違いなく無銘だった。ただ、鍛えたのは当時修行中だった三代目兼定《かねさだ》である。兼定だと言われれば、武蔵も納得しただろう。小太刀の作者を知ったならばどうだろうか。やはり武蔵は信じなかったと思われる。晋吉《しんきち》が鍛えた小太刀は常に巌流とともにあった。丸目長恵《まるめながやす》に傷を与えたこともある。そして今、伯耆安綱を削った。武蔵に弾かれて船島の地面に転がってしまっているが、巌流の手に握られれば、中条流の技を宿して再び武蔵に牙《きば》を剝《む》くだろう。

打刀を納めた巌流は、素手のまま武蔵に突進した。

まだ何か持っているのか。武蔵は腰を落とし、太刀を構える。

突進する巌流の身体は、滝から落ちる流木のように、伸びやかに速度を増した。そして武蔵の太刀が届く距離までくると、低い姿勢になって左右に跳ねる。

追えば翻弄される。と武蔵は肉体を引き絞り、巌流の身体が自分の右側面に飛び込んだ瞬間を狙って薙いだ。手応えはあった。が、ありすぎた。武蔵の睨む先で、彼の太刀は受け止められている。鞘から抜かぬままの大太刀を立てて防いでいた。刀身四尺の大太刀が立っている。その柄に左手を掛け、巌流は跳ね上がっていた。薙いだ姿勢の武蔵に、空中から覆《おお》い被《かぶ》さるようになっている。巌流は舞いながら、右手で打刀を抜いた。

避けるべきなのは武蔵でなくとも理解できる状況だった。だが、もう避けても間に合わない。しかも相手は、変化に絶対の自信を持つ稀代《きだい》の剣士である。避けようとすれば斬られる。

一瞬のうちに、武蔵はこの状況を切り抜け得る方法を選択した。そして選択した以上、その方法で必ず凌ぐのだ、と意志を強固にする。

「おおおおおおおおおっ」

武蔵は吠えた。吠えると歯を食いしばり、両手で握った太刀を振り上げた。舞っている巌流は、武蔵の首を目掛けて、身体ごと飛び込むように振り下ろす。

二人の刃がぶつかった。六尺の長軀が体重ごと振り下ろした一撃を、武蔵は受け止めた。巌流の刃が首に達しようとするのを、押し返すつもりでいる。体勢は巌流に有利だった。しかも圧倒的に有利だった。愛刀伯耆安綱の峰が、武蔵の首に触れる。刃の側は巌流の振り下ろしを受けており、刀身が砕かれれば、武蔵は死ぬ。

受けられたまま、巌流は振り抜いた。

武蔵の首元で、舟底を擦《こす》るような不吉な音が鳴る。一瞬のはずのその音が、武蔵にはやけに長く感じられた。

音が止む。

瞬間、二人同時に、後方へ飛《と》び退《の》いた。

武蔵は、巌流が追撃してくると思っていた。

巌流は武蔵が反撃してくると思っていた。

武蔵も巌流も、しくじった、と思った。無論、顔には出さない。

巌流は打刀を納めた。そして大太刀を抜く。邪魔にならぬよう、鞘は背負わずその場に置いた。この

大太刀が、九州の剣壇を制圧している。いよいよ、巌流という武芸者の神髄が披露されるわけだが、武蔵はもう、分析を断念していた。剣術を裸にしようという一念に拘泥《こうでい》したまま、この剣士の相手をするのは不可能である。

しかも巌流は、大上段に構えた。身の丈六尺の長軀が、刀身四尺の大太刀を掲げている。振り下ろせばどうなるか、武蔵には容易に想像できた。二階から振り下ろされるようなもので、まともに受け止めれば、こちらの刀身が砕ける。刀身が砕けなければ、膝がどうにかなるだろう。

虚仮威《こけおど》しではない。こいつなら、あの長太刀を思いのままに取り回す。受けながら見ていては、こちらが保《も》たぬ。太刀か身体、どちらが先かというだけじゃ。

巌流は大太刀を掲げたまま、武芸者の眼で武蔵を見据えている。先程の空中からの振り下ろしは、かなり自信を持って仕掛けたのだが、仕留め損ねた。しぶとい奴じゃな、と胸中で呟いた直後、いや、と思い直した。

しぶといと言うよりも、こやつは、そうじゃな、強いんじゃな。

自分の顔が笑いたがっているのを巌流は感じていた。そして肉体と精神の深淵から、改めて鈍い刀身の輝きが昇ってくるのを感じる。今までで最も強い熱を持ちながら上昇してくる。今は豊前小倉藩の剣術指南役だが、それまでは五十年も牢人した。

ああ、俺は、武芸者じゃな。

そう思った瞬間、眼も、雰囲気も、がらりと変わった。片足の爪先くらいなら、まだ人の枠の内に掛かっているだろうか。巌流は武芸者である。野辺を這いずり回り、斬ったり斬られたりしながら生きて、

いずれ死ぬ生き物である。その生き物が、大太刀を掲げて獲物を見ていた。

巌流の様子は、無論、武蔵からよく見えていた。人外を思わせる異様な気配のこの剣士を、武蔵は倒さねばならない。二重三重の意味で、武蔵にとっては得体の知れない相手であるが、それに勝たねば武蔵に未来はない。

武蔵は息を吐きながら太刀を握り直した。両手で持ち、身体の正面に構え、ゆっくりと切っ先を下げていく。地に着くか、というところまで下げた。

武蔵の頭脳から、一つ一つ、思考が消えていく。

あの大太刀じゃから懐に入ってしまえば、というのはいかぬ、懐に入ることに囚われて云々、
というのが消えた。

あの得物ならば速さは落ちる、分岐させれば変化の間隙《かんげき》を突けるやもしれぬ、だが、それくらいのことは奴も考えて云々、
というのが消えた。

奴にすれば追い込んで斬るには都合のいい得物じゃ、奴は分岐ではなく、追い込む方を選ぶじゃろう、追い込もうとする奴の動きを利用して云々、
というのが消えた。

一つ、また一つ、消えていく。そして遂に何もなくなった時、武蔵の眼前には巌流の肉体が迫っていた。大太刀が振り下ろされる。武蔵の本能は左に跳び退こうとした。身体もそのように動き掛けた。瞬間、武蔵はその強靱《きょうじん》な意志を体中の血管に脈打たせ、本能をねじ伏せて右に跳んだ。武蔵の跳ぶはずだ

った左の空を大太刀が斬り上げている。だがそれも、薙ぎに転じて追ってきた。武蔵はもう、振り下ろしている。

武蔵の振り下ろし。巌流の薙ぎ。二筋の剣線《けんせん》が光を引いて十字に交差した。

武蔵は地に転がり、巌流は膝をつく。

武蔵は左の脇腹を、巌流は頸の左側を、それぞれ斬られていた。

巌流は立ち上がることができない。膝をついたまま、転がった武蔵の身体を見た。武蔵は脇腹を押さえながら立ち上がろうとするが、上半身を起こすのがやっとである。

もがく武蔵を、巌流は見ていた。その視界が、ぼやけ始める。眠りに落ちるように、意識が沈んでいこうとする。斬られた頸の傷が熱いのか冷たいのか、わからなかった。

俺も、遂に負けたか。

死ぬことを理解した上で、巌流はもうほんの少しだけこの世に留まろうと、落ちていこうとする意識を繋ぎ止めている。ぼやけた視界の中で、地に転がる武蔵がこちらを睨《にら》んでいる。その姿が霞んでいき、遂にはすっかり白くなってしまった。

武蔵は傷口を触る。硬く細かいものがいくつも肉に食い込んでいた。砕けた骨かと思って一つ抜き取ると、木片である。腰にあった鞘が砕けて、その破片が傷口に食い込んでいたのである。鞘がなければ傷はもっと深かっただろう。

弟子たちが武蔵に駆け寄ってくる。

案ずるな、と武蔵は言う。すると弟子たちは、膝をついたまま動けなくなっている巌流を取り囲んだ。

今ならば、彼らでも巌流を殺せるだろう。

「いらんことをするな、帰るぞ」

武蔵は立ち上がった。本来、立ち上がれないはずの傷だったが、彼は意志の強さで肉体を動かした。一度立ち上がると、傷をもらわなかったかのように、堂々と歩き出す。船に戻った。

勝利の喜びはない。生暖かく、そして濁った風が、黒い土を巻き上げながら武蔵の頭脳と心で逆巻いていた。

今しがた、俺はどうやって勝った。

それがわからなかった。

俺はどうやって、と考えていた時、武蔵の頭に一つ疑念が生じた。

これで、俺の勝ちになるのか。

我に返り、武蔵は考えた。

細川家の家老たちがいる浜へはいかない。本来は、いって勝利の報告をしなければならないが、巌流に勝つために工夫する過程で不義理をしており、いけるはずがない。

時刻を守らず、指定された船にも乗らず、一対一の約束も違《たが》えた。武蔵にとっては工夫である。戦略である。だが、細川家から見れば不義理であろう。それについては松井興長へ、弁明と詫びの書状を送るつもりでいる。それはそれとして、この仕合の勝敗である。

もし仮に、浜へいって勝ったと言っても、認めてもらえないかもしれない。

巌流が勝った、すなわち武蔵が負けた、というのが細川家の公式の見解となれば、牢人中の武芸者で

ある武蔵には途方もない痛手になるだろう。

勝たねばならんな。

と思うと、武蔵は船の櫂を握って巌流のところへ戻った。弟子たちがぞろぞろとついていく。

首に傷を負った巌流は、膝をついたまま、もう死にかけていた。

勝手に死なれては、武蔵は困る。

武蔵は櫂を振り上げた。巌流を撲殺《ぼくさつ》する。

その後、武蔵は豊前にはいかず、まずは下関へ、そして京へ、というように東へと移動した。

武蔵が遂に仕官の夢を叶《かな》えられず、細川家の客分となるのはこの二十八年後である。その頃の細川家は豊前小倉から肥後熊本に移っており、当主も忠興から子の忠利に代わっていた。

巌流を倒してから、二十八年間、武蔵は牢人した。その間、彼は武芸、彼の言う兵法《ひょうほう》を研《みが》き、猟官《りょうかん》運動《うんどう》に励み、一万石の大身《たいしん》となる日を待った。仕官の夢を叶えられなかった、と書いたが、これは正確さを欠くであろう。武蔵は夢ではなく、当然のこととして、彼が一万石取りの、せめて三千石の身になると信じていたようである。

武芸についてはは少し考えねばならない。この仕合の後、武蔵は仕合を避けるようになった。自分の強さは信じていた。実際に負けたことがない。だが、その強さの正体がわからなくなったようである。それを探し求めた二十八年間でもあった。『五輪書《ごりんのしょ》』を読むと、なるほど武蔵は天才だったのだろうと思う。彼と同時期に、彼のような検討を武芸に加えた人物はいなかった。

武蔵は今日、天才的な剣豪と評されている。だが、武蔵の剣は滅んだ。彼の二天一流、つまり二刀流

の剣術が日本の剣術の主流となることは一日たりとてなかったし、彼が追い求めたのと同質の思想性は近世の道場剣術には継承されなかった。武蔵は彼の剣に宿っていた思想を自力で追求した。武蔵の前後を見るに、この姿勢は武蔵ただ一人のものだった。近世の道場剣術では、精神や思想に類するものは、剣士一人一人が勝手に追い求めるものではない。どのような精神であるべきかは師から説かれ、弟子は自身の精神をそこへ寄せていくのであり、その擦《す》り寄《よ》る過程を修行と称した。

これは、武蔵に言わせれば、およそ兵法と呼ぶべきものではなかっただろうが、近世を通じて日本人に剣術を教えたのは、武蔵の兵法ではなく、こうした道場剣術である。

剣においても思想においてもこうであるから、日本の歴史は武蔵の実態については否定をし、武蔵という剣士像については愛するという、極端に矛盾した姿勢を貫いていると言えよう。

巌流はどうか。両者の仕合は語られ、書き留められ、繰り返し描かれてきた。細川家が肥後熊本へ転《てん》封《ぽう》となった後、豊前小倉には小笠原家が入った。武蔵の養子である宮本伊《い》織《おり》はこの小笠原家に仕え、家老になっている。領内には武蔵と巌流が仕合った船島があった。当然、武蔵のことを記録した。よく書こうとする。巌流は武蔵が天下一の剣豪となるための、最後の踏み台として、武蔵を引き立てるように描かれる。これは小倉の小笠原家に限ったことではなく、武蔵を描く様々な書物に広く共通する。時代が下り、書き継がれるたびにその度合いが強くなった。

爰有兵法達人名巌流者（ここに兵法の達人有り、名は巌流）

という記録が、

巌流小次郎と云剣客有り

に変わり、さらに
佐々木岩龍と武芸の論をして、
と書かれ、遂には合成されて佐々木小次郎という名になった。
佐々木小次郎、如何にも若々しい響きの名前である。記録される巌流の年齢は次々と若返り、武蔵と戦った時、十九だの十七だのと言われるようになった。そのくらいの年齢の時、巌流は富田勢源から独立しており、武蔵と仕合うのは六十年近く後のことである。こうしたことは巌流に限ったことではない。武蔵も、富田勢源に勝負を挑んだという話——食事中の勢源を奇襲しながら、太刀を鍋の蓋で防がれたという、あまりにも武蔵に気の毒な話——をでっち上げられている。生まれた年からして、両者が仕合うのは不可能なのだが、そういうふうに語られた。

さて仕合の後の、豊前小倉である。

巌流は死に、武蔵は消えた。巌流に渡らぬよう懇願し、船にしがみついた領民たちは、巌流の死を悼《いた》んだ。巌流を偲《しの》び、船島を巌流島と呼び始める。行政上は船島という。この頃も今も、この島の正式名称は船島である。だが小倉の領民は巌流島と呼び続けた。

島全体を、巌流の陵墓《りょうぼ》に見立てたのだろう。彼らにとって、船島は巌流の島である。ほんの小さな無人島であるが、巌流は死んで、その島に名を残した。小笠原家がやってきて宮本伊織が家老になっても、武蔵島と呼ぶことはない。文字記録が巌流の名前を改竄《かいざん》し、佐々木小次郎という偽りの剣士を作っても、巌流島から彼の名を取り上げることはできなかった。

巌流ほどの剣士である。彼の愛刀はどうなっただろうか。武芸者同士の仕合であるから、勝った武蔵か、その弟子たちが持ち去ったと思われるが、擦《す》り上《あ》げて使ったのか、売り払ったのか、まったくの不明である。宮本伊織ならば知っていたかもしれないが、彼はこれについては言葉を残していない。

領民たちが巌流に縋《すが》った浜、巌流島を望むあの浜には、たまに老剣士がやってきて、島を眺めながら一人で酒を呑んだ。

「おぬしの島らしいぞ、領地持ちじゃな」

そう言って、鼻で笑って酒を呑む。巌流を慕っているのか、馬鹿にしようとしているのか、領民たちにはわからない。武士なので、なかなか近付けなかったが、ある日、意を決した一人が、この武士に声を掛けた。

旦那を悪く言う気なら、もうこないでくれ。

そう言われた老剣士は、浜に座ったまま、この領民を見上げた。見上げながら、くいともう一口呑む。

領民は震えながらも、老剣士から目を逸らさない。

「俺はあいつと仕合ったことがある」

そう切り出して、巌流の話を始めた。他の領民たちも集まり、老剣士の話を聞く。話しているうちに、領民が増える。増えるとその中に、老剣士を知っている者がいた。

あなた様は、と言われたところで、老剣士は名乗った。

「丸目蔵人佐長恵《まるめくらんどのすけながやす》じゃ」

長恵は長生きした。寛永六（一六二九）年に、九十歳で死んでいる。それまでに何度か、船島を眺めて酒を呑んだ。一人で呑むことを好み、領民が寄ってこようとすると、面倒そうに手で払う。

そういう彼を、豊前の領民はどうしてか好ましく思った。

長恵は浜で、一人で呑んでいる。

「巌流島があるなら、長恵島があっても」

と、本気がどうかわからぬ口調で言うこの長恵の剣もまた、近世剣術にはなりきれなかった。

巌流も長恵も強い。武蔵はさらにである。強すぎる彼らの剣術は滅び、名ばかりが残っている。本人たちは不服かもしれないが、武芸者として、見事な人生だったように思う。

雪が落ちてくる。海に落ち、浜に落ち、長恵の肩に落ちる。

長恵の持つ杯の酒にも落ちた。

長恵は呑む。視線の先には、巌流島がある。そこにもきっと、雪は落ちているだろう。

その一片がどこへ落ちるのか、落ちた先で残るのか溶けるのか、知らぬまま雪は落ちる。

もう一度、仕合っておいてもよかったな。

そんなことを思いながら、長恵は呑んだ。

後記　歴史のなかの巌流

自信家で生意気な若い小次郎を、分別のある武蔵が破る。

巌流島の決闘に関する一般的なイメージはこうであろう。『二天記』の記事をベースにし、そこに江戸時代の俗説を取り込んだものが、このイメージを生んだと思われる。

佐々木小次郎として知られる剣士の実像については、あまり議論されることのないまま今日まできてしまった。

その理由はいくつかあるが、まずは彼にまつわる確かな史料がほとんどないことであり、次に、彼の実像に迫る必要性を、ほとんどの歴史学者が感じてこなかったことにある。

史料がない理由は、彼が単純に一個の剣士だったことによると思われる。彼は、武将として然るべき家中に身を置きつつ剣術をしたわけではなく、剣術以外の面で歴史に名を残さなかった。また、自分の流派を開いて近世に伝えたわけでもない。彼はただ、彼自身の武芸を研ぎ澄まし、それによって生きようとした。政治史が、または文化史が扱うような史料を、彼は残さなかった。

明治以降、我が国の近代的な歴史学が取り組んだのは、まず政治史である。政治史こそが歴史学であ

り、他はその補佐をする機能に過ぎない、という極端な論陣を張る研究者もいる。それがまったくの間違いだとは言い切れない。と言うのは、我々が通史だと認識しているものは政治史だからである。政治史の合間に文化史を挟み込んだものが学校教育で用いる教科書であるが、そこから政治史を取り除いたら、もう通史の体裁を保てない。政治史だけが、単独で通史を叙述できる。文化史や、経済史や、考古学や民俗学は、それ単独では通史を描くことができない。無論、それらの研究成果を併せ持つことで我が国の通史をより豊かに記すことは可能になるが、単独で通史を書けるか否かという点で分ければ、政治史だけが他とは異なる特別な存在だと言える。そして、通史を記せないようなものを歴史学と呼びうるのか、という主張は、好き嫌いは別にして、一定の説得力を有していると考えられる。これらは言うまでもなく、今日の話であり、いつか未来においては、政治史以外のジャンルがそれ単独で通史を記すことがあるかもしれない。が、今のところ、そういう通史を筆者は読んだことがない。

明治以来、現在に至るまで、歴史学の中心は政治史である。

もう一点、政治史が特別な理由は、戦後左翼の負のイメージを背負っていないことである。少しややこしい話になるのだが、戦後、我が国の歴史学においては、唯物史観というのが流行った。マルクス主義に則った歴史観であり、右左で言えば著しく左に偏っている。彼らは民衆を主役にした革命の歴史を妄想したため、権力者に着目する政治史を英雄史観だと言って嫌い、民衆を中心に据えた歴史学を模索した。ある時期までは、彼らは時代に愛されて生き生きと活動していた。ところが、彼らの研究活動とは無関係に、中国が市場経済を導入し、東ドイツは西ドイツに引き取られるように統一され、ソ連は崩壊した。歴史学者の議論ではなく、実際の歴史によって、マルクス主義、そしてそれを基盤とする唯物

史観は否定されたのである。

さて、唯物史観論者はどうしたものか。彼らは表面上、マルクス主義者ではないかのように装い、その後も研究を続けたが、自身が攻撃し続けた政治史に合流することはできず、女性史や文化史、流通経済史や社会史というジャンルに逸れていった。これらは唯物史観が有していた視角である。要は本体をかち割って細分化することで名義替えをし、左翼色を薄めようと図ったのである。だが、このマルクス主義由来の新視角たちは、唯物史観論者の延命行為のために作り出された、あるいは持ち上げられたものであり、政治史と対峙するような強固な作りになっていない。一部分は既に手詰まりになり、その他の部分についても、政治史に匹敵するような成果は望みようもない状況にある。そして何より、ある程度歴史学に関わった者から見れば、彼らが戦後左翼の成れの果てだということは明瞭に了解されるのである——勿論、マルクス主義とは無関係に女性史や流通経済史に取り組んでいる研究者もいる。このジャンルだからマルクス主義者だということではなく、こうしたジャンルにマルクス主義者が散っていき、その先で政治史ばかりでは駄目だと言っている、ということである。

左翼については、戦後のある時期までは、確かに「進歩的な」プラスイメージがあっただろう。だが今は、ただ単純に気持ち悪い奴らというイメージしかない。実際の歴史によって否定された思想にしがみつきつつ、しかし自分は思想信条的にはニュートラルだと偽装する、せこくて往生際の悪い懐古主義者という印象である。歴史学者であるにもかかわらず、自身が歴史に否定された事実を直視できない点で、なおのこと印象が悪い。

話が逸れた。左寄りの研究者を詰《なじ》るのが目的ではない。つまりこの話が佐々木小次郎とどうつながるか。

明治以来、歴史学の中心は政治史だった。多くの視角を得た現在の歴史学においても、中心はやはり政治史である。

小次郎は剣士である。武将ではない。したがって彼の生涯が何であれ、政治史にとってはどうでもいいことである。より正確に言えば、政治史の問題意識で中近世移行期を見た場合、小次郎は議論すべき対象にならない。さらに、例えば宮本武蔵は画も描いており、そちらでも特筆すべき存在であるが、小次郎にはそうした多才がない。また武蔵は『五輪書』を記したが、小次郎は何も残していない。美術史や思想史の視角でも認識される武蔵と異なり、小次郎は政治史以外の視角からも拾ってもらえないのである。民衆が蜂起して権力者を打倒する歴史像を想定した場合でも、その歴史の中に小次郎の席はない。女性史や社会史も、小次郎を扱いはしない。佐々木小次郎は広く知られた剣士でありながら、歴史学の視角から、こぼれ落ちてしまう人物である。そのため、小次郎については、学術的な言及自体が極端に少ない。

加えて、小次郎は武蔵と対にして認識される存在であり、小次郎への数少ない学術的言及は、基本的には武蔵を研究する文脈から生じてきた。もっと言えば、小次郎を検討するための史料は、武蔵にまつわる史料の、ほんの一部分としてしか確認されていないのである。武蔵を研究する際の主な史料は、『武公記《ぶこうき》』や『二天記《にてんき》』のような著述史料、細川家の家老沼田家に伝わる「沼田家記」などがあるが、これらはすべて後世の史料である。基本史料となるのは、生前に武蔵自身が著した『五輪書』と、武蔵

の死後に建てられた「小倉碑文」の二点である。このうち『五輪書』には小次郎への直接の言及がない。整理すると、小次郎を検討する学術的な視角が存在せず、そもそも学術的な検討が可能なほど史料がない、ということである。

したがって、小次郎については、俗説はあるものの、学説と呼べるような確たる論証がされていない。これがまた厄介である。学説があれば、それを否定するなり肯定するなりで議論が深まるはずなのだが、俗説しかないのであれば、敢えてそれを攻撃して新説を打ち立てる必要が感じられない。戦前であれば、漫然とした俗説や通説を正す研究が流行っていたが、その戦前に歴史学の中心、むしろ歴史学そのものと言ってもいいほど支配的であった政治史の網には、小次郎はかからない。

俗説の否定という点で唯一の成果は、仇討ち説の否定であろう。小次郎と武蔵、両者の戦いは武芸者同士の仕合であるが、これについて、江戸時代以降、仇討ちだったと語られることが多かった。この仇討ち説を否定したのは宮本武蔵遺蹟顕彰会の『宮本武蔵』（池辺義象編、金港堂、一九〇九年）である。武蔵にまつわる史料を広範に集め、それらを検討し、確度の高い史料からは仇討ちの様相が想起されないことを示した。大きな成果ではあるが、ただやはり、これは武蔵の研究であって小次郎の研究ではない。仕合う以前に両者に因縁がなかったことは明らかになったが、小次郎について世間が思い描いているイメージを払拭したわけではない。

もう一点難しさを付け加えると、乏しい史料を検討する限り、小次郎は武蔵と同世代ではなく、少なくとも一つ前の世代の人間である。中近世移行期の最も近世に近い領域の武蔵と、そこよりも一つ中世寄りの小次郎が対になって認識されている。近世史の視角から武蔵を捉えようとすると、近世史料に見

える小次郎が拾い上げられてしまう。例えば、彼の名であるが、より同時代に近い史料に確認されるのは「巌流」という名である。

武蔵は正保二（一六四五）年に死んでいる。その後、承応三（一六五四）年に建てられた碑文「小倉碑文」には「巌流」と記されている。この碑文は、武蔵の養子である宮本伊織が武蔵を顕彰するために建立したものであり、その意味で武蔵側の史料である。吉岡清十郎や小次郎に関する記述があるが、全体的に武蔵に都合よく記した可能性が否定できない。それでも武蔵を考える上で、そして小次郎を考える上で重要な史料である。

（前略）長門与豊前際海中有島謂船島両雄同時相会巌流手三尺白刃来不顧命尽術武蔵以木刀一撃殺之電光猶遅故俗改船島謂巌流島（後略）

（前略）長門《ながと》と豊前《ぶぜん》の際《きわ》　海中《かいちゅう》に島《しま》あり　船島《ふなしま》という　両雄同時《りょうゆうどうじ》に相会《あいあ》う　巌流　三尺《がんりゅうさんしゃく》の白刃《はくじん》を手《て》に来《き》たり　命《いのち》を顧《かえり》みず　術《じゅつ》を尽《つ》くす　武蔵木刀《むさしぼくとう》の一撃《いちげき》をもってこれを殺《ころ》す　電光《でんこう》なお遅《おそ》きがごとし　ゆえに俗《ぞく》に船島《ふなしま》を改《あらた》め巌流島《がんりゅうじま》という（後略）

「巌流手三尺白刃」「武蔵以木刀一撃」という対比をしており、この「巌流」は「武蔵」と対になる。つまり流派や姓ではなく、名である。この碑文は長文だが、そのどの箇所にも「佐々木小次郎」という名は出てこない。

寛文十二（一六七二）年に作成された「沼田家記」が「小次郎」と書き、宝暦五（一七五五）年成立の『武

公伝』も「小次郎」と記している。さらに『武公伝』を下敷きに成立した『二天記』は小次郎が武蔵と戦った時に十八歳だったとし、以降、小次郎という名の青年剣士像が定着する。この十八歳という年齢は『二天記』で初めて出てくるもので、下敷きとなった『武公伝』を含め、これ以前の史料には確認できない。十八歳というのは、『二天記』独自の情報である。ところが『二天記』には、『武公伝』同様、小次郎が富田勢源の門弟だったと記してある。勢源の弟子であれば、武蔵と戦った時に十八歳ということは、絶対にあり得ない。『武公伝』は武蔵の死から百十年後、『二天記』はさらに後の史料である。だがまったくのでたらめだと言ってしまうには辻褄の合う記述もあり、何かしらの原史料に基づいて成立したのではないかとの印象を受ける。「沼田家記」を作った沼田家の史料や、小倉藩主小笠原家の家老となった宮本伊織の手元にあった史料が用いられた可能性はあると思うが、では、この甚だしい年齢の誤りはどう説明したものか。典拠となった記述を書き写す際、「七」を「十」と書き間違ったのではないか、とも言われているが、そうであれば、仕合の時の小次郎は十八歳ではなく七八歳（つまり七十八歳）になるので、勢源の弟子だという記述と矛盾がなくなる。

佐々木という姓も『二天記』で初めて登場する。

　岩流《がんりゅう》は佐々木小次郎《ささきこじろう》と云《いう》　此時十八才《このときじゅうはちさい》の由《よし》なり　英雄豪傑《えいゆうごうけつ》の人《ひと》なりとて　武蔵《むさし》も是《これ》を惜《お》しみしと也《なり》

この『二天記』の成立は武蔵の死から百三十年も後のことなので、巌流の死からは百五十年以上も経

っているのだが、ここに記された佐々木小次郎という十八歳の剣士像が、今日まで続く小次郎のイメージの基礎となった。年齢については満年齢で書いたり数えで書いたりするので、十七歳や十九歳という話も、基本的には『二天記』が記した十八歳と同じことを言っていると見ていいと思う。

史料に見える彼の名はこのように変遷する。このうち、同時代史料と呼びうるのは「小倉碑文」だけであり、そこに「巖流」とある以上、彼の名は巖流である。佐々木小次郎というのは、後世に作り出された名に過ぎない。

武蔵への言及でしばしば用いられる「沼田家記」を少し見てみたい。細川家の家老沼田家の史料だが、巖流が小倉にいた頃の沼田家が残した史料ではなく、その子孫らが作成したものである。武蔵と巖流が戦った時、小倉は細川家の領地だった。その頃、家老の沼田延元は門司城代である。細川領内で、船島に近い場所に配置されていた。「沼田家記」は細川家が熊本に移った後、延元の子孫らが熊本で作成した史料で、巖流島の戦いからは、六十年ほど後の史料である。

延元様門司に被成御座候時　或年宮本武蔵玄信豊前へ罷越　二刀兵法の師を仕候　其比小次郎と申者岩流の兵法仕是も師を仕候　雙方の弟子ども兵法の勝劣を申立　武蔵小次郎兵法之仕相仕候に相究　豊前と長門之間ひく島（後に巖流島と云ふ）に出合　双方共に弟子一人も不参筈に相定
仕合を仕候処　小次郎被打殺候
小次郎は如兼弟子一人も不参候　武蔵弟子共参り隠れ居申候

其後に小次郎蘇生致候得共　彼弟子共参合　後にて打殺候
此段小倉へ相聞へ　小次郎弟子ども致一味　是非とも武蔵を打果と大勢彼島へ参申候
依之武蔵難遁門司に遁来　延元様を偏に奉願候ニ付御請合被成　則城中へ被召置候ニ付　武蔵無恙運を開申候　其後武蔵を豊後へ被送遣候　石井三之丞と申馬乗に　鉄炮之共ども御附被成　道を致警護無別条豊後へ送届武蔵無二斎と申者に相渡申候由に御座候

延元様《のぶもとさま》門司《もんじ》に御座《ござ》なられ候《そうろう》　時《とき》　或年《あるとし》宮本武蔵《みやもとむさし》玄信《げんしん》豊前《ぶぜん》へ罷《まか》り越《こ》し　二刀兵法《にとうひょうほう》の師《し》を仕《つかまつ》り候《そうろう》
其比《そのころ》小次郎《こじろう》と申《もう》す者《もの》巌流《がんりゅう》の兵法《ひょうほう》を仕《つかまつ》り是《これ》も師《し》を仕《つかまつ》り候《そうろう》　雙方《そうほう》の弟子《でし》ども兵法《ひょうほう》の勝劣《しょうれつ》を申《もう》し立《た》て武蔵《むさし》小次郎《こじろう》兵法《ひょうほう》の仕相《しあい》仕《つかまつ》り候《そうろう》に相究《そうきわ》む　豊前《ぶぜん》と長門《ながと》の間《あいだ》ひく島《しま》（後《のち》に巌流島《がんりゅうじま》と云《い》う）に出合《であ》い双方共《そうほうとも》に弟子《でし》一人《ひとり》も参《まい》らざる筈《はず》に相定《あいさだ》め　仕合《しあい》を仕《つかまつ》り候《そうろう》　処《ところ》　小次郎《こじろう》打《う》ち殺《ころ》され　候《そうろう》
小次郎《こじろう》は兼《か》ねての如《ごと》く弟子《でし》一人《ひとり》も参《まい》らず候《そうろう》　武蔵《むさし》弟子《でし》共《ども》参《まい》り隠《かく》れ居《お》り申《もう》し　候《そうろう》
其後《そののち》に小次郎《こじろう》蘇生《そせい》致《いたし》　候《そうらえ》　得共《ども》　彼《かの》弟子《でし》共《ども》参《まいり》　合《あい》　後《のち》にて打殺《うちころし》　候《そうろう》
此段《このだん》小倉《こくら》へ相聞《あいき》こえ　小次郎《こじろう》弟子《でし》ども一味《いちみ》致《いた》し　是非《ぜひ》とも武蔵《むさし》を討《う》ち果《は》たさんと大勢《おおぜい》彼島《かのしま》へ参《まい》り申《もう》し候《そうろう》　これに依《よ》り武蔵《むさし》遁《のが》れ難《がた》く門司《もんじ》に遁《のが》れ来《き》たり　延元様《のぶもとさま》を偏《ひとえ》に願《ねが》い奉《たてまつ》り候《そうろう》に付《つ》き御請《おんう》け合《あ》いなされ　則《すなわ》ち城中《じょうちゅう》へ召《め》し置《お》かれ候《そうろう》に付《つ》き　武蔵恙《むさしつつが》なく運《うん》を開《ひら》き申《もう》し候《そうろう》　その後《のち》武蔵《むさし》を豊後《ぶんご》へ送《おく》り遣《つか》わされ候《そうろう》　石井《いしい》三之丞《さんのじょう》と申《もう》す馬乗《うまの》りに　鉄炮《てっぽう》の共《とも》ども御附《おんつ》けなされ　道《みち》を警護《けいご》致《いた》し別条《べつじょう》なく豊後《ぶんご》へ送《おく》り届《とど》け武蔵《むさし》無二斎《むにさい》と申《もう》す者《もの》に相渡《あいわた》し申《もう》し　候《そうろう》由《よし》に御座《ござ》　候《そうろう》

「延元様」と書き、彼に対して敬語を用いていることからも、これが巌流島の戦いの時に門司城代だった沼田延元の残した史料ではなく、また細川家の公式な記録でもないとわかる。延元の子孫とその家臣らがうちわで作成したものである。作成時、巌流はもちろん、武蔵もとっくに死んでいる。天下一の武芸者にして二天一流の開祖である武蔵が、実は沼田家に助けられたことがあるのだ、という内容で、武蔵と小次郎の事蹟を伝えることではなく、沼田家を礼賛する意図で作成されている。この自画自讃の史料から武蔵と巌流の真実を抽出することは不可能だろうが、彼らに言及している数少ない史料の一つであるので、検討を試みたい。

武蔵が二刀兵法の師、小次郎が岩流の兵法の師、となっており、ここでの「岩流」は流派の名になっている。二人はともに「師」である。武蔵について「二刀兵法の師を仕候」と書き、小次郎について「是も師を仕候」とあるので、両者は同質同格の「師」である。この「師」が、流派の師範という意味に留まるのか、細川家の剣術指南役という意味なのかで、史料に書かれている物語の基本的な性格が変わる。単に流派の師範だということであれば、次のような話になる。

もともと豊前では、小次郎が岩流という流派の剣術を教えていた。後から豊前にやってきた武蔵が二刀兵法を教え始めた。両者それぞれに門弟がいる。この門弟同士が、どちらの流派が優れているかで争ったため、武蔵と小次郎は仕合うことになった。事前の取り決めでは互いに弟子を連れずに一対一で仕合うことになっていたが、武蔵はこれを守らず、一人でやってきた小次郎は武蔵に敗れた後、武蔵の弟子たちによって殺されてしまう。この話が小倉へ伝わると、小次郎の弟子たちは武蔵を討つべく徒党を

組んでやってきた。困った武蔵は門司城代の沼田延元にすがり、延元のおかげで無事に豊後へと逃がしてもらった。

武蔵は延元に命を救われたのだ、という話であり、それ以上の複雑さはない。

仮にこの「師」が剣術指南役だとするならば、ここに記される物語はまったく別の性格を持つ。

豊前小倉藩には小次郎という剣術指南役がいた。後から豊前にきた武蔵も剣術指南役に取り立てられた。両者の門弟がどちらの武芸が優れているかを互いに申し立てたため――申し立てた相手は藩であろうから、最終的には細川忠興であろう――、武蔵と小次郎は仕合うことになった――これもやはり藩の命令であろう。一対一で仕合う取り決めだったが、武蔵だけがこれを破り、小次郎は殺されてしまう。これが小倉に伝わると小次郎の弟子たちは武蔵を討つべく徒党を組んで押し寄せた。小次郎の弟子であるから、小倉藩士である。武蔵とその弟子たちもそうである。つまり小倉藩の内部で、武蔵が取り決めを守らなかったために死人が出てしまい、それにより、藩士が敵味方にわかれて仇討ちが起きようとしている。武蔵は家老の沼田延元を頼って門司城に逃げ込み、延元は独断して武蔵を豊後に逃がした。この場合、武蔵は表向きには罪を犯して出奔したということになるだろう。藩士同士の刃傷沙汰ではなく、罪人の出奔であるから、細川家が取り潰されるような事態にはならない。延元は独断することで、細川家を守ったことになる。こちらの物語の場合、延元は武蔵の命の恩人であるだけでなく、人知れず細川家の危機を救った影の英雄でもある。

巌流島の戦いの時、武蔵は牢人であったから、後者の物語が史実である可能性はない。前者についても、沼田家を礼賛したいという動機で作成されたこの史料が史実を伝えているとは思われない。一点興

味深いのは、江戸時代を通じて語られた仇討ち説の母体になり得るような話だという点である。いわゆる仇討ち説は、巌流が武蔵の父を殺し、武蔵がその仇を討ったというもので、「沼田家記」とは立場が逆転しているが、本来武芸者同士の仕合にすぎなかった両者の戦いに、仇討ちというドラマ性を持たせた点で、この史料は江戸時代を通じて語られた二人の物語に通じる部分があるように思う。実際の二人は戦国時代の最終盤で戦った武芸者同士であり、江戸の町人の琴線に触れるような人物ではなかっただろうが、そのような性格づけが、早くもこの頃に始まっていたのだとすると、これはこれで興味深い史料である。こうした江戸の町人的感性、換言すれば非戦国性は、『二天記』でさらに進む。戦いの後、どうして武蔵は松井興長らのいた浜に寄らずに姿を消したのか、それについて記している箇所である。

思《おも》ふに忠興《ただおき》　忠利《ただとし》　立孝《たちたか》ぬしたち　いづれも佐々木《ささき》を厚《あつ》く遇《ぐう》せられしに依《よ》りおのづから遺念《いねん》あるべし　又《また》は家士《かし》の中《なか》に　佐々木《ささき》が門弟《もんてい》ありて恨《うら》みを食《は》まむも知《し》るべからず　これらの畏《おそ》れあるによりて　急《いそ》ぎて皈《かえ》れるものかと

武蔵が姿を消した理由について、細川家ではこのように想像していたと記している。後に忠利の客分となった武蔵がこれを聞いた際、どのように話したかも『二天記』は記している。

小次郎《こじろう》と勝負《しょうぶ》せし時《とき》　国君何《こっくんなん》ぞ彼《かれ》を助《たす》けて我《われ》を恨《うら》み給《たま》はむ　そはその日《ひ》の号令厳重《ごうれいげんじゅう》なりしにても知《し》るべし　又《また》たとひ門弟恨《もんていうら》みありとも　君命《くんめい》を背《そむ》きて師《し》に贔負《ひいき》せむや

又止《またとど》めを刺《さ》すことは怨敵《おんてき》の所作《しょさ》なり　彼《かれ》と我《われ》と争《あらそ》ひしは　たゞ剣術《けんじゅつ》の手技《しゅぎ》を較《くら》べしにあるのに何《なに》を以《もっ》て　恨《うら》み憎《にく》み勝《かち》て後《のち》にまで刺《さ》し殺《ころ》さむや

命まで奪うのは怨敵に対する行為であり、武芸者同士が剣技を競う場合にはそのようなことをしないと言っている。およそ戦国の武芸者の実態から懸け離れた、いかにも江戸時代らしい発言を武蔵にさせている。極めつけに、

小次郎《こじろう》不幸《ふこう》にして我《わ》が手《て》に死《し》せしこと　誠《まこと》に惜《おし》むべきなりといひきとぞ

と、小次郎の死を武蔵が惜しんでいる様子を記している。この感覚は、戦国の武芸者にはない。江戸時代に清潔な道場でお揃いの竹刀を携えて剣術舞踊をしていた連中の感覚であろう。

巌流だけでなく、武蔵もまた、後世の史料によって歪められていったのである。

こうした後世の脚色や創作を削ぎ落としていくと、佐々木小次郎はどうなるのか。

彼の名は巌流である。富田勢源の門弟で、武蔵と戦った時に七十八歳。武蔵と船島で仕合い、死んだ。二人が仕合ったきっかけについて、「小倉碑文」は巌流が武蔵との勝負を望んだためだと記している。だが前述の通り、この碑文は伊織が武蔵を顕彰するために建てたものである。武蔵に都合よく書こうとするし、そもそも、武蔵が豊前小倉にやってきた動機が説明できなくなる。当時の武芸者の行動原理から推測すれば、牢人中の武蔵が売名のために巌流を倒すべく小倉にきたと考えるのが妥当だろう。そう

思ったのだが、筆者などが推測するまでもなく、既にそう書いてある先行研究があった。前出の宮本武蔵遺蹟顕彰会による『宮本武蔵』である。武蔵が小倉にきた理由について次のように述べている。

その目的とする処は　巌流佐々木小次郎といふもの　今細川家に抱へられて　剣名かまびすしかりければ　これとその技を較べむにとぞ有ける

明治四十二年の研究である。この研究成果を享受して整理し直すと、次のようになる。

彼の名は巌流。富田勢源の門弟で、武蔵と戦った時に七十八歳の細川家臣。剣名を馳せたため、牢人中の武蔵に挑まれ、敗死した。

これが史実に即した佐々木小次郎、つまりは巌流であろう。

巌流について史料が乏しいと述べ、その乏しい史料について見てきた。彼については、後世の史料を排除すると、「小倉碑文」しか残らないという厳しい史料上の制約がかかっている。その「小倉碑文」が武蔵側の史料だという点で、いっそう検討が難しい。

「小倉碑文」は、前述の通り、武蔵の養子である伊織が武蔵を顕彰するために建てた。したがって武蔵に都合の悪いことは書かない。例えば、自分には一万石以上の価値があると思い込み、猟官運動に失敗し続け、最終的には細川忠利の客分として三百石を宛てがわれた、という彼の惨めな後半生を書いていない。となると、書けるのは、武蔵が武芸者として上昇していった前半生になる。「小倉碑文」が伝

える武蔵の歩みは次のようなものである。

最初の仕合は十三歳の時、播州で新当流の有馬喜兵衛を倒したものである。十六歳の時に但馬で秋山という者を倒した。その後、京都で吉岡清十郎を倒し、その弟伝七郎を倒し、洛外下松《さがりまつ》で吉岡一門数百人を倒した。船島で巌流を倒した。

これが碑文の伝える武芸者武蔵の功績である。最初の相手が有馬喜兵衛、最後が巌流であり、一度も負けることなく勝ち続けた。

これは、『五輪書』で武蔵自らが記した彼の前半生とほぼ一致する。『五輪書』地之巻の冒頭部分で、武蔵は自身の武芸者——武蔵は断固として兵法者と言うが——としての経歴を次のように述べる。


我《われ》、若年《じゃくねん》のむかしより兵法《ひょうほう》の道《みち》に心《こころ》をかけ、十三歳《じゅうさんさい》にして初而勝負《はじめてしょうぶ》をす。其《その》あひて、新当流《しんとうりゅう》有馬《ありま》喜兵衛《きへえ》といふ兵法者《ひょうほうしゃ》に打勝《うちか》ち、十六歳《じゅうろくさい》にして但馬国秋山《たじまのくにあきやま》といふ強力《ごうりき》の兵法者《ひょうほうしゃ》に打勝《うちか》つ。廿一歳《にじゅういちさい》にして都《みやこ》へ上《のぼ》り、天下《てんか》の兵法者《ひょうほうしゃ》にあひ、数度《すうど》の勝負《しょうぶ》をけつすといへども、勝利《しょうり》を得《え》ざるといふ事《こと》なし。其後国々所々《そのごくにぐにところどころ》に至《いた》り、諸流《しょりゅう》の兵法者《ひょうほうしゃ》に行合《ゆきあ》ひ、六十余《ろくじゅうよ》度迄勝負《たびまでしょうぶ》すといへども、一度《いちど》も其利《そのり》をうしなはず。其程《そのほど》、年十三《としじゅうさん》より廿八《にじゅうはち》、九迄《くまで》の事也《ことなり》。

伊織の建てた「小倉碑文」と比べてみたい。十三歳で初めての仕合をしたこと、その相手が新当流の有馬喜兵衛であること、ここは完全に一致する。十六歳の時、但馬国で秋山という者と仕合って勝った点も一致する。その後の部分については、書き方が随分と異なる。「小倉碑文」は吉岡清十郎だけでなく、

弟伝七郎の名前をも記している。吉岡が室町将軍家の剣術指南を担ってきた名門であることを説明し、その中で室町将軍足利義昭の名前も出している。吉岡一門との戦いが武蔵の経歴において、特筆すべき事蹟だと強く意識していたと思われる。一方『五輪書』では、吉岡のよの字も出てこない。「廿一歳にして都へ上り、天下の兵法者にあひ、数度の勝負をけつすといへども、勝利を得ざるといふ事なし」の中に、吉岡清十郎との仕合も含まれているだろう。だが武蔵は、吉岡との戦いを、まるでその他大勢の中の一つにすぎないと言わんばかりの書き方をしている。巌流についてもそうである。「其後国々所々に至り、諸流の兵法者に行合ひ、六十余度迄勝負すといへども、一度も其利をうしなはず。其程、年十三より廿八、九迄の事也」の中の一つにすぎないという書き方に見える。

「小倉碑文」と『五輪書』で一致する有馬喜兵衛や但馬国秋山との仕合は、武蔵が十三歳や十六歳の時の出来事なので、伊織は直接に見たわけではない。そして武蔵にとっては重要な仕合だったろうが、後に伊織が小倉で風聞を集めるには、些末な出来事である。どちらも、当時そこかしこの野辺に転がっていた、武芸者同士の仕合に過ぎない。片方が武蔵だったというだけで今日に伝わっており、有馬喜兵衛や秋山のことは、まったくわからない。伊織はこの二つの仕合については、独自に情報を得ることが困難だったろう。武蔵の死後、碑文の文面を考えた際、武蔵から聞いていた話、または『五輪書』を下敷きにして作成したと思われる。武蔵の遺したもの以外に情報がなかったため、碑文と『五輪書』がほぼ完全に一致したのだろう。

吉岡清十郎と巌流については、『五輪書』を参照しての作文は不可能なので、武蔵から聞いていた話、あるいは伊織が自分で獲得した知識から作成したと思われる。吉岡が室町将軍の剣術指南を務めてきた

名門だと説明する文面からは、作文の主が吉岡の栄華の時代とは別時代の人間だという印象を受ける。そしてこの吉岡一門との戦いが、武蔵の生涯で特に重要な出来事だと理解している書き方は、武蔵の死後、その人生を客観的に俯瞰できた者にこそ可能である。吉岡清十郎と彼の一門は、有馬喜兵衛や秋山とは比較にならぬほど名がある。武蔵の人格形成期、剣術に関わる者の中に、吉岡を知らぬ者はいない。剣術と無縁の者であっても、吉岡の名声を聞かずに人生を終えた者はほとんどいなかっただろう。彼らのことであれば、後世に伊織が風聞を集めることも十分に可能である。巌流についてはもっと容易だったかもしれない。伊織は小倉にいた。風聞は多かっただろう。

『五輪書』がその他大勢の一人として扱った吉岡清十郎と巌流を、伊織は特筆すべき対象として碑文に刻んだ。伊織が武蔵の生涯を俯瞰した結果、この二人は書くべきだと判断したのだろう。その判断は正しかったと思う。吉岡一門との戦い、巌流島の戦い、この二つを除外して武蔵を語ることは、不可能とまでは言わないが、敢えてそうした場合、武蔵の生涯はごく平均的な、つまらぬ武芸者のそれと大差なくなってしまう。

この二つの仕合、光り輝く武蔵の偉業を、武蔵自身が『五輪書』で伏せた理由は何だろうか。

二つ想像できる。まずは『五輪書』の書物としての性格である。この書は武蔵の武勇伝を記そうとしたものではない。兵法――この場合はつまり武芸、剣術である――全般に通用する理屈を抽出して論じようとするもので、具体的な人名は不要である。あまりに通った名前は、邪魔にすらなりかねない。武蔵が彼自身の著作の性格を理解した上で、故意に清十郎らの名を伏せたことは、理屈としては想像できる。だがあの時代に、武蔵がそう考えたのだとすると、彼は文筆においても、同時代に類を見ない天才

だったのだろう。

もう一つ想像しうる理由は、武蔵が『五輪書』を書いた時の、彼の人生である。『五輪書』は武蔵の晩年の著作である。猟官運動に失敗し、客分として細川家に置いてもらっている彼にとって、武芸者としての経歴は、過去の栄光である。それを輝かしく記すことは、当時の武蔵にとっては苦痛だったろう。かつての栄光が輝かしいほど、今の自分が惨めに思えたはずである。吉岡清十郎や巌流を倒して、武蔵は天下一の武芸者になった。だがそれは、彼の望む仕官を実現させる役には立たなかった。それでも、天下一の武芸者だったからこそ、細川忠利の客分になれた。そういう思いが、晩年の武蔵にはつきまとっていただろう。『五輪書』を著すにあたり、清十郎と巌流の名を伏せることで、武蔵は自分の精神にこびりついて離れない、過去の栄光とそれへの複雑な感情から解放されたかったのかもしれない。


巌流島の戦いの時、武蔵は二十九歳だった。武蔵の武芸者としての経歴は二十九歳で終わる。つまり巌流との仕合が、武芸者としての経歴の最後になる。

武芸者ではない武蔵について、『五輪書』は言及しない。書物の性格からして当然だろう。では「小倉碑文」はどうか。これは武蔵を顕彰する目的で建てられている。

碑文は武芸者ではない、武人としての武蔵についても記している。だがどうも、具体性に欠ける記述になっている。

関ヶ原と大坂の陣で活躍したと記しているのだが、どこで、誰の軍勢の一員として、誰を敵にして戦ったのか。そこでどういう手柄があったのか。そういうことは書いていない。関ヶ原のことを「豊臣太

閤公孌臣石田治部小輔謀叛時」、大坂の陣を「秀頼公兵乱時」と書いている。関ヶ原は政治的な建前としては、徳川と豊臣の戦いではない。豊臣政権内部における権力闘争である。家康は豊臣政権全体を敵としたのではなく、その政権内部の一員として、あくまで石田三成を敵とした。大坂の陣も徳川と豊臣の戦いではなく、豊臣秀頼に起因した乱だとする。「小倉碑文」が建てられた承応三(一六五五)年、天下は徳川のものである。したがって徳川の主張する歴史観に沿った表記になることはまったく不自然でない。ただ一つ引っ掛かるのは、武蔵を顕彰する目的で建立された碑文のわりに、武蔵が徳川家に忠節を働いたと書いていない点である。活躍して名を上げたとは書いてあるが、徳川の陣営だったと明記していない。豊臣側だったとも書いていないのだが、結局、関ヶ原や大坂の陣で武蔵がどのような活躍をしたのか、この碑文からはまったくわからない。本当は参加していなかったのではないかと穿った見方をしてしまいそうになるほど、曖昧な書き方をしている。武芸者としての事蹟については、例えば巌流の得物の長さまで記すほど詳述しようとしている。それと比べると、同一の碑文の文面として、統一感に欠ける。

武蔵を顕彰しようとすると、武芸者としての彼を記すことになったのだろう。武蔵の自意識が何であれ、彼は武芸者である。伊織は武蔵を顕彰すべく碑文を建てた。その伊織をしてこの記述であるから、戦国武人としての武蔵は、それこそ雑兵にすぎなかったのであろう。

浅野史拡

1980年, 島根県出雲市生まれ. 2009年, 東北学院大学大学院文学研究科博士前期課程終了（日本中世史専攻）. 共著に,『『甲陽軍鑑』の悲劇――闇に葬られた信玄の兵書』（ぷねうま舎, 2016）がある.

真説 巌流島

2020年9月25日　第1刷発行

著　者　浅野史拡《あさのふみひろ》

発行者　中川和夫

発行所　株式会社ぷねうま舎
〒162-0805　東京都新宿区矢来町122　第二矢来ビル3F
電話 03-5228-5842　ファックス 03-5228-5843
http://www.pneumasha.com

印刷・製本　株式会社ディグ

ISBN 978-4-910154-09-1　Printed in Japan

『甲陽軍鑑』の悲劇
――闇に葬られた信玄の兵書――
浅野裕一・浅野史拡
四六判・二五六頁
本体二四〇〇円

跳訳 道元
――仏説微塵経で読む正法眼蔵――
齋藤嘉文
四六判・二四八頁
本体二五〇〇円

さとりと日本人
――食・武・和・徳・行――
頼住光子
四六判・二五六頁
本体二五〇〇円

折口信夫の青春
富岡多惠子・安藤礼二
四六判・二八〇頁
本体二七〇〇円

この女《ひと》を見よ
――本荘幽蘭と隠された近代日本――
江刺昭子・安藤礼二
四六判・二三二頁
本体二三〇〇円

幽霊さん
司 修
四六判・二一〇頁
本体一八〇〇円

補陀落ばしり物語
中嶋 隆
四六判・二四〇頁
本体一六〇〇円

現代説経集
姜 信子
四六判・二二四頁
本体二三〇〇円

大いなる夜の物語
清水将吾
四六判・二二〇頁
本体二〇〇〇円

――― ぷねうま舎 ―――
表示の本体価格に消費税が加算されます
2020年9月現在

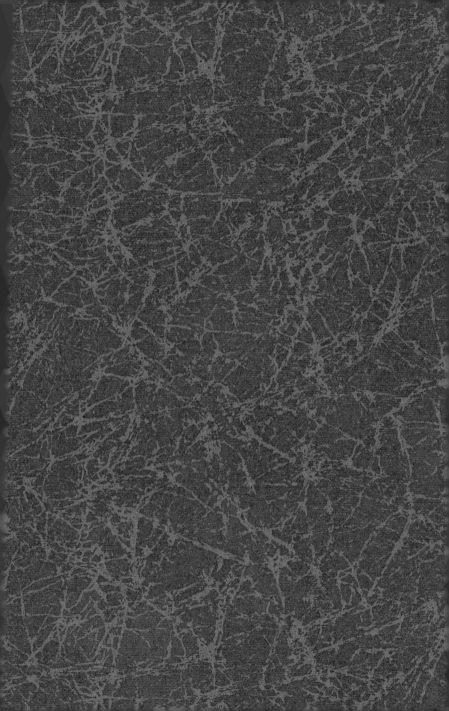

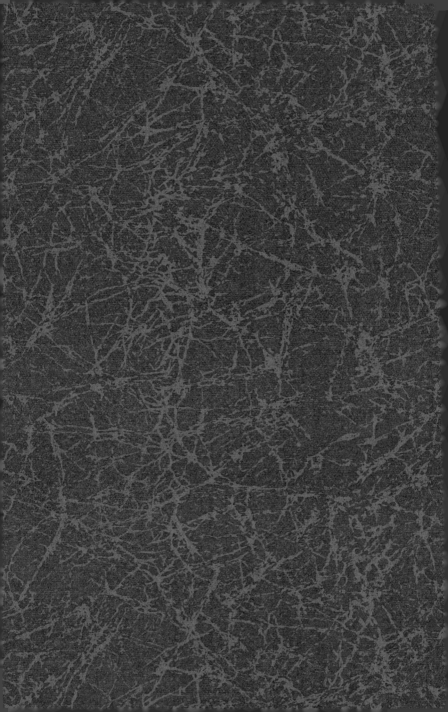

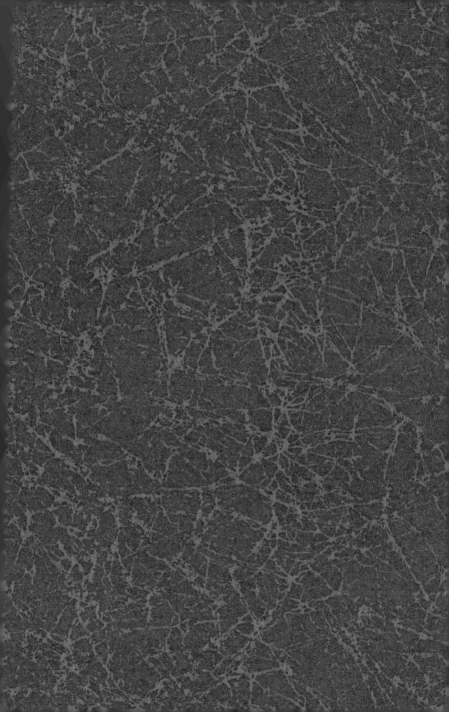